Susie Boyt wurde 1969 in London geboren. Sie studierte Englisch in Oxford und befaßt sich gegenwärtig an der London University mit den angloamerikanischen Literaturbeziehungen.

Von Susie Boyt ist außerdem erschienen:

Zuckerguß und falsche Liebe (Band 65093)

Deutsche Erstausgabe Mai 1997
Copyright © 1997 für die deutschsprachige Ausgabe by
Droemersche Verlagsanstalt Th. Knaur Nachf., München
Titel der Originalausgabe »The Characters of Love«
Copyright © 1996 by Susie Boyt
Originalverlag Weidenfeld & Nicolson,
The Orion Publishing Group Ltd, London
Umschlaggestaltung Agentur Zero
Umschlagfoto Joyce Tenneson/The Special Photographer's Library
Satz MPM, Wasserburg
Druck und Bindung Ebner Ulm
Printed in Germany
ISBN 3-426-65129-7

2 4 5 3 1

SUSIE BOYT

Lektionen der Sehnsucht

Roman

Aus dem Englischen von
Beate Beheim-Schwarzbach

Knaur

FÜR TOM

KAPITEL EINS

Ich habe es Richard Fisher übelgenommen, daß er sich so wenig um seine Tochter gekümmert hat. Für sich selbst hat er als Grund immer angeführt, er habe einfach kein Gespür für Kinder und das stelle für ihre Beziehung ein ernsthaftes Hindernis dar. Im Grunde aber hatte er einfach nur keinerlei Vorstellung davon, wie man Kinder in sein Herz schließt. Genauso wußte er auch nicht, was er mit dem Mann reden sollte, der ihm die Haare schnitt, oder wie man eine rothaarigen Frau aufregend finden konnte. Das waren für ihn fremde, unerhörte Angelegenheiten, für die er keinerlei Handlungsmuster hatte.

Eigentlich hatte Fisher noch nie ein Kind wirklich gut gekannt. Er war zwar mit einigen wichtigen Fällen vertraut, und aufgrund der Studien, die er gelesen hatte, und der Untersuchungen, bei denen er dabei gewesen war, bildete er sich ein, er könnte mit Kindern umgehen, die aus besonderen Umständen zu sprechen aufgehört hatten. Zum Beispiel, weil der Vater die Mutter schlug oder weil das Kind einen schrecklichen Unfall miterlebt hatte und daraufhin von den Eltern zum Psychiater gebracht wurde. Doch Fisher hatte solche Kinder immer nur einmal behandelt, fünfzig Minuten lang, und das war's dann auch. Meistens suchten die Eltern solcher Kinder anschließend lieber einen Spezialisten auf.

Fisher kannte die Auffassung, daß man mit Hilfe einer Spielsituation die nötige, persönliche Beziehung zwischen Kind und Erwachsenem herstellen konnte. Doch ihm war alles suspekt, was mit Spielen zu tun hatte. Ein wildes Handgemenge, bei dem man zwischen zwei auf dem Boden abgelegten Pullovern im Ziel steht, mit einem Pantoffel anstelle eines Kricketschlägers, bei dem man wie beim Fang-den-Ball das Schweinchen in der Mitte ist und vielleicht sogar noch zuschnappen muß – mit so etwas hatte er sich nie abgegeben. Er hatte einmal eine Weile ein riesiges, rot-gelbes Gesundheitszentrum in Nordlondon besucht, um dort eine Studienarbeit als externer Prüfer zu begutachten. Die Sitzungen dort fanden in einem orangefarben angemalten Spielhaus für Kinder statt, und im Rahmen der Behandlung wurde sowohl im Sandkasten gespielt, als auch mit Fingerfarben gemalt. Im Grunde jedoch blickte Fisher auf Praktiker mit solchen Methoden herab. In seinen Augen waren das typische Damen mittleren Alters, geschieden, meist im Leinenkleid, oft aus Camden, die so taten, als wären sie selbst Kleinkinder. Sie verhielten sich betont sorglos und wirkten so, als hofften sie, auf diese Weise den Kindern ein Beispiel zu geben. Zwar fand Fischer diese Art von Annäherung nicht völlig würdelos, aber ein bißchen ging es schon in diese Richtung. Im Grunde spürte er – es fiel ihm schwer, den Punkt genau zu benennen –, daß dieses Verhalten eine Beleidigung für die Intelligenz der Kinder war. Seiner Meinung nach tat man den Kindern keinen Gefallen, wenn man sie diesen gräßlich neurotischen Frauen für längere Zeit überließ, und vielleicht schädigte man sie damit sogar. Für die Frauen war es genau anders herum: In der Regel half es ihnen ganz erheblich, wenn sie sich auf etwas Neues konzentrieren konnten, das sie von ihrer Besessenheit wegbrachte. Dann mußten sie sich nicht mehr mit der schmerzhaften, unangenehmen Trennung befassen, mit der neuen Liebschaft ihrer Männer, mit der Aufteilung des Ehevermögens und so weiter. Für die Kinder jedoch war es alles andere als gut, wenn sie auf einmal in die Rolle des Arztes gesteckt wurden, wo sie doch unmißverständlich als Patienten hergekommen waren. Und daran konnten auch die fortschrittlichsten Spiele nichts ändern. Fisher spielte hin und wieder gerne eine Partie Schach, und wenn er einen halbwüchsigen Sohn gehabt hätte, dann hätte er mit ihm möglicherweise Schach gespielt; doch er hatte keinen Sohn, sondern eine Tochter.

Fisher hatte alles über kindliche Entwicklung gelesen, aber nirgendwo stand etwas zur Frage des Umgangs. Für sein Verständnis war es ausgemachter Unsinn, daß Kinder dümmer als Erwachsene sein sollten, denn in der Regel war das nicht der Fall. Doch wenn man sich mit einem Kind über genau dasselbe unterhielt wie mit einem Erwachsenen, beispielsweise, was dessen soziale Stellung betraf, seine Interessen, seine Intelligenz und das, womit er sich davor hauptsächlich beschäftigt hatte, dann war so ein Gespräch oft sehr wenig zufriedenstellend. In der Praxis erzielte zum Beispiel eine freundliche Redewendung wie: »Wie wäre es, wenn du mir ein bißchen etwas über dich erzählst?« oder zu vorgerückter Stunde, wenn man schon entsprechend müde war, eine weniger freundliche Formulierung: »Nun, wo liegt das Problem?« oder »Wie kann ich dir helfen?« bei Kindern nicht den gewünschten Erfolg. Hatte man das Glück, ein Kind ein bißchen aus der Reserve gelockt zu haben, mußte man es zum Reden bringen. Und zwar nicht über irgendwelchen Kummer, sondern über die tiefe Angst, über den zerstörerischen Druck und die Schmerzen, über traurige und glückliche Dinge. Daß sich Kinder jedoch nicht so verständlich ausdrücken konnten und nicht über den Wortschatz verfügten wie Richard Fisher, empfand er immer als Hürde.

Er war nicht gerade eine Berühmtheit als Psychiater, aber er brachte den oft sehr begabten Erwachsenen, darunter bedeutenden Männern (und Frauen) ein gewisses Verständnis entgegen, wenn sie sich in einer Zwangslage befanden oder sich Zwängen ausgesetzt fühlten. Zu seinen Patienten zählte Fisher einen ehemaligen Kabinettsminister, der sich mit achtundsechzig Jahren desillusioniert fühlte und der anfällig für ernsthafte Angstattacken war. Dieser war entsetzt über die Entwicklung, die seine eigene Partei eingeschlagen hatte, und betrachtete das als quälenden Ausdruck seines persönlichen und moralischen Niedergangs. Fisher behandelte auch einen Staranwalt, bei dessen Namen sowohl Industriebosse als auch eisenharte Männer zu zittern begannen. Der Mann war so diskret, intelligent und besaß eine derart scharfe Beobachtungsgabe, daß er den Anschein erweckte, er könne eine Haut nach der anderen abstreifen, ohne ein Geheimnis preiszugeben. Er war es gewöhnt, sich nicht in die Karten schauen zu lassen, aber immer mal wieder fand er sich in einer bedrohlichen Situation: Ihn plagten Mißtrauen und gelegentlich Hoffnungslosigkeit, daß seine vielgerühmten Triumphe nur hohl waren.

Zu Fishers Patienten zählte auch eine Schauspielerin, die sich auf Shakespeare spezialisiert hatte und die geistreich, blond und masochistisch war. Ursprünglich war sie an ihn verwiesen worden, weil sie sich selbst immer mal wieder kleine Schnittwunden an Armen und Beinen beibrachte, sich die Haare ausriß, auf ihre Oberschenkel einhieb, bis sie mit blauen Flecken übersät waren, weil sie all diese Zwänge loswerden wollte. Außerdem zählte zu den Leuten, die regelmäßig in der Wimpole Street 72 auftauchten, ein Herzchirurg, der von Depressionen gequält wurde, und ein einsamer Theologe. Obwohl Fisher nach einem achtjährigen Arbeitsaufenthalt in den USA erst wieder seit sechs Monaten zurück in England war, hatte er es mit Unterstützung einiger Arztkollegen bereits geschafft, eine Praxis aufzubauen, die ihn in Anspruch nahm und die recht profitabel war. Seine Kollegen überließen ihre nervösen Patienten voller Vertrauen seiner Obhut.

Diese Spezialisierung war ein Neubeginn für Fisher, denn er hatte seine Karriere in einer Tagesklinik eines großen Londoner Lehrkrankenhauses begonnen, in der die Patienten, die er behandelte, unter sozialen Mißständen wie Arbeitslosigkeit und Wohnungsnot litten und darüber hinaus mit Depressionen und anderen Störungen ihres geistigen Gleichgewichts zu kämpfen hatten. Damals hatte seine Arbeit wenig oder gar nichts mit Psychiatrie zu tun gehabt. Die Bedürfnisse seiner Patienten waren unmittelbar und überdeutlich, und seine Aufgabe bestand darin, jeden Patienten in maximal vier Sitzungen zu behandeln. Seine Bemühungen um ihre geistige Gesundheit mußten sich gezwungenermaßen immer am unteren Ende des Möglichen bewegen. Im Grunde verteilte er nur Heftpflaster: Fisher bot medizinische Hilfe und Ratschläge über Beihilfen und Rechte an, half bei Wohnungsproblemen, kümmerte sich um eine Unterkunft für die Nacht und so weiter. Seine Informationen waren so unabdingbar für das Wohlergehen seiner Patienten, daß er in ihrem Sinne eine Studie über das ganze System anstellte. Ansonsten verließ er sich weitestgehend auf Medikamente. Kurzfristig konnte er mit Hilfe von Arzneimitteln einen Patienten oft wieder auf die Füße stellen, ihm das Vertrauen und die Kraft geben, so daß er eine Unterkunft und Arbeit fand, und in manchen Fällen verschwanden viele Symptome der Depression, wenn praktische Schwierigkeiten erst einmal gelöst waren.

Nach sechs Jahren hatte Fisher das Krankenhaus verlassen, weil er einen Forschungsauftrag an einer amerikanischen Universität ergattert hatte. Außerdem hatte er zur gleichen Zeit erhebliche berufliche Schwierigkeiten in London, denn die psychiatrische Abteilung, in der er gearbeitet hatte, mußte innerhalb von drei Monaten vier Selbstmorde verarbeiten. Und auch wenn die nachfolgende Untersuchung der Abteilung keine Schuld nachweisen konnte, so war die allgemeine Stimmung doch recht gedrückt.

In Amerika war Fisher von der Psychiatrie enttäuscht, und die Psychoanalyse verführte ihn immer mehr. Anfänglich hatte sie nur den Perfektionisten in ihm angesprochen. Er hatte den

Eindruck, Patienten könnten mit dieser Methode am ehesten geholfen werden, ein erfülltes Leben zu leben. Fisher bewunderte den immensen Mut der psychoanalytischen Ambitionen dieses Zweiges der Psychiatrie, und nachdem er die Forschungsberichte und klinischen Befunde einiger der berühmtesten Analytiker ganz Amerikas gelesen hatte, stellte er jedesmal fest, wie enorm das Bewußtsein der Patienten erweitert und ihre Möglichkeiten bereichert wurden. Er erlebte, wie Patienten plötzlich Entscheidungen treffen konnten, wie sie Leistungen vollbrachten und fähig zu Mut und Liebe wurden. Fisher begann an der traditionellen Psychiatrie immer mehr zu zweifeln; sie kam ihm feige vor und schien die Menschen nur im Leerlauf zu halten, mehr nicht. Psychiatriepatienten waren zwar unglücklich, aber wiederum nicht so sehr, als daß sie einen gefühlsmäßigen Bruch vollzogen hätten.

Unter seinen neuen Voraussetzungen in der Wimpole Street und obwohl sich in der Medizin erstaunliche Entwicklungen taten (insbesondere interessierten ihn die neuen Antidepressiva), stellte Fisher fest, daß er immer seltener zu seinem Rezeptblock griff. Er bot den Patienten eine Therapie an, die auf Gesprächen basierte.

Fisher hatte seine Tochter eine ganze Weile nicht gesehen, ehrlich gesagt, seit seiner Rückkehr aus Amerika. Nells Mutter hatte ihm Jahre zuvor, kurz vor seiner Abreise, in einem langen, vorwurfsvollen Brief klargemacht, daß er in Zukunft in ihrem Haus nicht gerne gesehen sein würde. Jeder Versuch eines Kontaktes sei eine schädliche Störung des bereits übersensiblen Kindes, und außerdem sei es für alle Beteiligten viel besser, wenn er weg bliebe. Man vereinbarte, daß sie in Zukunft ohne irgendwelche Bemühungen alle drei Monate Geld von ihm bekäme. Außerdem hatte Fishers Frau darauf bestanden, daß ihre Tochter, ebenso wie sie auch, ihren Mädchennamen Dorney wieder annähme. Fisher hatte sich ihren Wünschen in diesem Moment voll und ganz gefügt, auch wenn er das davor noch nie gemacht hatte. Und auch wenn seine Gründe ziemlich egoistisch und wenig rücksichtsvoll waren, so lag er deswegen nachts nicht schlaflos im Bett. Als er England nach einer kurzen, schiefgelaufenen Ehe den Rücken zuwandte (wobei der Fehler eingestandenermaßen völlig auf seiner Seite lag), war sein Selbstvertrauen ungewöhnlich angegriffen gewesen, und er hatte sich selbst nicht besonders gemocht. In dem Moment waren ihm die Wünsche seiner von ihm getrennt lebenden Frau nicht unvernünftig vorgekommen.

Als er in den USA angekommen war, hatte er eingehend über den Menschen nachgedacht, der er jetzt geworden war. Daraufhin hatte er sich unbeholfen gesagt: »Los, Alter, so geht das nicht weiter.« Doch es kam ihm ganz ausgeschlossen vor, daß das eine Änderung herbeiführen würde. Dann hatte er sich auf der Stelle hingesetzt und eine etwas grundlegendere Bestandsaufnahme gemacht und alle seine beruflichen und persönlichen Fehler aufgelistet und darüber nachgedacht, wie er sie verbessern könnte. Die Angelegenheit mit Nell machte ihm wenig zu schaffen. Große Bedeutung maß er aber dem Umstand bei, daß er seine Frau ziemlich häßlich und schäbig behandelt hatte, weswegen er ihren heftig vorgebrachten Anweisungen in dem Brief ohne weiteres Folge leistete. Alle Gedanken an Nell verbannte er in seinem Kopf weit nach hinten, wo sie unauffällig blieben und nur hin und wieder seine Neugier erweckten, allerdings höchst vage und völlig abstrakt.

An einem Montag im Frühling um zehn nach neun saß Fisher in seinem Sprechzimmer und las. Der abgeschabte rote Ledersessel, den bereits sein Vater benutzt hatte, stand ein paar Meter entfernt vor dem großen Schreibtisch aus Eiche. Fisher hatte seinen Stuhl schräg nach hinten gekippt, bis er an die Wand dahinter anstieß. Dann legte er seine Beine auf die lederne Oberfläche des Stuhls und kreuzte eines über das andere.

Vor kurzem hatte er beschlossen, daß seine Schwierigkeiten mit Kindern eine Art Schwäche seien, ein unnötiger beruflicher Mangel, dem er Abhilfe schaffen mußte. Deswegen hatte er seine Arztkollegen dahingehend informiert, daß er Interesse an der Behandlung eines Kindes habe. Amy war die Tochter eines amerikanischen Geschäftsmannes und sollte um zehn Uhr bei ihm vorbeikommen. Fisher wußte nicht viel von ihr, außer daß ihre Mutter bereits gestorben war und daß sie mit ihrem Vater zusammen in St. Johns Wood lebte.

Nach einer Weile stand Fisher auf, ging zu seiner Couch hinüber und legte sich hin. Er streckte seine Beine aus, so daß seine Schuhspitzen einige Zentimeter über den Rand schauten. Dann seufzte er tief und konzentrierte sich wieder auf sein Buch.

> *Bei Ihrer ersten Begegnung mit einem Patienten nehmen Sie sehr viel mehr wahr, als Sie bewußt erkennen. Welchen Blick hat der Junge? Wie ist er angezogen? Wirkt seine Kleidung so, als habe er sie sich selbst ausgesucht? Wie geht er? Hat er ein besonderes Spielzeug mitgebracht? Wenn ja, welches? Benutzt er die Sachen in Ihrem Spielzimmer, oder schaut er sie nur an? Gibt es irgendwelche Interaktion zwischen ihm und seinen Eltern im Wartezimmer, oder spielt er für sich allein in der Ecke?*

Fisher hatte in Amy ziemlich viel Mühe und Arbeit investiert, weil er sie erfolgreich behandeln wollte. Er hatte den Eindruck, daß er viel von ihr lernen könnte. Deswegen stürzte sich Fisher in den drei Wochen vor ihrer ersten Begegnung in Fallstudien und Forschungsergebnisse. Insgeheim war er ziemlich neugierig auf Kinder. Sie kamen ihm wie eine andere Spezies vor. Fisher spürte, daß ihm seine Erfahrungen in Amerika dabei behilflich sein konnten, Amy zu heilen. Jedenfalls dann, wenn es darum gehen sollte, daß sie zur Zeit nicht in den USA, sondern in England lebte. Um seine guten Absichten dem Kind gegenüber zu demonstrieren, machte er in allen Punkten Zugeständnisse, wo sie beide sich trafen. Dazu gehörte auch das Wartezimmer: In der Woche, in der sie zum ersten Mal zu ihm kommen sollte, hatte Fisher zusätzlich zu seinen regulären Magazinen noch amerikanische Zeitungen wie *Vogue, Harper's*, den *Spectator, The Economist, Good Housekeeping, Radio* und *TV Times* und verschiedene Comics bestellt, unter anderem auch zwei amerikanische Geschichten, damit sich Amy wie zu Hause fühlte. Ferner hatte Fisher seine Sekretärin in der Mittagspause weggeschickt, um ein paar Spielsachen für ein Mädchen einzukaufen. Sie war mit einer Puppe zurückgekommen, einem Teddybären und mit einer Strickliesel, bei der man eine rote Plastikrolle mit vier Haken oben als eine Art Strickmaschine benutzte. Ferner brachte sie eine Reihe kleiner Figuren mit einem roten, elastischen Ball mit und ein Damespiel. Außerdem hatte sie Papiertaschentücher mit Walt-Disney-Figuren gekauft, falls das Kind weinen mußte. Und zum Schluß noch ein paar Rollen Smarties und eine Flasche Orangensaft.

Fisher öffnete das Fenster ein bißchen, um das Zimmer frischer und einladender erscheinen zu lassen. Dann legte er die Spielsachen in einen Weidenkorb und stellte ihn in eine Ecke seines Sprechzimmers. Die Schachtel mit den Taschentüchern stellte er auf den niedrigen Tisch, der zwischen seinem Stuhl und demjenigen stand, auf dem sie sitzen würde. Wahrscheinlich würde sich das Kind nicht auf die Couch legen wollen, dachte Fisher. Er fragte seine Sekretärin über die Sprechanlage: »Mrs. Summers, ist das Kind schon da? ... Na ja, wenn es soweit ist, bitte lassen Sie es mich sofort wissen. Vielen Dank.« Fisher griff zu seinem Buch und las:

Wenn intelligente Kinder die Phase der Verdrängung in der Latenzperiode erreicht haben, betrachten sie vor der »großen

Einschüchterungsphase« Erwachsene oftmals als gefährliche Idioten. Sie sind der Auffassung, daß man ihnen nicht die Wahrheit sagen kann, ohne Gefahr zu laufen, dafür bestraft zu werden; deswegen muß man ihre Unbeständigkeiten und Verrücktheiten immer in Betracht ziehen. Die Kinder liegen damit gar nicht so falsch.*

Es war fast zehn Uhr. Fisher setzte sich erneut mit seiner Sekretärin in Verbindung. »Immer noch nichts zu sehen?« Er ärgerte sich. Wenn ein Erwachsener zu spät kam, dann war die Sache ganz einfach: Fisher verkürzte die Stunde, in der es hauptsächlich um die Abwehrhaltung ging, die den Patienten in erster Linie zum Zuspätkommen veranlaßt hatte. Bei Kindern war das jedoch anders, weil sie meistens von Erwachsenen losgeschickt wurden und nicht selbst bestimmten, wann sie sich auf den Weg machten. Während des Wartens geriet Fisher ins Grübeln.

Seiner Meinung nach hatten Psychoanalytiker ausgesprochen heroische Qualitäten. Er empfand verhaltenen Stolz darauf, in einem Wissenschaftszweig zu arbeiten, der exakt zwischen Naturwissenschaft und Kunst angesiedelt war und der sich damit befaßte, wie man eine persönliche Revolution bewerkstelligte. Während seiner psychoanalytischen Ausbildung in den USA hatte Fisher die Überzeugung gewonnen, daß der Beruf, den er hier lernte, der beste auf der ganzen Welt war – vorausgesetzt, man übte ihn richtig aus. In Fishers Anschauung steckte ein einfacher Grundsatz: Eine starke psychoanalytische Zusammenarbeit kann dabei behilflich sein, das Unglück abzuschütteln. Wenn ein Patient sich selbst dazu zwang, Rollen und Verhaltensmuster anzunehmen, mit denen es ihm schlechtging, dann war es die Aufgabe des Psychoanalytikers,

---

* Sandor Ferenci, *Transitory Symptom Constructions during the Analysis*, 1912.

16

ihm dabei zu helfen, sie wieder loszuwerden. Die Psychoanalyse bot zwar keinen unmittelbaren Trost für all die raffiniert ersonnene Verzweiflung, aber sie half, näher an die Wahrheit heranzukommen.

Über die Ziele dieser Methode waren zahlreiche, teils auch berühmte Gedichte verfaßt worden, und wahrscheinlich traf das auf keine andere Disziplin zu. Das Gedicht von Auden über Freud konnte Fisher auswendig.

> *Er war gar nicht so schlau: Nur befahl er der*
> *unglücklichen Gegenwart, die Vergangenheit aufzusagen*
> *wie eine Poesieaufgabe, bis sie früher oder später*
> *an jenem Satz ins Stocken kam, wo vor langer Zeit*
> *die Anschuldigungen begonnen hatten**

Fisher mochte besonders die erste Zeile: »Er war gar nicht so schlau«, denn das brachte ihn zum Lachen. Fisher erkannte aber rechtzeitig, daß ihm auch die Psychiatrie von Nutzen sein konnte. In bestimmten Fällen konnten Medikamente behilflich sein, eine therapeutische Beziehung aufzubauen, und wenn ein Patient so depressiv war, daß er kaum zu den Sitzungen erscheinen konnte, oder wenn er schwere Verhaltensschwierigkeiten hatte, konnten Arzneimittel das Gleichgewicht wieder herstellen und Ängste eindämmen.

Fisher bewunderte Menschen, die ihre Zweifel daran hatten, ob die Psychoanalyse wirklich sinnvoll sei, hauptsächlich deswegen, weil sie im Grunde zu lang für unser Leben war. Er kannte viele Fälle, in denen eine Behandlung zehn Jahre gedauert hatte, zweifellos eine aufwendige Angelegenheit. Da kamen Patienten in die Praxis, um lange eingeübtes Fehlverhalten loszuwerden. Wen wunderte es, daß es genausolange

---

* W. H. Auden, *Gedichte – Poems*, »*Zum Gedenken an Sigmund Freud*«, Wien 1973, S. 47 ff.

oder sogar noch länger dauerte, diese Ausreden, Rechtfertigungen und nur allzu vertrauten, starren Gewohnheiten zu verändern, als es gedauert hatte, sie ursprünglich überhaupt zu lernen? Manche zwanghaften Verhaltensmuster hatten diese Menschen bereits als Kinder angenommen und dann, ebenso wie Fahrradfahren, ihr Leben lang nicht mehr verlernt. Für die Möglichkeit, Altes zu vergessen und statt dessen Neues zu schaffen, war Fisher über alle Maßen dankbar.

Fisher rief noch einmal Mrs. Summers an. Inzwischen war es Viertel nach zehn, und Amy hatte sich immer noch nicht blicken lassen. Für gewöhnlich machte Fisher sich keine Sorgen, doch genau das passierte, als er sein Buch sinken ließ. Nach ein paar Minuten klärte sich seine Besorgnis, und er merkte, daß er ganz und gar überrascht war. Zu seiner Verblüffung hatte er an ein anderes kleines Mädchen denken müssen, das er schon fast vergessen hatte. Vor seinem inneren Auge tauchte ein rotgesichtiges, weißhaariges, pummeliges Kind auf, dessen Windeln heruntergerutscht waren und dessen Nase lief. Mit einem Mal war sein Interesse viel stärker wachgerufen, als er es sich bei einer Sache aus seinem früheren Leben jemals vorgestellt hatte. »Ich weiß, wer du bist. Warum besuche ich dich nicht einfach mal?« sagte Fisher plötzlich laut vor sich hin. Und während er das sagte, huschte ein Lächeln über sein Gesicht. »Ich werde Nell besuchen, das werde ich. Merkwürdig, daß ich nicht schon früher daran gedacht habe.«

KAPITEL ZWEI

Nell und Laura waren enge Freundinnen, seit sich Catherine Parker und Kate Monkhouse in der ersten Klasse der Junior-School angefreundet hatten. Denn als Nell eines Morgens in die Schule gekommen war, hatte eine Mitteilung mit einem rosa Kaugummi an ihrem Tisch geklebt.

> *Liebe Nell,*
> *von jetzt ab ist Kate meine beste Freundin, und deswegen müssen wir uns trennen. 'tschuldige.*
> *Alles Gute, Catherine.*
> *PS: Du hast noch meine Ella-Kassette.*

In der ersten Pause machte die Neuigkeit die Runde in der ganzen Schule. Zwar wirkte Nell beim Korbballspielen ganz vergnügt, aber die anderen vermuteten, daß ihr im Grunde ganz elend zu Mute war. Als Nell in der Mittagspause in ihre Manteltasche griff und ein zusammengefaltetes Stück gelbes Briefpapier herauszog, standen ein ganzer Haufen wohlgesinnter Mädchen und Klatschmäuler um sie herum. Auf dem Papier stand:

> *Liebe Nell,*
> *willst du meine Freundin werden? Ich finde, du hast schöne Haare und bist so gut in Englisch.*
> *Herzliche Grüße, Laura.*

Nell schrieb auf der Stelle zurück.

Liebe Laura,
ja, sehr gerne. Herzlichst, Nell. PS: JA!

Von da an hatten Nell und Laura andauernd die Köpfe zusammengesteckt. Abends nach der Schule spielten sie zu Hause mal bei der einen, mal bei der anderen, sie schauten zusammen Fernsehen, machten gemeinsam Hausaufgaben und verfaßten Theaterstücke, die sie am Wochenende ihren Müttern vorführten und in denen Laura eine Rolle als dümmliche Turnlehrerin zu spielen hatte: »Jetzt aber los, Mädchen, es sind doch nur anderthalb Kilometer. Wenn ihr euch beeilt, dann bloß die Hälfte.« Nell spielte eine schreckliche Schulleiterin: »Mädchen! Diese vulgäre und laute Auseinandersetzung ist sofort einzustellen!« Als sie acht Jahre alt waren, sahen sie eines Nachts im Schlafanzug eine Folge von *Dallas* im Fernsehen und übten anschließend miteinander unter sechs Streifen Frischhaltefolie die Zungenküsse, die sie im Film gesehen hatten. Ein paar Wochen danach hatten sie von ihren Müttern die Nase voll, packten zwanzig Sandwichs und ihre Gummistiefel in einen Rucksack und machten sich auf in den Regent's Park. Dort hielten sie es zwei Stunden aus und kehrten dann wegen der vielen Schinkenbrote mit Blähbäuchen und völlig durchgefroren nach Hause zurück. Mit neun fand Nell eine Zwanzigpfundnote auf der Straße, und die beiden Mädchen gaben das ganze Geld bei Woolworth aus, wo sie große Beutel mit selbst zusammengestellten Bonbonmischungen und Minischokoriegeln erstanden. Mit elf Jahren schickte Laura Nell eine Ansichtskarte aus Spanien:

Habe gestern abend in der Disco einen Jungen geküßt. Er
hieß José. Ein Alptraum.

                                        Alles Liebe, Laura

»Liebe Laura«, (schrieb Nell zurück). *»Einmal José, das ist olé.«*

Mit dreizehn gingen sie zusammen zu einem Friseur in der Nähe vom Oxford Circus und kamen stolz mit kleinen Gold-doublee-Ohrringen in den knallroten Ohren zurück.

Laura wohnte mit ihrer Mutter und ihrem jüngeren Bruder Mathew in einem großen Haus in der Nähe des Camden Square und Nell in einem kleineren, schäbigeren Gebäude, vier Straßen weiter.

Lauras Vater lebte in Amerika, und während der Ferien durfte sie immer hinfahren. Er war der beste Vater, den man sich nur vorstellen konnte. Er beauftragte Disney-Geschäfte, Laura und Mathew Geschenke zu schicken, und er kaufte ihnen Flugtickets, damit sie ihn besuchten. Am Flughafen holte er sie mit einem riesigen Pappschild ab, auf das er geschrieben hatte: AMERIKA GRÜSST LAURA UND MATHEW NES-BITT. Er rannte mit offenen Armen und klingenden Münzen in den Taschen auf sie zu, wenn sie aus der Grenzkontrolle kamen, und nannte Laura »Kleine Dame«. Sie aßen Kartoffel-chips, zähe Waffeln mit Ahornsirup und Zimttoast im Saint Regis; sie fuhren bei Sonnenuntergang auf das World Trade Center und aßen Sushi in Hochhausrestaurants. Sie bekamen Rückfahrkarten, um sich eine Vormittagsvorstellung von *Guys and Dolls* anzuschauen, und anschließend wurden weiße Jeans und Turnschuhe gekauft, und sie sangen die Lieder aus dem Stück, während sie im Central Park Frisbee spielten. Sie ließen sich Pizza und Malzbier nach Hause bringen. Wenn sie zusammen im Flugzeug flogen, dann ließen sie das Essen während des Flugs unberührt und verspeisten statt dessen dicke Sandwiches mit Salami, Erdbeeren und Schweizer Käse, die sie bei Dean and DeLuca gekauft hatten. Der Vater von Laura und Mathew nahm seine beiden Kinder mit zu seinem Kieferorthopäden, der dafür sorgte, daß sie gerade Zähne bekamen, wie es in Amerika üblich ist. Er brachte seiner Tochter bei: »Eß ich ein Beigel, denk ich an Heigel.« Und er hatte sich und seinen Kindern ein Foto gemacht, das er Laura in einem massiven Silberrahmen schenkte.

Nells Vater ließ seine Tochter nie kommen. Nells Mutter fragte Lauras Mutter, ob Laura freundlicherweise mit ihren Reisen Nell gegenüber etwas hinter dem Berg halten könnte; bisher habe sie zwar noch keine Anzeichen gezeigt, aber bestimmt mache ihr das zu schaffen. Für die beiden Mädchen war es jedoch längst beschlossene Sache, daß Nells Vater tot sei.

Nells Vater war ein Geheimnis. Nell hatte herausgefunden, daß Fragen nach ihrem Vater ihr wie bei einem gefährlichen Spiel oder bei einer wagemutigen Klettertour eine Art Macht verliehen. Hätte sie eine Waffe gegenüber ihrer Mutter gebraucht, dann hätte sie diese Fragen gut dafür verwenden können. Sie brauchte nur die Worte »Mein Vater« zu sagen, und schon verzog ihre Mutter das Gesicht so sehr, daß sich überall tiefe Falten und Runzeln bildeten, ihr Atem ging rascher, und ihre Stimme war hart und eisig. Weil ihre Mutter sich gleichzeitig enorm anstrengte, ganz unbekümmert zu tun, tat es richtig weh, dem zuzuschauen. Die paar Mal, als Nell die Frage gestellt hatte, schreckte sie das vor weiteren Nachforschungen ab.

Nell hegte eine besondere Erinnerung an ihren Vater. Sie war gerade in der Trotzphase und etwa zwei Jahre alt, kurz nachdem Fisher aus dem gemeinsamen Haus ausgezogen war. Eines Nachmittags, als Nell einen heftigen Wutanfall hatte, rief er an, um mit ihrer Mutter etwas zu besprechen. Sie lag auf dem Boden, strampelte mit den Füßen in der Luft, trommelte mit den Fäusten auf den Boden und schrie gellend. Damals hatte Fisher sie voller Widerwillen angeschaut und zu ihrer Mutter gesagt: »Kann man denn diesem Kind gar nicht helfen?«

Ein- oder zweimal hatte Nells Mutter versucht, Fishers Verschwinden zu erklären.

Wir haben uns heftig gestritten, als du ein Jahr alt warst, und da hat er sich entschlossen, sein Glück in Amerika zu versuchen. Er verlud all seine Sachen auf ein großes Schiff. Ich bat ihn, mich nicht mehr anzurufen, und er respektierte meine Wünsche.

Nein, ich habe ihm nichts zu sagen. Eine Scheidung haben wir nie in Erwägung gezogen, und vermutlich sind wir nach dem Gesetz immer noch verheiratet. Vorausgesetzt, er ist überhaupt noch am Leben.

Möglicherweise ist er längst tot und liegt auf dem Meeresboden, auch wenn das ziemlich unwahrscheinlich ist. Wie kommst du denn darauf, Liebling? Ich an deiner Stelle würde nicht weiter darüber nachdenken.

Diese Geschichten kamen Nell wie Fetzen eines Liedes vor, eine Mischung aus Seemannslied und Kinderlied.

> *Ich war erst ein Jahr, da gab es zu Hause*
> *einen ganz entsetzlichen Streit.*
> *Drauf fuhr dann mein Vater weit weg nach Amerika,*
> *dort ist er sogar noch heut.*
> *Das Schiff warf ihn hin und das Schiff warf ihn her,*
> *die irische See kochte sehr,*
> *erst schlug es leck, dann war es weg*
> *sehr tief unter dem Meer.*

»Wenn ich erwachsen bin, werde ich das Grab meines Vaters besuchen«, sagte Nell zu ihrer Mutter.
Ihre Mutter strich ihr mit der Hand über die Stirn und von oben nach unten über die rechte Gesichtshälfte. Zum Schluß

schob sie Nell ihre Faust unter das Kinn und stöhnte: »Pst! Nell.«

Danach behauptete Nell, sie habe keinen Vater. Sie hatte kein Bild in einem Rahmen, sie unternahm keine Flugreisen und Ausflüge nach Martha's Vineyard, und es gab keine Behandlung beim Kieferorthopäden, die beweisen könnte, daß er überhaupt existierte.

»Du mußt aber einen haben.«

»Nein. Ich vermute, ich habe eine Zeitlang einen gehabt, aber ich glaube nicht, daß man wirklich einen braucht. Außerdem haben wir uns nie besonders gerne gemocht.« Oder ein andermal:

»Meine Mutter hat mich allein aus ihrem Bäuchlein herausgebracht.«

»Bist du dir da sicher?«

»Bestimmt.« Nell kannte sich mit Sex genau aus. Vögeln war ein grobes Wort für sich lieben ... sich lieben war eine schmalzige Umschreibung für Sex ... Sex war eine Abkürzung für Geschlechtsverkehr ... Geschlechtsverkehr war, wenn ein Mann seinen Penis in die Scheide einer Frau schob. Mit zehn hatten die Mädchen der 4c eine Vortrag über Empfängnisverhütung gehört.

»Ich weiß nicht, warum sie sich den Kopf darüber zerbrechen. Wahrscheinlich kennen wir uns sowieso besser aus als sie«, meinte Laura.

»Sie fühlen sich dann besser«, sagte Nell. »Vermutlich ist es gut, wenn wir es geduldig ertragen.«

»Ja«, meinte Chloe, ein großes Mädchen, das bereits einen Freund hatte.

Eine dicke Frau in blauer Uniform war schon seit Menschengedenken Schulschwester, kümmerte sich um das Seh- und Hörvermögen der Kinder und suchte ihre Köpfe nach Läusen ab. Sie hatte eine sechswöchige Ausbildung im Trainingszentrum in der Nähe von Boreham Wood absolviert und unterrichtete danach Gesundheitserziehung und Berufskunde. In einem früheren Leben hatte Nell einmal einen Zusammenstoß mit ihr gehabt, weil sie unverschämt gewesen war.

Nell: Wenn Nissen saubere Haare mögen, heißt das, ich habe schmutzige, weil ich keine Nissen habe, oder wie?

Nissen Lady: [Pling machte der Nissenkamm auf Nells Kopf.] »Wenn du nichts Vernünftiges zu sagen hast, dann halt deinen Mund, Madam.«

»Es wird zwar vermutlich noch ein bißchen dauern, bis ihr einen Freund habt und euch überlegt, ob ihr Geschlechtsverkehr habt oder nicht, aber um zu vermeiden, daß ihr schwanger werdet, solltet ihr wissen, wie Empfängnisverhütung funktioniert.« Sie zog ein Kondom in einer silbrigen Folie aus ihrer Handtasche, dann holte sie ein Diaphragma aus einer blauen Plastikdose und legte beides auf den Tisch und fügte zu guter letzt noch einen Streifen in Alu verpackte Pillen hinzu. Dann sprach sie über all diese Vorrichtungen, indem sie von Zeit zu Zeit einfließen ließ: »Die einzige Möglichkeit, eine Schwangerschaft völlig zu vermeiden, ist, sicherzustellen, daß es keinen Geschlechtsverkehr gibt.«

»Na, so was«, wunderte sich Chloe lautstark. Ein paar der Mädchen lachten.

»Andererseits aber, wenn ihr und euer Partner euch reif genug für Sex fühlt, dann sollt ihr wissen, daß dies hier die populärsten Methoden zur Vermeidung einer Schwangerschaft sind.« Sie holte das Kondom aus seiner Verpackung, zog es in die Länge und zupfte dran. Zwanzig Zehn- und Elfjährige lachten. Die Lady gab jedem Mädchen eine Broschüre und schloß die Diskussion dann mit ein paar kurzen Informationen über Akne ab.

Nell las die Broschüre. Die Verfasser wirkten ziemlich überzeugt davon, daß eine Frau nur dann ein Kind bekommen könnte, wenn sie mit einem Mann Geschlechtsverkehr gehabt hatte. Nell las die Zeilen mehrere Male. Ihr wurde klar, daß sie einem Mißverständnis aufgesessen war. Es hatte nicht nur sie und ihre Mutter gegeben. Irgendwann einmal mußte ein Dritter beteiligt gewesen sein.

Zwei Wochen später feierte Nell ihren elften Geburtstag, und ihre Mutter lud alle kleinen Mädchen aus ihrer Klasse ein. Da aßen dann zwanzig kleine Mädchen Napfkuchen, den man innen kreisförmig ausgehöhlt und mit rosa Zuckerguß gefüllt hatte. Das Kucheninnere war in dünne Scheiben zerteilt und außen wieder drangeklebt worden, so daß der Kuchen geschwungene Seitenteile hatte, die wie Schmetterlingsflügel aussahen. Es gab Wurstbrötchen, rostfarbene Garnelen-Cocktailchips, Brot und Butter, die von Wasserspritzern bedeckt war. Es gab Schokoladenkekse in grünem und orangefarbenem, geriffeltem Staniolpapier und kleine Torten, die mit schreiend roter Marmelade gefüllt waren, und leuchtend gelbe Zitronencreme. Die vierundzwanzig Mädchen spielten Schokoladeschneiden, Musicalfiguren raten und Reise nach Jerusalem. Dann wurde der Kuchen angeschnitten.

»*Happy Birthday für mich*«, sang Nell.

»*Frisch und munter, rauf und runter, für dich*«, sagen die Gäste.

»*Happy Birthday, liebe Nell*«, sang der Mann, der im Hintergrund stand und seine Tochter früher abholte. »*Happy Birthday für dich.*«

Nells Mutter rannte aufgeregt hin und her, schnitt den Kuchen an, hielt immer mal wieder inne, um den Ärmel ihres Pullovers zurückzuschieben, der in den Zuckerguß baumelte. Sie war vollauf konzentriert, bewegte ihren ganzen Arm, während sie den Kuchen schnitt, und die Bewegung begann damit, daß sie zuerst die Schultermuskulatur anspannte, als wollte sie ein zähes Stück Fleisch tranchieren. Dann packte sie jedes Stück Kuchen in eine rote Papierserviette, während sie immer mal wieder pausierte, um sicherzugehen, daß auch jedes Kind ein Stück Kuchen bekam. Sie konzentrierte sich voll und ganz auf ihre Finger und Daumen und machte mächtig viel Aufhe-

bens aus ihrer Tätigkeit. Trotzdem gerieten ihr manche Stük-
ke so klein, daß sie ihr unter den Fingern zerbröselten, und
andere so groß wie halbe Wagenräder, für die man zwei
Servietten zum Einwickeln brauchte. Nell sah, wie der Mann
ihre Mutter beobachtete, ihr Gesicht, ihre rosa Arme, die den
Kuchen so unbeholfen zerteilten. Als sie damit fertig war,
verließ sie eilends das Zimmer. Nell verteilte die roten Päckchen, wobei sie darauf achtete, daß die Mädchen, die sie am
liebsten hatte, die größten Portionen bekamen. Lauras Kuchen war fast so groß wie ein kleiner Backstein. Als alle
Mädchen ein Stück hatten, reichte Nell dem Mann, der
wartete, auch eines.
»Ich habe auch etwas für dich«, sagte er und beugte sich hinab,
um eine große, rechteckige Schachtel hochzuheben, die vor
seinen Füßen lag.
Die Schachtel war in rosa Papier mit silbernen und goldenen
Sternen eingewickelt.
»Das ist aber hübsch«, sagte Nell und öffnete es.
Innen in der Schachtel lag eine weiße Schachtel, und in der
befand sich ein Kleid, und was für eines! Es hatte einen Unter-
rock aus steifem, weißem, seidigem Stoff mit vielen starren und
weichen Lagen, durch die man fast hindurchsehen konnte.
Das Kleid selbst hatte kurze Ärmel, reichte bis auf die halbe
Wade, bestand aus weißem Satin und war über und über mit
paarförmig angeordneten, weißen und blauen Vögeln bestickt.
Hinten hing eine schwere blauen Satinschärpe, und Nell zählte vierundzwanzig blaue, mit Seide überzogene Knöpfe.
Nell betrachtete es und hielt es vor sich hin. Sie trug rosarote
Kordsamthosen und eine silbrige, gehäkelte Strickjacke. Mit
dem Kleid würde sie wie ein Mädchen aus gutem Hause
aussehen. »Das ist aber hübsch«, sagte Nell. »Das ist wirklich
sehr, sehr hübsch.«
Der Mann lächelte und stammelte etwas von »kleinen Mädchen ...«, das aber niemand so recht verstand.

Dann setzte ihre Mutter an: »Nell, Liebling, ist das nicht wunderschön? Schau doch mal, diese wunderschönen Vöglein. Das hat bestimmt eine alte Dame in mühevoller Nachtarbeit gestickt.«

»Oder ein alter Mann«, alberte Nell.

Nachdem alle Gäste gegangen waren, packte Nell das Kleid wieder in die Schachteln und legte sie auf ihr Bett. Sie betrachtete die Schachteln und öffnete ständig den Deckel, als wäre sie eine besorgte Mutter, die nach ihrem Baby schaut.

»Meinst du, du ziehst es mal an?« fragte ihre Mutter voller Zweifel.

»Na ja, eigentlich paßt es ja nicht so ganz zu mir«, antwortete Nell. »Und außerdem ist es häßlich, das muß schon mal gesagt werden.«

»Aber Nell!«

Zu dieser Zeit hatten sie nicht besonders viel Geld, und deswegen brachte Nells Mutter das Kleid nach langem Hin und Her wieder in das Geschäft in die Bond Street zurück. In dem riesigen Verkaufsraum aus weißem Marmor gab es nicht nur Kinderkleider, sondern auch hochwertiges Zubehör wie Handtücher aus blauem Leinen, die mit einem Monogramm versehen wurden, oder flauschige, weiße Badetücher von zwei mal zwei Meter Größe. Die Verkäufer wirkten sehr würdevoll und waren ausgesucht höflich. Das Kleid hatte dreihundertvierzig Pfund gekostet. Man bot Nells Mutter statt dessen andere Kleidungsstücke an, wie zum Beispiel einen seidenen Badeanzug, der mit Blumen bedruckt war, oder einen wattierten, malvenfarbenen Morgenmantel mit passenden, hochhackigen, flaumigen malvenfarbenen Pantoffeln, die genau Nells Größe hatten. Nells Mutter jedoch bestand auf Bargeld. Sie steckte das Bündel mit Zwanzigpfundnoten in die Tasche und ging direkt zur Post, um Gas und Strom zu bezahlen.

Dann ließ sie sich die Oxford Street hinuntertreiben und hielt Ausschau, was dort angeboten wurde. Sie betrat ein großes

Warenhaus, steuerte die Kinderabteilung an, wo sie zwei Paar Schuhe kaufte, ein Paar für die Schule und ein Paar schwarze, offene für Festlichkeiten. Dann erstand sie einen roten Trainingsanzug mit einem weißen Streifen an jedem Bein, eine neue Schuljacke und einen dunkelblauen Plisséerock für die Schule (Nell war aus ihrem jetzigen fast herausgewachsen), und zum Schluß noch ein Nachthemd und drei Paar wollene Strumpfhosen für den Winter. Eine ältere Verkäuferin half Nells Mutter, ging hinter ihr her und trug alle Sachen. Angesichts ihres gebeugten Gangs und des beachtlichen Alters, besann sich Nells Mutter und hörte auf, wie verrückt einzukaufen. Sie war über und über mit Einkaufstüten bepackt, und die beiden scharfkantigen Schuhschachteln stießen ihr beim Gehen ständig ans Bein. So steuerte sie die St. Martins Lane an, kaufte dort für Nell in einem Geschäft für Ballettbedarf ein weißes Ballettröckchen, das genauso feierlich wie das ursprüngliche Kleid war, nur ohne die unangenehmen Verzierungen, und zwei Wickelblusen in Rosa und Taubenblau. Dann gingen sie auf den Markt in der Rupert Street, wo sie für ihre Tochter ein paar rote Jeans kaufte, einen dunkelgrün und blau gemusterten Mini-Schottenrock und ein langärmeliges, weißes T-Shirt mit einem roten Herzen. Mehr konnte sie nicht tragen, aber sie wollte kein Geld für ein Taxi ausgeben. Obwohl sie mit all den Einkäufen kaum gehen konnte, sammelte sie erneut alles zusammen und ließ sich mit ihren Tüten in einen Bus sinken. Zu Hause stürzte sie sich in eine gigantische Auspackaktion, um fertig zu sein, wenn ihre Tochter von Lauras Mutter zu Hause abgesetzt werden würde.

Nell freute sich über die Sachen: »Das ist ja für jede Gelegenheit etwas!« Sie probierte alles in verschiedenen Kombinationen: Ballettröckchen und Blazer, Nachthemd und Schottenrock. Dann legte sie eine Platte auf, stolzierte durch die Küche und veranstaltete eine Modenschau für ihre Mutter, die Beifall klatschte und bei jedem neuen Stück vor Freude laut jauchzte, während sie an die hundert Bilder mit einer Kamera machte, die zwar jedesmal einen enormen Blitz von sich gab, in der aber unglücklicherweise kein Film eingelegt war. Sie reichte Nell ein Cocktailglas mit Orangensaft und eine Zigarettenspitze als Requisiten, und dann holte sie ein Paar ihrer viel zu hohen Stöckelschuhe.

Als es Zeit war, um ins Bett zu gehen, stapelte Nell ihre neuen Sachen in ihren Kleiderschrank und auch die silbrig-goldene Schachtel, in der das Kleid ursprünglich einmal verpackt gewesen war. Aus unerfindlichen Gründen begann Nell zu weinen. »Vielleicht bist du ja nur erschöpft nach allem«, meinte ihre Mutter. Doch Nell konnte überhaupt nicht mehr aufhören zu weinen, und obwohl sie zu ihrer Mutter gesagt hatte, daß sie nichts habe, spürte sie tief in ihrem Inneren, daß etwas furchtbar Schlechtes passiert war. Irgendwann gelang es Nell, ein paar Minuten aufzuhören, und ihre Mutter ging glücklich zu Bett, während Nell in einer erneuten Welle der Traurigkeit in ihre Kissen weinte, »Ich will das Kleid, ich will das Kleid zurück, ich will da-aas Kleieid zu-rüück.« Und während sie weinte, kam es ihr so vor, als habe sie etwas Unwiederbringliches verloren. Das Kleid war jetzt ganz und gar unerreichbar. Nell schlug sich mit ihrer kleinen Faust auf den Kopf, als wollte sie sich für ihre Dummheit bestrafen. Erst in diesem Moment wurde ihr klar, daß der Mann ihr Vater gewesen war.

Am nächsten Tag behauptete Nell, sie sei zu krank, um in die Schule gehen zu können. Ebenso am Tag darauf und auch am übernächsten. Am Tag danach kam von dem Mann eine Postkarte für Nell mit seinem Namen, seiner Telefonnummer und einer Adresse in der Wimpole Street.

Liebe Nell,
ich habe mich sehr gefreut, Dich an Deinem Geburtstag zu
sehen. Vielleicht hast Du ja Lust, am kommenden Mittwoch
nachmittags zwischen fünf und halb sieben mit mir Tee zu

trinken. *Wenn es Dir paßt, könnten wir das jeden Mittwoch machen. Falls Du nicht kannst, ruf bitte an und sag meiner Sekretärin Bescheid. Wenn Dich jemand zu mir bringt, sorge ich dafür, daß Du wieder heil nach Hause kommst.*

Alles Gute, Richard.

Am nächsten Tag fühlte sich Nell zur Erleichterung ihrer Mutter wieder besser, und dann begannen die beiden, sich auf den Besuch vorzubereiten. »Ob er wohl erwartet, daß ich in seinem Kleid komme?« sorgte sich Nell.

»Ganz bestimmt nicht, meine Kleine, denn du gehst von der Schule aus hin und wirst deine Schuluniform anhaben.«

Mrs. Dorney setzte Nell um Punkt fünf Uhr in der Nähe der Marylebone Road an der glänzend polierten Eingangstür aus dunklem Holz ab. Das Haus war sehr groß und hatte bestimmt sechs oder sieben Stockwerke. An der Haustür gab es acht Klingelknöpfe, und an einem stand »Richard Fisher«. Als Nell drückte, ertönte ein derart lautes Summen, daß sie erschrocken einen Satz rückwärts machte. Als sie ihre Füße auf die breiten steinernen Stufen setzte, klopfte sie sich mit den Fingerknöcheln an den Kopf wegen ihrer Ungeschicklichkeit. Dann beruhigte sich Nell wieder und sah, daß Richard Fisher von seiner Wohnungstür aus zu ihr herunterschaute. Er wirkte riesengroß, und Nell hatte den Eindruck, daß er in seinem Nadelstreifenanzug noch länger als eins neunzig war. »Schön, daß du gekommen bist«, begrüßte er sie. »Bitte, komm doch herein.«

Von einer kleinen, quadratischen Diele aus gingen sie einen Gang hinunter, und durch eine dicke, weiße Tür mit vielen Schlössern kamen sie in ein rechtwinkliges Wohnzimmer mit sieben oder acht Sesseln, einem geblümten Sofa, einem Kamin, in dem ein Korb mit getrockneten Blumen hing, und mit einem quadratischen Tisch, der über und über mit Zeitschriften bedeckt war. Nell setzte sich, und der Mann verschwand nach nebenan. Kurz darauf kam er mit einem Tablett belegter Brote, einem Becher Orangensaft und zwei verpackten Kuchen zurück, wie man sie auch im Zug kaufen kann. Dann verschwand er wieder und kam mit einem Korb voller Spielsachen und Spiele zurück.

»Ich weiß nicht, ob hier drin irgendwas ist, das dich interessiert«, meinte er.

»Vielen Dank«, Nell erkannte, daß die Spielsachen in dem Korb noch völlig neu waren. Sie öffnete die Schachtel mit der Strickliesel, und während sie die Anleitung las, begann sie, einen roten Wollfaden um die kleinen Haken der Figur zu wickeln, die wie eine überdimensionale, rote Garnwinde aussah, die ihre kurze Speichen von sich streckt. Nach kurzer Zeit hatte Nell ein ganzes Ende Wollschlauch hergestellt. Richard Fisher sah ihr aufmerksam zu; weil Nell ganz in ihre Tätigkeit versunken schien, aß er das Sandwich, griff nach der Zeitung und begann zu lesen.

Eine ganze Weile saßen sie so strickend und lesend da wie ein altes Ehepaar, doch als Nell einen Blick auf die Uhr am Kamin warf, stellte sie bestürzt fest, daß es erst Viertel nach fünf war. Sie legte das Strickzeug auf ihre Sessellehne, und der lange, rote Schlauch, den sie fabriziert hatte, hing wie eine Zunge über den Rand. Fisher sah das, legte seine Zeitung weg, bot Nell ein Sandwich auf einem Unterteller an. Nell nahm den Teller und sah sich im Zimmer um. Es erstaunte sie, wie ordentlich es hier war. Es war praktisch leer, an den Wänden hingen keine Fotos, keine Bilder, kein Schmuck, keine Briefe, kein Durcheinander, nichts, nicht einmal ein Radio, ein Fernsehgerät, eine vergessene Tasse oder ein Fussel auf dem Teppich, noch nicht einmal ein Buch. Nell biß einmal in das Sandwich. Es war sehr kühl. »Hast du das Sandwich irgendwo gekauft?« fragte sie überrascht und beeindruckt.

»Ja, ich fürchte, du mußt mir verzeihen. Ich habe den ganzen

Tag soviel zu tun gehabt, so daß ich mir ein paar Sachen herbringen lassen mußte. Meine Sekretärin hat sie bei Boots erstanden. Beim nächsten Mal können wir ja gemeinsam etwas einkaufen gehen. In der Marylebone High Street gibt es ein gutes Delikatessengeschäft. Weißt du, ich habe ja keine Ahnung, was du gerne magst.«

»Ach, ich mag alles«, sagte Nell.

»Als ich so alt war wie du, habe ich immer alle Teller leer gegessen«, sagte er.

»Heißt das, du bist ziemlich dick gewesen?«

»Nein«, antwortete Fisher. »Nein, das war ich nicht. Wir sind zu Hause nur andauernd herumgerannt.«

»Bist du in London aufgewachsen?«

»Nein, in Wiltshire. Unser Haus stand in einem kleinen Park, und drum herum war Landwirtschaft.«

»Oh«, machte Nell.

»Was magst du lieber, Stadt oder Land?« fragte Fisher Nell.

»Ich bin noch nicht so oft auf dem Land gewesen. In der dritten Klasse sind wir mal nach Devon gefahren, nach Dawlish in der Nähe von Teignmouth. Mir hat es ganz gut gefallen, aber ein Mädchen in unserer Klasse hieß Smelly, und die Mädchen, die mit ihr zusammen das Zimmer teilen mußten, haben sich beschwert, weil sie so schmutzig war. Darüber hinaus war sie so unordentlich, daß ihr Zimmer nie ein Lob bekam. Deswegen haben sie die Lehrer allein in den Anbau auf der anderen Seite des Hofs geschickt, und dort hat sie dann jede Nacht geschrien und geweint, weil sie nicht einschlafen konnte. Und weil sie Angst vor der Dunkelheit hatte, habe ich ihr dann irgendwann angeboten, bei mir im Bett zu schlafen. Aber dann konnte ich wegen des Gestanks nicht schlafen. Beim Duschen am nächsten Morgen habe ich sie dann von Kopf bis Fuß abgeseift, aber der Geruch ist einfach nicht weggegangen. Wahrscheinlich lag es an ihren Kleidern. Einige habe ich auch gewaschen, aber ich konnte schließlich

nicht alle waschen, weil ich ja auch nicht ihre Gefühle verlet-
zen wollte. Es war einfach schrecklich.«

»Das hört sich ja furchtbar an.«

»Ich weiß nicht, was die Lehrer sich eigentlich gedacht haben,
als sie das Mädchen meilenweit von uns weggeschickt haben.
Ich an ihrer Stelle wäre fast verrückt geworden. Ich habe Mum
angerufen, damit sie sich bei der Direktorin beschwert, aber
geändert hat sich nichts. Andererseits war es auch lustig. Am
nächsten Tag habe ich sie wieder abgewaschen. Wir haben
eine Art Spiel daraus gemacht. Wir haben uns so viel gewaschen, daß es für die nächsten zehn Jahre reichte. Wir waren
richtig leuchtend rosa zum Schluß. Ich habe immer gedacht,
daß sie bestimmt nicht mehr Smelly genannt werden würde,
wenn sie ihren komischen Gestank verliert.«

Ziemlich verlegen und fast atemlos hörte Nell zu erzählen auf.
Sie hätte sich am liebsten selbst einen Tritt versetzt. Dann
dachte sie an die zwei Jahre alten Kinder, die andauernd über
ihre eigenen Füße stolperten und anschließend schrecklich zu
schreien begannen und sich kaum mehr beruhigen ließen.
Fisher wirkte so, als würde er über das nachdenken, was Nell
ihm erzählt hatte.

»Und bist du mit diesem Mädchen immer noch befreundet?«

»Nicht wirklich. Sie kommt nicht sehr oft zur Schule. Mit
ihrem Inneren stimmt irgend etwas nicht, und deswegen mußte sie ins Krankenhaus und wurde auch schon operiert. Ein
paar Jungen bei uns in der Klasse behaupten, daß, daß sie eine
Abtreibung hatte, die schiefgelaufen ist. Aber ich weiß es
nicht.«

»Wie alt ist sie denn?«

»Elf Jahre.«

Nell schwieg. Nach einer Weile begann sie wieder zu stricken,
und Fisher vertiefte sich erneut in seine Zeitung. Er aß noch
ein Paar Sandwiches und öffnete dann einen Kuchen und
legte ihn für Nell auf einen Teller. Nell aß ihn langsam auf und

ließ eine Korinthe auf dem Teller zurück. Es war jetzt fast halb sieben. Sie hatte noch fünf Minuten Zeit, und Nell fühlte sich nervös wegen der bevorstehenden Trennung, nicht zuletzt deswegen, weil sie sich bei ihrem Vater noch nicht für das Kleid bedankt hatte und weil sie immer unsicherer wurde, wie sie dieses Thema anschneiden sollte.

Um halb sieben klingelte es.

»Ich glaube, wir sollten dich jetzt nach Hause bringen«, meinte Richard Fisher. »Zwei Minuten noch«, brummte er in die Sprechanlage.

Dann legte Fisher seine Zeitung zusammen, nahm seine Aktentasche, half Nell in ihren Blazer, den sie, nachdem sie gekommen war, ausgezogen und auf ihrer Sessellehne abgelegt hatte. Dann standen sie vor der Wohnungstür, und Fisher verschloß mit silbernen Schlüsseln einige schwere Schlösser.

Ein schwarzes Taxi wartete mit leise tuckerndem Motor, und Fisher hielt Nell die Autotür auf. Sie kletterte hinein, setzte sich auf einen der hochklappbaren Sitze, dann stieg er ein, setzte sich ihr gegenüber und streckte seine gestreiften Beine aus. Er nannte dem Taxifahrer Nells Adresse und fügte hinzu: »Und dann zum Grosvenor Square.« Im Taxi überflog Fisher die Zeitung, und Nell zog ihre Uhr auf, bis es nicht mehr ging. Als sie sich dem Haus ihrer Mutter näherten, sagte Fisher: »Bis nächste Wochen um dieselbe Zeit«, und Nell antwortete: »Vielen herzlichen Dank.«

»Brauchst du irgend etwas?« fragte er sie, als sie aus dem Taxi stieg, aber als Nell antworten konnte, war es schon zu spät. Das Taxi war bereits wieder abgefahren.

Als Fisher allein im Taxi saß, wunderte er sich, daß ihn das Kind so faszinierte. Ihre kleine, dunkle Gestalt, ihr Vertrauen, ihre Lebhaftigkeit – damit hatte sie ihn überrumpelt und gab ihm ein neues und namenlos unbekanntes Gefühl. Nell war ihrem Vater angenehm kompakt erschienen, erfreulich selbständig – auch als er sie gefragt hatte, ob sie gerne auf dem Land war, und sie dann von dem Mädchen erzählt hatte, das so gestunken hatte. Sie war offensichtlich in der Stadt groß geworden, hatte ein modernes, großstädtisches Verhalten und besaß Londoner Umgangsformen; eigentlich mochte Fisher eher die Kinder, die altmodisch wirkten und auch so aussahen, wenn sie nicht völlig hinter einer schönen Fassade verschwanden. Doch Fisher hatte es als recht angenehm empfunden, wie Nell sich mit dem kleinen Strickzeug beschäftigte. Außerdem hatte die Geschichte von dem anderen Mädchen gezeigt, daß sie auch eine sehr zarte, weibliche Seite hatte. Fisher sorgte sich, daß Nell auf eine Schule ging, auf der ein so bedauerlicher Vorfall stattfinden konnte. Selbstverständlich wollte er da nicht eingreifen – das war ganz offensichtlich Sache der Mutter –, aber wäre es nicht besser, Nell würde in einer – sagen wir mal – mehr intellektuellen Umgebung aufwachsen? Schließlich war sie doch ganz offensichtlich intelligent, und wenn alle Beteiligten einverstanden wäre, dann könnte er das dafür nötige Geld beisteuern, oder? Seine alte Schule nahm inzwischen auch Mädchen auf. Er könnte Nell einmal mitnehmen, und sie könnte sich dort umschauen. Vielleicht könnte sie sich dort mehr auf ihre Ausbildung konzentrieren und bräuchte sich nicht die ganze Zeit um die Nöte ihrer Mitschülerinnen kümmern. Sie war zwar offensichtlich gesund und widerstandsfähig, aber ein Kind sollte an die frische Luft kommen, Fahrrad fahren, dabei zusehen, wenn Kühe gemolken werden, im Meer schwimmen und nicht monatelang Stunde um Stunde in der Stadt eingesperrt sein. Es konnte doch nicht gut sein, daß ein Kind nur bei einer einzigen traumatischen Reise in den Westen ein bißchen frische Luft schnappte, da würde ihm Jane doch sicherlich recht geben?

Fisher war in seiner Kindheit in Wiltshire fast ständig draußen unterwegs gewesen, was ihm dazu verholfen hatte, daß er heute über Bärenkräfte verfügte. Er brüstete sich damit, außer den Masern mit sieben Jahren keinen einzigen Tag seines Lebens krank gewesen zu sein.

Zu Hause hob Fisher als erstes den Stapel Post neben seiner Haustür auf und trug ihn in sein Arbeitszimmer. Dort ließ er sich in seinen Stuhl fallen und griff wieder zur Zeitung. Nach ein paar Sekunden wanderte sein Blick jedoch zu den ungeöffneten Briefen. Vielleicht war es besser, wenn er das erst einmal hinter sich brachte, um vor dem Abendessen noch ein bißchen auszuspannen. Fisher öffnete gedankenverloren den ersten Umschlag, doch was er da las, ließ ihn sich abrupt aufrichten.

Lieber Fisher (begann der Brief)
ich finde es reichlich unfair, wenn du deine beruflichen Fähigkeiten so gegen mich richtest.

Der Brief stammte von einem früheren Arbeitskollegen und Freund Fishers, mit dem er eine Auseinandersetzung führte, von dem man bereits in Fachkreisen sprach. Der Grund dafür lag in Fishers Freund, der seine Kränkung und Empörung über diesen Disput nicht hatte für sich behalten können. Nach der Veröffentlichung eines Buchs mit psychoanalytischen Abhandlungen aus der klinischen Perspektive hatte sich der Freund mit Namen Doktor Alexander Phelps (er und Fisher zählten zu der winzigen Minderheit von Analytikern, die der Auffassung waren, daß alle praktizierenden Psychologen eine medizinische Ausbildung haben sollten), auf eine abstoßende, ausufernde öffentliche Debatte eingelassen, die nicht nur auf vielen Doppelseiten in Sonntagsbeilagen ausgetragen wurde, sondern auch in zwei Fernsehsendungen. In einer der beiden Sendungen war er im Frühstücksfernsehen zusammen mit Barbara Cartland aufgetreten, die gerade ihre Biographie auf den Markt gebracht hatte. Bei der anderen Sendung drehte es sich um ein mitternächtliches Kulturjournal, bei dem er zusammen mit Künstlern und Schriftstellern auf einem Podium gesessen hatte, um sich zu bedeutenden symbolistischen Malern des zwanzigsten Jahrhunderts zu äußern. Obwohl er sein Buch vor allem für Leser geschrieben hatte, die mit psychoanalytischen Theorien vertraut sind, war es der Öffentlichkeit betont provozierend vorgestellt (der Buchumschlag erinnerte an einen bekannten Roman) und wie ein populärer Titel vermarktet worden.

Der Streit, auf den hin Fisher und sein Freund sich entzweit hatten, hatte sich an Fishers Geringschätzung entzündet. Sie betraf weniger das Buch an sich, das empfand er sogar fast als Herausforderung. Ihm ging es eher darum, daß sein Freund mit dem Buch auf sich aufmerksam machen wollte, was in Fishers Augen nicht nur schäbig, sondern beklagenswert unprofessionell war. Erstens stellte Phelps mit seinen Aktivitäten Fishers Ernsthaftigkeit in Frage und aufgrund des Ausmaßes der Publicity auch die eines ganzen Berufsstandes: Es gab doch wirklich Wichtigeres zu tun, als sich stundenlang die Zeit damit zu vertreiben, Fragen ungebildeter Journalisten zu beantworten und in allen Zeitungen aufzutauchen. Ließ man das Buch einmal beiseite, so dachte Fisher, dann wäre nichts gegen eine knappe Verlautbarung einzuwenden gewesen und auch nichts gegen ein kleines Interview für ein ernsthaftes und wirklich interessiertes Publikum. Daß sich Phelps aber gleich für zahlreiche Fotos auf diversen *Chaiselongues* zur Verfügung gestellt hatte, und noch dazu auf einer, die mit lauter Freud-Büsten bedruckt war, das brachte das Faß zum Überlaufen. Zweitens war es grob unhöflich gegenüber den Patienten, sich so in Vordergrund zu spielen, fand Fisher, weil das seiner Meinung nach leicht mit dem Prozeß der Übertragung kollidieren könnte, die Phelps und er früher als wichtigste Erkenntnis ihrer Disziplin empfunden hatten. Drittens war Phelps ganz offensichtlich von all dem Zirkus um seine Person angetan, und das enttäuschte Fisher am meisten, weil ihm

Phelps' unerschütterliche Hingabe an seinen Beruf für seine eigene Karriere immer als beispielhaft erschienen war.

Nach einiger Zeit hatte Fisher seinem Freund einen förmlichen Brief geschrieben, und jetzt hielt er Phelps' Rechtfertigung in den Händen. Fisher las weiter:

> *Ich bin bitter enttäuscht, daß Du überhaupt nicht verstehst, was ich mit meinen Worten erreichen will. Da es nicht an Deinem Verstand liegen kann, den ich früher immer sehr bewundert habe, muß Deinem Unverständnis eine willentliche Entscheidung zugrunde liegen.*

Im Mittelpunkt seiner Verteidigung stand die Überzeugung, daß Psychoanalyse und Gesprächstherapien zur Zeit in der Öffentlichkeit einen miserablen Ruf hatten. Deswegen mußte man sich seriös und kompetent für die analytische Psychotherapie, die von Freud erfunden worden war, einsetzen und darüber hinaus auch sämtliche Weiterentwicklungen des Fachs einbeziehen. Nur wenige, hochqualifizierte Ärzte durften sich Psychotherapeuten nennen, die nicht nur ihr medizinisches Examen absolviert, sondern auch Literatur studiert, sich mit Mythologie und Archäologie beschäftigt hatten, die in Musik, Theologie, Kunst, Linguistik, Jura, Sozialpolitik und Verwaltung Bescheid wußten und die darüber hinaus eine harte psychoanalytische Ausbildung absolviert hatten. Um seine Ansichten einem breiten Publikum zugänglich zu machen, waren diese harmlosen Fotos einfach nötig. Und was die geringfügigen Beeinträchtigungen seiner Patienten anging, die diese möglicherweise anfangs bei seiner Zurschaustellung empfinden könnten, weil er (an dieser Stelle zitierte er Fishers Brief) sich zum »öffentlichen Besitz« machte, das würde sicher bald wieder erlahmen und sich vielleicht sogar als sinnvoll erweisen. Außerdem war alles von Wert, was in eine Therapiestunde eingebracht wurde.

Der Brief änderte Fishers Meinung nicht wesentlich, doch ihm gefiel, wie sein Freund Psychoanalytiker sah, und eigentlich beeindruckte ihn das sogar. Ihm fiel seine Kultiviertheit auf, was die Formalien anging. Fisher fühlte sich an einen Jane-Austen-Roman erinnert, in dem beschrieben wird, wie sich eine junge Frau zu verhalten hatte. Einen Moment lang überlegte Fisher, ob er Phelps darauf hinweisen sollte, daß Psychoanalytiker eigentlich auch meisterhaft singen und klavierspielen können mußten. Doch Fishers Zweifel am Verhalten seines Freundes blieben unangetastet. Er dachte darüber nach, was er an seinem Kollegen eigentlich bewunderte und gerne mochte, weil er seiner Mißbilligung die Spitze nehmen wollte. Und als sich der Tag dem Ende zuneigte, überlegte Fisher, ob er nicht vielleicht doch ein kleines bißchen zu heftig gewesen war.

In den nächsten Tagen drehten sich Nells Gedanken nur um ihren Vater; was er gesagt hatte, wie schön die Wohnung gewesen und wie imposant die Adresse im Westend gewesen war. Nell sinnierte über die wunderbaren Sandwiches nach, die ihr Vater extra gekauft hatte, und wie gut der Kuchen geschmeckt hatte. Als das Taxi in Camden angekommen war, hatte das Taxameter bereits sechs Pfund fünfzig angezeigt, und anschließend war ihr Vater wieder den ganzen Weg zurück ins Westend gefahren. Nell überlegte, ob der Taxifahrer wohl ein dickes Trinkgeld bekommen hatte.

»Wie war's denn, Schätzchen?«

»Na ja, du weißt schon.«

»Ist also alles gutgelaufen?«

»Wie meinst du das?«

»Habt ihr euch gut verstanden?«

»Glaube schon.«

»Und ... tja ... wirkte er ... Hast du den Eindruck gehabt ... Ist es so gewesen, wie du gedacht hast?«

»Ja, ach, na ja.«

Den nächsten Mittwoch konnte Nell kaum erwarten. Diesmal bereitete sie sich peinlich genau auf die Verabredung vor. Sie wusch sich am Dienstag nach der Schule die Haare, weil sie immer genau vierundzwanzig Stunden danach am besten saßen. Sie putze ihre Schuhe, rieb die Schuhcreme gründlich auf die abgetragenen Stellen, was sie normalerweise gar nicht gern machte, und polierte das Leder zum Schluß mit einem gelben, weichen Tuch, bis es glänzte. Dann bürstete Nell ihren Blazer mit der Kleiderbürste ihrer Mutter und überlegte, was sie ihrem Vater erzählen könnte. Weil sie Angst davor hatte, daß die Konversation stocken könnte, überlegte sie sich ein paar interessante Geschichten und Begebenheiten über wagemutige oder geistig anspruchsvolle Taten, wie die Geschichte von Smelly, in der Nell eine heldenhafte Rolle spielte.

In der Schule redete Nell die ganze Woche lang über ihren Vater. »Mein Vater fährt überall mit dem Taxi hin«, sagte sie einmal so in die Menge.

»Scheiß doch drauf!« reagierte ein Mädchen, das Nell gar nicht richtig kannte.

Nach dem ersten Besuch hatte Fisher den Eindruck (in Wahrheit war er deswegen sogar ziemlich beeindruckt), daß Nell ihre Nase zwar nicht unhöflich, aber deutlich erkennbar höher trug, weil er sich das Essen hatte bringen lassen (War es nicht allgemein bekannt, daß Kinder keine normalen, faden Speisen mochten? Dieser Meinung waren doch auch die Erwachsenen, die für das Schulessen verantwortlich waren, oder?). Ganz offensichtlich hatte Nell also einen Sinn für Qualität, und deswegen konnte er ihr nicht irgendwelche Sandwiches andrehen. Diesmal wollte sich Fisher etwas Beeindruckenderes zum Essen überlegen. Weil einer seiner Patienten abgesagt hatte und Fisher deswegen eine Freistunde hatte, war er in die Marylebone High Street gegangen und hatte dort das Beste vom Besten eingekauft.

»Bei meinem Vater zu Hause gibt es für gewöhnlich drei Sorten Kuchen«, berichtete Nell ihren Schulfreundinnen. Dieses »für gewöhnlich« hatte sie von ihm übernommen. Er fing Sätze oft mit »Für gewöhnlich mache ich« an oder mit »Für gewöhnlich mag ich nicht so gerne«.

Fisher mochte Gesetze, Routine, Muster, Disziplin und Stabilität. Sein Leben folgte locker einer bestimmten Grammatik. Fisher mochte Überraschungen und Zufälle, aber er mußte immer mit beiden Beinen fest auf der Erde stehen. Seit seiner Kindheit betrachtete er das Leben analytisch und hatte sich angewöhnt, in Gedanken sich selbst bei seinen eigenen, täglichen Verrichtungen zu kommentieren. »Er legt Messer und Gabel zusammen auf den Teller, fragt, ob er vom Tisch aufstehen darf, faltet seine Serviette ordentlich zusammen, steht auf und schiebt den Stuhl zurück.« In seinen Gedanken sprach er immer in der dritten Person von sich, diese ständig dahinplätschernde, neutrale Schilderung, mit der er sich wie ein Kind beobachtete. Hätte Fisher in Erwägung gezogen, wegen dieses Ticks einen Psychologen zu Rate zu ziehen (Der junge Mann geht zu einem Arzt, erzählt betrübt lang und breit seine Geschichte), oder hätten seine Eltern das mit ihm als Kind gemacht (»Gott sei uns gnädig!« hätte sein Vater gerufen), dann hätte der Psychologe ihm erklärt, daß er eine Methode entwickelt habe, um sich möglichst fest in der Gegenwart zu verankern und zur gleichen Zeit auch wieder davon zu entfernen.

Als der dritte Mittwoch ins Haus stand und Fisher keine Zeit zum Einkaufen gehabt hatte, aber Mrs. Summers nicht länger zutraute, den Geschmack seiner Tochter zu beurteilen, ging er mit Nell in ein Café in der High Street, wo ihn jeder kannte. Sie bemühten sich rührend um Nell, servierten ihr umsonst einen Kuchen, der wie ein Marienkäfer aussah und der mit rotem Zuckerguß und weißen Schokopünktchen versehen war. Nell und Fisher kamen mit den anderen Stammgästen des Cafés ins Gespräch und staunten gemeinsam darüber, wie unterschiedlich das Leben dieser Fremden war: Die Frau in dem cremefarbenen Hosenanzug und den Armringen, der dicke Mann, der Kuchen aß, und seine winzige Frau (Nell: »Sie könnte genausogut auch eine Liliputanerin sein.«), die Salat aß. Fisher bestellte für sie beide Tee und eine Makrone, die in Reispapier gebacken war.

»Und was darf's für die hübsche, junge Dame sein?« fragte der Kellner. Er begleitete Nell zur Vitrine, um sich dort einen Kuchen auszusuchen. Zusammen entschieden sie sich für ein Krönchen aus kleinen Windbeuteln, die mit Sahne gefüllt und mit glänzender Schokoladensauce bedeckt waren. Der Kellner servierte das Ganze zusammen mit einem Glas Milch.

Als Nells Vater den Kuchen sah, zog er eine Augenbraue hoch. Nell hätte sich am liebsten selbst einen Tritt versetzt. Sie war zu gierig gewesen. Vielleicht war der Kuchen ja auch zu teuer gewesen. Und um dem Ganzen die Krone aufzusetzen, schmeckte der Kuchen auch noch gräßlich. Die Sahne war krümelig und miserabel, die Schokolade war bitter und mit Kaffee verlängert worden und schmeckte nach Sand. Nell verdrückte den Kuchen so schnell wie möglich. Ihr Vater hob den Kopf und blickte auf ihren leeren Teller, lächelte und staunte. »Wenn du noch eine Portion willst, halte dich nicht zurück, Nell«. Und ehe sie sich's versah, hatte sie mit ja geantwortet, woraufhin noch so ein zuckriges Ungeheuer vor ihr stand. Fisher versuchte erst gar nicht, seine Freude über Nells Appetit und seine gute Laune zu verbergen. Er bestellte für sich noch einen weiteren Tee.

Die Zeit verflog, und bald mußte Nell wieder aufbrechen. Nell erhob sich, um zur Toilette zu gehen, wo sie erstaunt war, daß sie sich übergeben mußte. Der Kuchen war für ein junges Mädchen wie sie viel zu schwer gewesen. »Wie dumm«, murmelte Nell, während sie ihren Mund mit Toilettenpapier abtupfte. Sie mußte dreimal an der schweren Kette für die

Toilettenspülung ziehen, bevor Wasser kam. Während der ganzen Zeit drehte sie ihren Kopf auf die andere Seite: Der Anblick und der beißende Geruch der zerkauten, braunen und orangefarbenen Kuchenstücke, die in der Gallenflüssigkeit schwammen und wie Salbei glitzerten, hätte sie sofort wieder erbrechen lassen. Im Vorraum der Toilette wusch sich Nell das Gesicht, fuhr sich mit dem Kamm durch die Haare und machte sich dann wieder auf den Weg zu ihrem Vater. Ohne den widerlichen Kuchen im Magen fühlte sie sich besser.

Fisher winkte ein Taxi herbei und stieg nach ihr ein. »Bitte zuerst nach Camden und dann zum Grosvenor Square«, sagte er zum Taxifahrer. Als das Taxi in Nells Straße einbog, fragte er sie, ob sie Taschengeld möchte.

»Gern«, antwortete Nell.

»Wieviel möchtest du denn haben?« wollte ihr Vater wissen.

Nachdem sie einen Augenblick überlegt hatte, schlug Nell vor: »Vielleicht achtzig Pence?«

Er zählte die Münzen ab. »Das ist aber sehr bescheiden«, meinte er freundlich.

»Danke«, antwortete Nell. Endlich hatte sie etwas richtig gemacht.

Am nächsten Abend beschloß Nell, ihrem Vater einen Brief zu schreiben. Wenn sie ihn am Morgen wegschickte, dann würden sie auf eine gewisse Weise am Wochenende in Verbindung stehen und damit bis zum nächsten Mittwoch über die Runden kommen.

Lieber Richard,
ich hoffe, es geht Dir gut. Ich mache heute ein Biskuitdessert, weil Laura und ihre Mutter zum Essen kommen wollen. Ich mische kleine Biskuitkuchen und Früchte, und während ich diesen Brief schreibe, rühre ich eine Eiercreme an, auch wenn das nicht besonders vernünftig ist. Ich werde den Kuchen mit Sahne und gerösteten Mandelsplittern verzieren.

In der Schule mußten wir gestern ein Sonett schreiben.
Meines hatte nur dreizehn Zeilen, und Mrs. Moorland hat
mich deswegen gerügt und mich aufgefordert, noch eine Zeile
dranzuhängen, aber das funktionierte einfach nicht. Zum
Glück konnte ich sie davon überzeugen, daß ich recht habe.
Mein Sonett ist wirklich nichts Besonderes, aber mir gefällt es
ganz gut. Bis Mittwoch,

alles Liebe, Nell.

PS: Ich würde Dich gerne öfter treffen

Nell schieb das Ganze auf eine Postkarte, ließ die letzte Zeile
weg und steckte sie in den Briefkasten.
Am Mittwoch bedankte sich Fisher für die Karte. »Ich habe
nicht geantwortet«, meinte er, »weil ich ja wußte, daß ich dich
wiedersehe.«
»Das hättest du auch nicht tun brauchen. Das habe ich
überhaupt nicht beabsichtigt.«
Nach ihrem nächsten Treffen schrieb Nell wieder.

Lieber Richard,
vielen Dank für den schönen Nachmittag heute. Diese
schwarze Johannisbeermarmelade war wirklich wunderbar,
aber ich glaube, ich habe viel zuviel davon gegessen. Heute
abend war ich bei Laura. Ihre Mutter hat anscheinend ein
Verhältnis mit einem Mann aus dem Büro, der immer graue
Schuhe trägt und »Bis die Tage« oder »Da ist jemand am
Rohr« sagt. Laura versucht, das Ganze mit einem gewissen
Gleichmut zu ertragen.
Ich hoffe, Du hältst Dich warm, wo es jetzt so kühl geworden
ist.

Bis ganz bald,
alles Liebe, Nell

KAPITEL DREI

Binnen kurzem war Nell überzeugt davon, daß Richard Fisher die bemerkenswerteste Persönlichkeit ihres bisherigen Lebens war, sei es nun wegen seiner vornehmen Adresse, wegen der beeindruckenden Regelmäßigkeit seiner Geschäfte und der entspannten Würde, mit der er alles tat. Sogar nebensächliche Schauplätze, auf denen Fisher nun wirklich kein Held zu sein brauchte, profitierten davon, denn als Nell beispielsweise einen Blick auf seine Socken warf, stellte sie fest, daß auch die außergewöhnlich hübsch waren. Eines Tages nahm sie ihren ganzen Mut zusammen, um ihm das zu sagen, und Fisher erzählte ihr, daß sie von Brooks aus New York stammten und daß er sie gerne anzog, weil sie keine Gummibündchen hatten (was die Haut reizte), und daß er sie nur mit Willenskraft davon abhalten könnte, zu rutschen. Und er sei froh, die Muskeln bei dieser Gelegenheit zu trainieren. Er erklärte Nell, daß amerikanische Baumwolle oft weicher als andere sei. Und als sie im September feststellte, daß er nun dickere Socken trug, antwortete Fisher, daß er in dieser Jahreszeit Wintersocken bevorzuge, die halb aus Merino, halb aus Kaschmir bestünden. Nell hätte brennend gerne gewußt, was ein Paar kostet – ihren Überlegungen nach mußten es gut und gern dreißig Pfund sein –, doch sie hielt ihre Zunge im Zaum, weil sie (zurecht) vermutete, daß ihn solche Fragen ärgerten. Die wöchentlichen Treffen fanden stets pünktlich statt, und nach fünf Monaten lebte Nell von einem Mittwoch auf den nächsten.

Manchmal las Nells Vater ihr ein Gedicht vor und hin und wieder aus der Literaturzeitschrift *New Yorker* eine Kurzgeschichte. Fisher konnte anregend und fesselnd vorlesen, und obwohl er viele Geschichten recht unterschiedlicher Schriftsteller auswählte, konzentrierte sich Nell einzig und allein auf seine verblüffend deutliche Stimme. Aus diesem Grund kam es ihr mit der Zeit so vor, als ob alles aus derselben Feder stammte, die ihr Vater mit feinem Gespür und scharfer Auffassungsgabe sofort erkannt hatte. (Später hätte Nells Vater mit seiner überlegenen Persönlichkeit seiner Tochter auch eine Einkaufsliste laut vorlesen können, doch derart gewöhnliche Dinge teilten sie nicht miteinander.) Nell lauschte ihrem Vater beim Vorlesen und hatte den Eindruck, als würde ihr ein Schriftsteller gegenübersitzen, der zarte Kurzgeschichten schreibt, derbe und humorige, mittelalterliche Gedichte, pikante Liebesgedichte, Geschichten mit einer Moral, tragische Reden und witzige, kenntnisreiche Beobachtungen aus New York.

Normalerweise gingen Nell und ihr Vater inzwischen an ihrem Mittwoch immer aus, meistens in ein nahegelegenes Hotel, wo man unbeholfen Tee auf einem dreistufigen Gestell servierte, das bogenförmige Verzierungen hatte. Manchmal gingen sie in das Café in der High Street, wo der Kellner immer noch viel Wirbel um Nell machte, ihr stets etwas umsonst brachte und sie mit Komplimenten überhäufte, während ihr Vater über Bücher sprach. Für Fisher waren sein Beruf und seine Vorliebe für Bücher eng verflochten, beides hing mit seiner Begeisterung für Wörter und Geschichten zusammen. In dieser Hinsicht waren die Begegnungen mit ihrem Vater für Nell von Vorteil. Fishers Vorschlag, Nell auf seine alte Schule zu schikken, war von ihrer Mutter abgelehnt worden, weil sie ihre Tochter zu Hause behalten und sie nicht kilometerweit entfernt in irgendein Internat schicken wollte. Fisher war froh, daß er somit die Gelegenheit erhielt, seiner Tochter etwas beizubringen. Er genoß es, der frischen, lebhaften und sehr interessierten Nell von all dem zu berichten, das er selbst interessant fand. Als sie zwölf Jahre alt war, unterhielten sie sich über die Romane von Jane Austen, über die Gedichte im *Oxford Book of English Verse*, über die Komödien von Shakespeare, über ein paar Sachen von Conrad, von Scott und über *The Rape of the Lock* und *Aunts Aren't Gentlemen* von P. G. Wodehouse. Kurz vor den Sommerferien überraschte Nell ihren Vater mit der Nachricht, daß sie ein Stipendium für die Mädchen-High-School in ihrer Nähe bekommen habe.

Im Laufe des Jahres, in dem sich Nell und Fisher ein Mal pro Woche trafen, wurden die beiden richtige Freunde. Als Nell zwölf wurde, nahm ihr Vater sie mit in eine Buchhandlung, die er besonders mochte, und kaufte ihr schön gebundene Ausgaben der bedeutendsten englischen Dichter. Zu seinem fünfzigsten Geburtstag schnitt Nell die Bilder von verschiedenen Mannequins, Schauspielerinnen und Filmstars in Abendkleidern aus und klebte sie in ein Sammelalbum. Unter die zufällig ausgewählten Bilder perfekter oder nahezu perfekter Frauen (bei einigen fehlte ein bißchen was vom Ellbogen oder vom Schienbein, weil Nell sich beim Ausschneiden so beeilt hatte) schrieb sie den Text von »Mein Herz gehört nur Daddy« in ihrer schönsten Handschrift. Sie wickelte das Päckchen in weißes Papier, schnürte ein rotes Band darum, verzierte es mit einer rosa Rose und legte es am entsprechenden Tag ihrem Vater vor die Wohnungstür. Inzwischen sagte sie Daddy zu ihm. Anfangs hatte sie ihn »dieser Mann« genannt, dann »Richard«, anschließend »Dad« zuerst einmal versuchsweise, wobei sie ihn aufmerksam anblickte, ob er womöglich etwas dagegen haben könnte. Von »Dad« zu »Daddy« war es nur ein kurzer Schritt, denn einmal mußte sie nach ihm rufen und da ging ihr »Daa-dyyy« einfacher über die Lippen als »Daaaaad«. Fisher freute sich über das Geschenk.

Nell wußte genau, was sie an Fisher gerne mochte – zum

Beispiel, daß er so groß war und immer schöne Sachen trug, oder daß er stets recht hatte –, und gleichzeitig entwarf sie ein Bild davon, was er wohl an anderen Menschen gerne mochte. Als sie in der weihnachtlichen Auslage eines Metzgers einen riesigen Truthahn liegen sahen, meinte Nell: »Schau mal, das ist der Truthahn von Loch Ness«, woraufhin ihr Vater sie zustimmend anlächelte. »Als ich sieben war, wollte ich unbedingt Nonne werden«, erzählte Nell ein andermal, »weil das in meinen Augen etwas ganz und gar Außergewöhnliches war.« Daraufhin warf Fisher ihr einen aufmerksamen und interessierten Blick zu. »Hast du schon ›Über Helden, Heldenverehrung und das Heldentümliche in der Geschichte‹ von Carlyle gelesen?« fragte Nell ihren Vater, weil sie den Titel in der Schulbibliothek entdeckt hatte.

»Nein, tut mir leid«, antwortete Fisher. »Ist das denn gut?«

»Das weiß ich nicht«, meinte Nell, »aber ich finde, der Titel klingt sehr gut.«

»Das stimmt.« Fisher beugte sich zu Nell hinunter.

Einmal war Nell neben ihrem Vater auf der Suche nach einem Teegeschäft die Straße entlanggegangen und hatte immer mal wieder ein paar Laufschritte einlegen müssen, um mit ihm mithalten zu können. Weil ihr währenddessen etwas eingefallen war, das sie ihm mitteilen wollte (sie dachte, es könnte ihn interessieren), hatte sie sich zu ihm hingedreht. Dabei hatte sie nicht auf die Straße achtgegeben, und als sie sich schwungvoll wieder nach vorne wandte, war sie mit ihrer Stirn und dem linken Bein gegen einen Laternenpfahl geprallt. Natürlich betonte sie, daß sie sich überhaupt nicht weh getan hatte, doch das Gegenteil war nur allzu offensichtlich. Sie hatte an ihrer Augenbraue eine große, violette Beule und am Knie eine Wunde, aus der das Blut das Schienbein hinunterrann. Als Fisher meinte, wenn Nell schlimme Schmerzen habe, könnten sie auch gut und gerne wieder umkehren, antwortete sie nur wie üblich: »Ach Gott, nein!«

Daraufhin murmelte Fisher: »tapferes Mädchen« vor sich hin. (Obwohl Fisher Ahnung von Medizin hatte, sich mit Psychiatrie und Psychologie auskannte und später auch noch psychoanalytische Psychotherapie gemacht hatte, glaubte er im Grunde seines Herzens noch immer, daß es ziemlich tapfer war, seine eigenen Gefühle nicht zu zeigen.)

Mit der Zeit wurde auch deutlich, was Fisher nicht mochte, und Nell versuchte, all das, so gut sie konnte, zu vermeiden. Was ihn zum Beispiel enorm aufbrachte, waren ungenaue Formulierungen.

»Lauras Mutter hat eine anhaltende Affäre mit einem Mann aus dem Büro.«

»Ich habe noch nie gehört, wie jemand das Wort ›anhaltend‹ in diesem Zusammenhang benutzt. In der Zeitung schreiben sie es zwar ständig, aber mir kommt es nicht so vor, als würde das Wort besonders viel bedeuten. Was meinst du dazu?«

Nell war zu sehr zerknirscht, als daß sie eine Erklärung hätte abgeben können. Das Wort »anhaltend« zählte nicht zu ihrem Wortschatz, aber sie hatte es nicht einfach nur so dahingesagt, denn es war ihr in diesem Fall zutreffend vorgekommen. Die fragliche Romanze ging nun schon seit achtzehn Monaten jeden Dienstag vormittag, und deswegen sprachen Laura, ihr Bruder und Nell nur noch vom Glücklichen Dienstag.

Ein andermal war Nell mit ihrer Mutter zu einer Gemäldeausstellung gegangen, die anläßlich der Abschlußfeiern an der Schule veranstaltet worden war. Ein paar Tage später erzählte sie ihrem Vater davon. Sie mochte die Arbeiten, berichtete sie ihrem Vater, und fügte hinzu, daß alle Bilder riesengroß gewesen seien. Ein paar Tage danach kam er noch einmal darauf zu sprechen. »Ich verstehe das nicht so recht. Du hast doch sicherlich nicht gemeint, daß die Bilder deswegen gut waren, *weil* sie so groß waren, oder?«

»Das habe ich nicht gesagt«, erwiderte sie, den Tränen nah.

Nell war sich im klaren darüber, daß Fisher es mochte, wenn

sie über ungewöhnliche und ein bißchen überraschende Dinge sprach. Aber sie wußte auch, daß es eine Grenze gab, die nicht überschritten werden durfte. Als Nell ein Kleinkind schilderte, das auf dem Boden lag, mit den Beinen strampelte und mit den Fersen auf den Boden schlug, bis seine Hose hochrutschte und man seinen Bauch sehen konnte, zuckte sie zusammen, weil sie den Eindruck hatte, sie berichtete etwas Unpassendes.

»War es schön beim Tee, Liebes?« fragte Mrs. Dorney ihre Tochter beim Nachhausekommen.

Mit einem Ruck hatte Nell sich aus der warmen Geborgenheit des Taxis losgerissen und war in solchen Augenblicken oft ziemlich angespannt. »Sehr schön, vielen Dank«, antwortete sie kurz angebunden. Dabei wich sie dem neugierigen Blick ihrer Mutter aus und schaute statt dessen dem Taxi nach, das wieder die Straße hinunterfuhr, bis es nur noch ein kleiner Fleck war.

»Geht es Dad gut?«

»Ja, sehr gut.« Nell lächelte. »Wir haben im Brown's Hotel Tee getrunken.«

»Wirklich wahr? Als ich ihn kennenlernte, hat er mich auch einmal dorthin ausgeführt. Es ist ganz hübsch dort, nicht wahr? Wenn ich mich richtig erinnere, gab es dort riesige, mit Marmelade und Sahne gefüllte Kuchen, und außerdem bekommt man einen Teller mit Marmelade und eine Schale Sahne extra. Ich mußte darüber immer lachen, und einmal hat der alte Kellner, der immer so freundlich zu uns war, vielleicht ist er ja immer noch dort, er –«

»Ich glaube, ich steige mal eben in die Badewanne«, unterbrach Nell ihre Mutter und verließ das Zimmer, um sich ein sauberes Handtuch aus dem Trockner zu holen.

Eine Stunde später klopfte es an Nells Schlafzimmertür. Nell saß auf ihrem Bett und malte sich gerade die Fußnägel an.

»Ja, hallo?« rief sie.

Ihre Mutter streckte den Kopf in den Türspalt. »Nell, Liebes, ich möchte nicht, daß du mich falsch verstehst ...«

»Ist es also mal wieder soweit«, murmelte Nell im Flüsterton vor sich hin.

»... aber weißt du, ich mache mir Sorgen um dich.«

»Ja?«

»Um dich und Dad.«

»Ja?«

»Du bist doch vorsichtig, oder?«

»Was meinst du mit vorsichtig?«

»Ich meine, was ich sagen will, ist, ich freue mich wirklich, daß du dich so gut machst, aber ich –«

»Was?«

»Ich mache mir einfach Sorgen. Ich will nicht, daß du enttäuscht wirst. Er kann einem wunderbar das Gefühl vermitteln, etwas Besonderes zu sein, und ich habe, glaube ich, Angst davor, daß er dich irgendwie hängen läßt. Daß dann alles in Tränen endet.«

Eifersüchtig, dachte Nell.

»Ich weiß schon, es ist etwas anderes, aber vermutlich möchte ich dich davor bewahren, daß du dieselbe Erfahrung machst wie ich – mit ihm meine ich. Zuerst ist alles so wunderschön und dann so schrecklich.«

»Wir wollten eigentlich nicht unbedingt heiraten, weißt du.«

»Ich weiß, Nell. Ich möchte einfach nicht, daß dir Leid zugefügt wird, das ist alles. Ich warne dich nur. Ich weiß, er sieht furchtbar gut aus und ist bezaubernd und alles, aber in vielen Dingen denkt er nur an sich, und vermutlich solltest du dich ein bißchen zurückhalten, nur für den Fall.«

»Geht klar«, antwortete Nell abwesend. Sie trug gerade eine zweite Schicht Farbe auf ihre Fußnägel auf. Ihre Mutter ging aus dem Zimmer und schloß leise die Tür hinter sich. »Blöde Kuh«, sagte Nell und fächerte mit einer Hand Luft über ihre Zehen, damit der Lack schneller trocknete. »Du blöde Kuh«, sagte sie und schlug sich selbst mit der Faust dreimal kurz und heftig gegen den Kopf.

Als sie am nächsten Morgen zum Frühstück herunterkam, bemerkte sie, daß ihre Mutter sie besonders aufmerksam betrachtete. »Ich glaube, es ist an der Zeit, daß wir dir einen BH kaufen, Nell.«

»Hat das was mit gestern abend zu tun?«

»Nein, natürlich nicht. Ich habe neulich mit Lauras Mutter darüber gesprochen.«

»Was? Über meinen Bu–«

»Nein. Sie meinte nur, daß du und Laura, wie hat sie es genannt, ›daß ihr beide junge Frauen werdet‹ oder so ähnlich. Jedenfalls haben wir gedacht, daß wir ja zusammen einkaufen gehen könnten.«

»Wenn es unbedingt sein muß«, erwiderte Nell, doch als sie anschließend wieder allein in ihrem Zimmer war, fühlte sie sich schrecklich überrollt. Warum gehst du nicht gleich auf die Straße und verkaufst Eintrittskarten.

Am nächsten Samstag zogen Nell und Laura zusammen los, um sich ihren ersten BH zu kaufen. Laura hatte sich rundweg geweigert, die Erfahrung ihrer Mutter in Anspruch zu nehmen, und irgendwann, nachdem sie mit Mrs. Brackett von Dickins and Jones telefoniert hatte, willigte ihre Mutter endlich ein. Die Verkäuferin hatte ihr zugesichert, daß die beiden jungen Damen bei ihr in guten Händen seien. Dann rief Mrs. Nesbitt Nells Mutter an. »Ich habe den Mädchen gesagt, daß man dort ihren Brustumfang mißt. Sie hätten die Gesichter sehen sollen, die sie daraufhin gezogen haben! Ich habe nur gesagt, ihr könnt eure Gesichter soviel verziehen, wie ihr wollt, am Ende seid ihr mir doch dankbar. Richtig angezogen zu sein, kann manchmal von entscheidender Wichtigkeit sein. Kommt mir bloß nicht mit so etwas Labbrigem daher, habe ich gesagt, sonst hängt zum Schluß bloß alles schlaff herunter. Daraufhin konnten sich die beiden vor Lachen kaum mehr halten. Ich hoffe bloß, die zwei kriegen das gut über die Bühne.«

Nell und Laura fuhren mit der Rolltreppe in den dritten Stock und machten kurz bei den Schminksachen halt. Dort wurde Nell von einer Verkäuferin, die extrem schnell sprach, gefragt: »Leiden Sie im Winter unter rosiger Haut?«, und Nell hatte fast den Eindruck, die Frau würde eine fremde Sprache sprechen.

In der Wäscheabteilung unterzogen sich Laura und Nell dem Brustumfangmessen von Mrs. Brackett. »Das ist unabdingbar, um die richtige Größe herauszufinden, Liebchen«, machte Laura den knappen Tonfall ihrer Mutter nach. Nachdem sie gemessen worden waren: »Sie zuerst, nicht wahr Schätzchen? Ich glaube, Ihre Mutter hat hier angerufen.« (Erröten). Die Verkäuferin führte sie zu einem Wäscheständer mit dem Schild »Mein erster BH« und ließ sie dort in Ruhe auswählen, doch die Mädchen waren bald bei den weitaus exotischeren Modellen gelandet. Nell und Laura befühlten die vielen unterschiedlichen Modelle im dritten Stock. Schwarze BHs mit Spitze, sportlich-elastische aus einem Baumwolle-Lycra-Gemisch, karierte Modelle mit dazu passenden, hochgeschnittenen Slips, stützende Modelle, gepolsterte, solche mit Bügel, welche aus Seide, gekräuselte, BHs mit halbem Körbchen, andere mit Rennstreifen, solche mit roten Punkten oder mit malvenfarbener Spitze ...

»Was meinst du?« Nell hielt vor sich einen riesigen, schwarzen BH mit elastischer Spitze hin, in dem sie fast versunken wäre. »Das ist Größe 40 DD. Glaubst du, der BH könnte mir passen?«

»Sieht gut aus«, sagte Laura und drückte die beiden hohlen, kindskopfgroßen Körbchen zusammen.

»Meinst du, wir sollten einen nehmen, der stützt und nach vorne schiebt, oder eher einen, der flach preßt?« fragte Nell.

»Keine Ahnung«, antwortete Nell. »Aber vielleicht ist ja ›Auf und nach vorn‹ nicht umsonst das Motto unserer Schule.«

»Dann sollten wir darauf auf alle Fälle Rücksicht nehmen.«

»Aber soll ein Büstenhalter eher den Busen heben und betonen, oder zusammendrücken? Kein Mensch hat uns das gesagt.«

In dem Augenblick tauchte die Verkäuferin wieder auf. »Viele Frauen bevorzugen unterschiedliche Modelle, denn so können sie immer wieder anders aussehen.«

»Ich verstehe«, antwortete Nell höflich.

Nach einer Weile begann das Ganze, für Nell und Laura langweilig zu werden. »Wir müssen uns das noch mal überlegen«, sagte Nell zu der Verkäuferin, und die beiden verließen das Geschäft.

»Ich finde, diese BHs waren alle ziemlich teuer«, meinte Laura.

»Du hast recht. Vielleicht sollten wir noch mal zu Marks and Sparks reinschauen. Weißt du noch, welche Größe wir hatten?«

»32 B«, erinnerte sie Laura.

Die Mädchen gingen die Oxford Street hinunter bis zum neuen Einkaufspalast am Marble Arch, wo sie sich beide dieselben BHs mit dem Namen Teenagertraum kauften, einen in schwarz und einen in weiß. Die BHs waren aus Baumwolle und ganz schlicht, bis auf eine schmale Borte an der Stelle, an der die beiden Körbchen aufeinandertrafen. »Sehr passend«, meinte Nell.

»Na ja, mit etwas Glück wachsen wir ja bald aus ihnen heraus«, lachte Laura.

Nach den Einkäufen gingen sie in ein Hamburger-Restaurant in der Nähe und bestellten zwei Kaffee und einen Apfelkuchen, den sie sich teilten. Nachdem sie den warmen, süßen Kuchen aufgegessen hatten, leckte sich Nell die Lippen und zog eine Zehnerpackung Silk Cut extra leicht aus ihrer Tasche.

»Was meinst du?« fragte sie Laura.

»Ich weiß nicht.«

»Ich finde, irgendwie sollten wir, jetzt, wo wir ...« Sie klopfte auf die beiden grünen Tragetaschen »... Frauen und überhaupt sind.«

»Na ja, weißt du, eigentlich könnten wir ja jede eine rauchen und anschließend die Packung wegschmeißen, oder?«

»Gut. Aber nicht husten, einverstanden?« ordnete Nell an.

»Geht klar.«

Nell zündete sich eine Zigarette für sich und eine für Laura an. Sie nahm einen Zug. Sie hatte immer noch den Geschmack nach Apfelkuchen im Mund, und die scharfe Süße des Zimts paßte gut zu dem Geschmack der Zigarette. »Wunderbar«, sagte sie. Doch Laura hustete quer über den Tisch.

»Gibt's Schwierigkeiten?« fragte Nell und legte ihre Zigarette auf den Rand des Aschenbechers aus Folie.

»Danke. Ich mag es nur nicht, das ist alles. Ich bin von Natur aus keine Raucherin.«

»O je, ich schon. Ich glaube, ich bin schon süchtig!«

Nell zog noch ein paar Mal. »Köst-lich«, sagte sie.

»Hast du deinen Vater in letzter Zeit mal getroffen?« wollte Laura wissen.

»Wir sehen uns am Mittwoch.«

»Erzählst du ihm von heute?«

»Du meinst wegen der Zigaretten?«

»Nein, Busen«, antwortete sie und zwickte Nell in die linke Brustwarze.

»Ich glaube nicht. Aber weißt du was? Er wohnt bloß etwa zehn Minuten von hier entfernt. Wenn du magst, zeige ich dir sein Haus.«

»Wirklich?«

»Na klar, los, komm.« Die beiden Mädchen standen auf und ließen das Päckchen Zigaretten auf dem Tisch zurück, sehr zur Freude der nächsten Gäste.

Sie liefen energisch die halbe Meile bis zur Wimpole Street.

»Das da drüben ist das Haus«, meinte Nell und deutete auf die andere Seite.

»Was hältst du davon, wenn wir kurz hallo sagen?«

»Ich weiß nicht. Vielleicht stören wir ja. Was meinst du?«

»Es hängt von dir ab, mir ist es egal. Heh, Nell, schau doch mal die Frau da drüben.«

»Wo?«

»Da drüben an der Ecke, jetzt kommt in sie in unsere Richtung.«

»Ach ja, du lieber Himmel.«

»Ist die nicht hübsch?«

»Und wie. Du liebes bißchen, sie geht ja in das Haus von meinem Vater. Das ist das Haus meines Vaters. Schau doch, sie geht in das Haus Nummer 72.«

»Sie hat geklingelt.«

»Den ersten Klingelknopf?«

»Das kann ich von hier aus nicht sehen. Jetzt kommt ein Mann an die Tür. Er ist ziemlich groß und trägt einen dunklen Anzug.«

»Das ist mein Dad«, sagte Nell. »Wir sollten jetzt besser abhauen.«

»Vielleicht wäre es besser, wenn wir warten.«

»Worauf?«

»Vielleicht bleibt sie ja nicht lang.«

»Willst du klingeln und fragen, was die da machen? Vielleicht ist sie ja nur eine alte Freundin oder so.«

»Den Eindruck habe ich aber nicht.«

»Könnte trotzdem sein.«

»Sie war ziemlich aufgedonnert, findest du nicht?«

»Stimmt schon, aber heute ist Samstag. Vielleicht war sie einkaufen. Manche Leute machen sich besonders zurecht zum Einkaufen, damit die Verkäuferinnen höflich zu ihnen sind.«

»Vielleicht sollte ich bei ihm anrufen.«

»Und was willst du sagen?«

»Keine Ahnung, vielleicht einfach nur schauen, ob sie ans Telefon geht, oder so.«

»Wenn du meinst. Da drüben ist eine Telefonzelle.«

Sie zwängten sich beiden in die Zelle, und Nell wählte die Nummer.

»Hallo.« Eine Frauenstimme.

»Oh, hallo. Hm, also, ja.«

»Bist du es, Nell?«

»Ja, Mrs. Summers.«

»Hallo, meine Liebe, wie geht es dir?«

»Gut.«

»Es tut mir leid, dein Vater hat gerade jemanden da. Um zehn vor vier hat er wieder Zeit. Soll ich ihn bitten, zurückzurufen?«

»Ich bin in einer Telefonzelle.«

»Ach so. Na ja, vielleicht hast du ja Lust, in etwa einer Stunde noch mal anzurufen. Oder soll ich ihm etwas ausrichten?«

»Bitte sagen Sie ihm nicht, daß ich angerufen habe.«

»Nicht sagen?«

»Ja, genau, einfach gar nicht erwähnen.«

»Na gut, wie du willst, meine Liebe.«

»Vielen herzlichen Dank.«

»Keine Ursache. Auf Wiederhören.«

An diesem Abend rief Fisher bei Nell an. Das tat er nie: Schließlich hatten sie ihre gemeinsamen Mittwoche, und sie waren übereingekommen, daß das eine feste Institution war. Es gab keinen Grund für ihn, darüber hinaus mit ihr in Kontakt zu treten. Als Nell seine Stimme am anderen Ende der Leitung hörte, förmlich und warm, dachte sie als erstes, Mrs. Summers hätte doch etwas gesagt. Falls dem aber so war, ließ ihr Vater sich nichts anmerken.

»Ich dachte, wir könnten am Mittwoch zur Abwechslung mal zum Essen gehen, wenn du magst. Vielleicht kommst du um sieben, dann trinken wir bei mir einen Schluck und gehen dann los. Wäre dir das recht?«

»Wäre wunderbar«, antwortete Nell.

»Sehr gut. Also bis dann. Wiedersehen.«

Nell war noch nie zuvor mit ihrem Vater in ein Restaurant gegangen. Sie waren in vielen Cafés gewesen und in hoteleigenen Tea rooms. Aber nirgendwo hatte eine Kerze auf dem Tisch gestanden oder eine Flasche Wein. Bei der Aussicht auf ihr gemeinsames Abendessen war Nell überglücklich. Irgendwie hatte sie eine höhere Stellung bei ihm erreicht, indem sie vom Tee zum richtigen, erwachsenen Essen befördert worden war, vom Mädchen zur Frau. Nell lachte. Ob das in Verbindung zu dem BH Größe 32 B stand? Nell wußte, daß sie älter als dreizehn aussah. In der letzten Zeit war sie dreimal für eine junge Frau gehalten worden. Einmal im Kino, wo die Platzanweiserin ihr nicht geglaubt hatte, daß sie noch keine sechzehn war (einen Moment lang hatte sie überlegt, ob sie sagen sollte: »Fragen Sie mich doch etwas über Oberstufenmathematik, davon habe ich keine Ahnung.«); das zweite Mal war im Bus, als ihr der Schaffner nur widerwillig einen Kinderfahrschein aushändigte, und das dritte Mal hatte ein Junge in der Buswarteschlange gemeint, sie sei bereits in der fünften Klasse. Nell kam zwanzig Minuten zu früh im Bahnhof Bond Street an, wo sie sich mit Fisher verabredet hatte. Vor dem Eingang bot ein Mann erste Narzissen an. Nell kaufte einen großen Strauß, den der Mann in ein mit hellroten Rosen und grünen Blättern bedrucktes Papier einwickelte. Nells Vater kam auch zu früh, vertiefte sich aber sofort, ohne überhaupt nach ihr Ausschau zu halten, bis kurz vor sieben in seine Zeitung. Dann rief Nell ihn beim Namen. Sie überreichte ihm die Blumen. »Schön, dich zu sehen.« Sie gaben sich einen Begrüßungskuß und gingen gemeinsam die Oxford Street hinunter.

Fisher trug einen schweren blauen Mantel über seinem dunklen Anzug. Als sie in die Bond Street einbogen, meinte er: »Wenn dir kalt ist, brauchst du es bloß zu sagen, dann nehmen wir einfach ein Taxi.«

»Mir geht es wunderbar«, erwiderte Nell.

Nells Vater mußte auf einmal herzhaft gähnen.

»Bist du müde?«

»Ich fürchte, ich hatte einen langen Tag. Ich muß zur Zeit ziemlich viel arbeiten und eine Menge offener Fragen klären.«

»In der Wimpole Street?«

»Genau.«

»Was genau tust du eigentlich in der Wimpole Street, Dad?«

»Na ja, die Leute kommen normalerweise drei- bis viermal in der Woche zu mir, und Mrs. Summers läßt sie herein. Dann sprechen wir etwa fünfzig Minuten, und manchmal verschreibe ich ihnen eine Medizin, aber meistens erzählen sie mir, was ihnen durch den Kopf geht. Und dann interpretiere ich, was gesagt oder nicht gesagt worden ist, so, wie ich es gelernt habe und wie es mir meine medizinische Erfahrung und meine Intuition sagen. Und dann sprechen wir über die Interpretation.«

»Und machst du das auch am Wochenende?«

»Am Samstag nachmittag habe ich zwei Patienten, ja.«

»Ist eine davon eine elegante Lady in einem Pelzmantel? Ich habe sie neulich in dein Haus gehen sehen, als ich vorbeikam.«

»Deine Beschreibung paßt auf eine Patientin von mir.«

»Und was hat sie?«

»Hm – das kann ich dir nicht sagen. Es gehört sich nicht, mit anderen Leuten über die Angelegenheiten meiner Patienten zu sprechen.«

Währenddessen gingen Nell und ihr Vater die Grosvenor Street hinunter, und Fisher nahm Nells Arm und dirigierte sie in einen Hauseingang kurz vor dem Platz. Fisher zog einen Schlüsselbund aus einer Innentasche und öffnete die Tür.

»Wohin gehen wir?«

»Hier wohne ich.« Sie stiegen eine Treppe hinauf. Fisher nahm immer zwei Stufen auf einmal, und Nell trottete hinter ihm her. »Ich dachte, du würdest es ganz gerne mal sehen.«

»Aber ich dachte, du wohnst in der Wimpole Street.«

»Nein, da kommen nur meine Patienten hin.«

»Du übernachtest dort nicht?«

»Nein, ich lebe hier«, antwortete Fisher.

»Und ich habe immer gedacht, du sitzt abends mit den Keksen in dem Salon in der Wimpole Street, so wie damals, als ich dich zum ersten Mal besucht habe.«

»Du meinst sicher das Wartezimmer«, lachte Fisher.

Das Wartezimmer! Nur das Wartezimmer.

»Ich glaubte damals, es wäre einfacher, uns dort zu treffen, und deine Mutter war derselben Meinung, weil es ein bißchen näher bei deiner Schule liegt und so.«

»Ach so«, meinte Nell.

Sie waren fast bei ihm angekommen, und obwohl Nell erkannte, daß es nur noch ein Stockwerk nach oben ging, hielt sie einen Augenblick inne, um Luft zu holen. Sie hatte Tränen in den Augen. Sie hatten zusammen Tee in einem Wartezimmer getrunken, als wären sie Fremde in einem Bahnhof oder im Krankenhaus. Die gute Laune vom Nachmittag hatte sich plötzlich aufgelöst. Nell holte tief Luft, erklomm die letzten Treppenstufen und betrat die Wohnung ihres Vaters. Die Zimmer kamen ihr häßlich vor: Die braunen Samtsofas wirkten dunkel und bedrückend, ebenso die weinroten Vorhänge, die dunklen Teppiche, die finster schimmernden Bücherregale, ein düsterer, mit Leder bezogener Tisch, auf dem sich dicke, cremefarbene Briefumschläge, maschinengeschriebene Seiten, geöffnete Büchern mit Bleistiftanmerkungen und ein riesiger Berg Zeitungsausschnitte stapelten.

Nell setzte sich in einen kleinen Sessel, den Fisher ihr angeboten hatte, und verschränkte die Arme, während ihr Vater den Raum durchschritt und einzeln herumliegende Blätter aufhob, Stühle zurechtrückte, Bücher schloß und Vorhänge öffnete und wieder zuzog. Er füllte eine Glasvase mit Wasser für ihre Blumen. Nell blickte starr auf den Boden. Nachdem er ein paar Minuten schweigend herumgeräumt hatte, sagte Fisher: »Langsam sollten wir uns auf den Weg machen.« Sie beschlossen, zu Fuß in ein Restaurant hinter dem Grosvenor Square zu gehen. Fisher fragte Nell, was sie gerne essen würde, und sie antwortete mit kleiner und zittriger Stimme, daß sie dasselbe wie er essen würde. Der Kellner brachte Austern, und Fisher aß zuerst seine Portion und dann die von Nell. Als nächstes folgten zwei kleine Hummer. Fisher meinte: »Oft ist ein sehr kleiner ganzer Hummer besser, als ein halber großer.«

»Ich dachte, das ist nur bei Avocados so?« wollte Nell wissen, doch Fisher antwortete nicht. Er versuchte gerade, die Aufmerksamkeit des Schankkellners auf sich zu ziehen, und außerdem war es vielleicht dumm gewesen, das zu sagen. Nell pulte das Hummerfleisch aus der Schere und begann zu essen.

»Wie schmeckt es?« wollte Fisher wissen.

»Total köstlich.«

»Dem Himmel sei Dank«, meinte Fisher. Dann legte er ermutigt seine Gabel hin. »Es tut mir leid, wenn du dich wegen des Zimmers getäuscht fühlst, Nell. Ich bin überhaupt nicht auf die Idee gekommen, du könntest denken, ich würde dort wohnen. Es war dumm von mir, das außer acht zu lassen. Es tut mir sehr leid, Nell. Kannst du mir verzeihen?«

»Ich werde schon rechtzeitig darüber hinwegkommen«, sagte Nell scheu.

»Vielen Dank.« Fisher lächelte seine Tochter an.

Plötzlich fühlte sich Nell beschwingt und festlich. Sie schob ihre Hummergabel weit in die Hummerscheren hinein und spürte, wie der Hummersaft ihr über die Hände lief. »Du errätst nie, was an diesem Wochenende passiert ist. Stell dir vor, bei Boots in der Oxford Street kommt ein Araber auf mich zu und sagt: ›Miss, kann ich Sie bitte etwas fragen?‹ Und ich antwortete: ›Was denn?‹ Und er hat gemeint: ›Ich weiß, daß sich Frauen oft nach dem Händewaschen eincremen. Ich kenne mich damit nicht aus – könnten Sie mir sagen, welche

Creme gut ist –, ich möchte eine kaufen.‹ Dann habe ich eine ausgesucht, eine französische *Jeunesse des mains*, die Lauras Mutter immer benutzt. Er hat sich bedankt und ich habe mich weiter um meine Einkäufe gekümmert, doch plötzlich stand er hinter mir und sagte: ›Gestatten Sie mir, daß ich Ihnen auch eine kaufe?‹ – ›Nein, vielen Dank‹, antwortete ich. ›Das ist wirklich nicht nötig.‹ – ›Ich verstehe‹, sagte er daraufhin, ›vielleicht mögen Sie diese Creme nicht, vielleicht hätten Sie lieber etwas anderes.‹ – ›Ehrlich‹, meinte ich darauf, ›ich möchte wirklich nichts.‹ Und dann holte er sich einen Ein- kaufskorb von einem Stapel und legte alles mögliche hinein: Haarspray, Deodorant, einen Luftbefeuchter, Lippenstift, Haarwaschmittel, lauter Sachen, die ich überhaupt nicht woll- te. ›Ich möchte Ihnen das kaufen‹, sagte er. ›Ich bestehe darauf. Sie sind sehr freundlich zu mir gewesen.‹ Weil er mein Nein einfach nicht gelten ließ, habe ich mich für eine große Tube Zahnpasta entschieden und gesagt: ›Wenn Sie wirklich etwas für mich tun wollen, dann nehmen Sie das hier.‹ Und das tat er auch. Na ja, und dann habe ich das Geschäft verlassen, und kam hinter mir her und wollte wissen: ›Kann ich Sie in ein Café einladen?‹ – ›Ich bin ein bißchen in Eile‹, wich ich aus. ›Die Geschäfte haben heute lange geöffnet, kann ich mit Ihnen irgendwo zum Einkaufen gehen? Kommen Sie doch um sechs Uhr in die Halle vom Selfridge Hotel. Ich lade Sie ein.‹ – ›Nein, vielen Dank‹, habe ich geantwortet. ›Aber ich möchte mich doch nur entsprechend bedanken‹, rief er hinter mir her. In dem Moment begannen sich die ersten Leute nach uns umzudrehen, deswegen habe ich gesagt: ›Auf Wiedersehen und vielen Dank für die Zahnpasta‹, und dann rannte ich los. Er kam zwar nicht hinterher, aber ich hörte noch, wie er rief: ›Sechs Uhr im Selfridge Hotel. In der Halle. Wie gehen zusammen einkaufen. Ich lade Sie ein.‹«

»Und hast du überlegt, ob du ins Hotel gehst?« fragte Fisher.
»Eigentlich nicht.«

»Sehr vernünftig«, antwortete Fisher.

Nell hatte sich einen riesigen Eisbecher mit sämtlichen Eissorten, Früchten, Keksen, Nüssen und Fruchtsauce bestellt. Dazu brachte ein Kellner einen kleinen silbernen Behälter, der mit Sahne gefüllt war, und eine silberne Schaufel und wies Nell darauf hin, daß sie sich bedienen solle, was sie auch tat. Ihr Vater nippte an einer kleinen Tasse Mocca.

Nell aß einen Löffel voll von ihrem Eis. »Das ist ja wie im Himmel«, meinte sie.

»Prima«, freute sich Fisher und holte tief Luft. »Weißt du, Nell, wahrscheinlich hast du es dir schon gedacht, ich habe dich hierhergeführt, weil ich dir etwas mitteilen will.«

Nell hatte sich das noch nicht gedacht. Doch seine Stimme verriet, daß es etwas Schlechtes war. Nell drückte ihr Bein gegen das Tischbein, preßte ihren Rücken gegen die Stuhllehne und wartete. »Ach ja?« sagte sie gleichgültig.

»Die Sache ist die, ich muß nach Amerika.«

»Ferien?« fragte Nell.

»Nein, Nell. Man hat mir einen Job angeboten. Genauer gesagt, eine akademische Position, die ich mir die ganze Zeit erhofft habe. Ich könnte praktizieren, lehren und gleichzeitig an meinen eigenen Untersuchungen weiterarbeiten. So eine Chance kann ich nicht ungenutzt verstreichen lassen. Am Anfang habe ich zwar nur einen Dreijahresvertrag, aber mit ein bißchen Glück kann ich ihn verlängern. Ich hoffe, du kommst in den Ferien, sooft du Lust hast, herüber? Ich werde ein Haus haben und vielleicht ein Schwimmbad und . . .«

Nell blendete ihn aus und konzentrierte sich auf ihren Eisbecher. Ein Löffel Eis folgte dem nächsten. Ihre Stirn tat ihr schon weh von der Kälte, aber Nell machte einfach weiter . . .

»Natürlich mußt du oft schreiben . . .« Nell musterte die Inneneinrichtung des Restaurants. Sie war bequem altmodisch und irgendwie männlich; der schmale Raum zog sich in die Länge, fast wie ein Speisewagen in einem sehr großen Zug.

»Unglücklicherweise muß ich mich ziemlich bald auf die Sokken machen, denn der Mann, dessen Stelle ich bekommen soll, ist plötzlich gestorben ...«

Auf den Tischen lagen mehrere weiße Tischtücher übereinander, und an den Fenstern schirmten silbern-dunkelgrün gemusterte Samtvorhänge das Licht von draußen ab. Nell fiel auf, daß ihr Vater zu sprechen aufgehört hatte und sie anblickte. Sie löffelte die letzten Reste Sahne aus ihrem Becher. »Entschuldigst du mich bitte für einen Augenblick?« sagte sie.

In kleinen schnellen Schritten steuerte sie die Damentoilette an, wo sie sich mitten auf den Fußboden übergeben mußte. Das Erbrochene war dickflüssig hell, wie geschmolzenes Eis, nur ab und an gesprenkelt mit knallig gefärbten Stücken glasierter Kirsche. Nell holte sich Toilettenpapier, schob ihren Rock oben in die Strumpfhose und kniete sich auf den Boden, um das Unglück zu beseitigen. Sie brauchte eine ganze Weile dafür; als sie letztendlich alle Spuren beseitigt und sich das Gesicht und die Schuhe abgewischt hatte, kehrte sie zum Tisch zurück. Ihr Vater hatte bereits bezahlt. Nell bedankte sie für das Essen, sie verabredeten sich zu einem letzten gemeinsamen Tee am folgenden Mittwoch zur üblichen Zeit. Doch als der Mittwoch näherrückte, fühlte Nell sich nicht wohl. Sie hatte erhöhte Temperatur, war müde, ihr tat alles weh, und ihre Mutter meinte, es sei besser, an diesem Tag im Bett zu bleiben. Als Fisher anrief, um sich zu verabschieden, schlief Nell.

»Kannst du sie denn nicht aufwecken?« fragte er Nells Mutter. »Du bist ja schon immer meisterhaft gewesen mit deiner Gefühllosigkeit. Aber das jetzt ist wirklich nicht mehr zu überbieten, Richard«, fauchte ihn Mrs. Dorney mit zusammengebissenen Zähnen an. Und bevor er etwas erwidern konnte, hatte sie den Hörer aufgelegt.

KAPITEL VIER

Als Nell fünfzehn war, traf sie Bill Marnie zum ersten Mal, vorausgesetzt, man konnte das überhaupt ein Treffen nennen. Er las in einer Buchhandlung in der Charing Cross Road aus seinem neuen Gedichtband, und Nell und Laura saßen unter den Zuhörerinnen. Beide waren direkt von der Schule aus hergekommen und hatten weiß-blaue Pepitakleider mit kleinen, runden Kragen an, die mit blauer Paspel eingefaßt waren – die Sommeruniform von Chesterfield High. Die Mädchen hatten sich ihre marineblauen Pullis um die Taille gebunden und trugen ihre Bücher in blauen Nylonbeuteln über der Schulter.

Laura und Nell setzten sich auf zwei Holzstühle, die in engen Reihen hintereinander standen. Der Geschäftsführer sagte ein paar Sätze dazu, wie wichtig es sei, die Poesie zu unterstützen. Daraufhin wurde verhalten applaudiert. Anschließend kehrte Ruhe ein. Auf der kleinen, improvisierten Bühne der überfüllten Buchhandlung erschien Bill Marnie im hellgrauen Anzug und im ungebügelten, weißen Hemd und nahm dann ebenso auf einem Holzstuhl Platz wie Nell und Laura. Aus seiner Jackentasche zog er ein dünnes Büchlein, das durch die vielen Papierstreifen, die darin steckten, ganz aufgebläht war. Dann begann er, das Buch durchzublättern. Er nippte an seinem Rotwein, sah einen Augenblick lang zum Publikum auf. »'n Abend«, meinte er in einem Tonfall, der sowohl Nervosität als auch Ironie verriet. Aus den Reihen der Zuhörer, vor allem Frauen, die seinen Vortrag hören wollten, erklang ein vielstimmiges, freundliches »Guten Abend« und Gelächter. Als Laura seine Stimme hörte, boxte sie Nell in die Seite und murmelte: »Meine Güte.« Daraufhin mußte Nell kichern und hielt sich eine Hand vor den Mund. Sie mußte so sehr lachen, daß ihr ganzer Kopf bebte. Eine ältliche Dame in der Nähe zog die Augenbrauen hoch, und ein alter Mann vor ihnen schenkte den beiden Mädchen ein nachsichtiges Lächeln. Marnie selbst blickte streng und erhaben und ein bißchen verlassen, hustete einmal trocken, und dann begann die Veranstaltung.

Den Tick mit Bill Marnie hatte Laura, seit sie einmal ein Bild von ihm in einer Sonntagsbeilage der Zeitung gesehen hatte. Sie mochte seine Nase und war fest davon überzeugt, daß diese intelligent geschwungen sei. Sie bewunderte seine rasante Frisur und fand, daß er irgendwie hungrig und neugierig zugleich aussah. Sie hielt große Stücke auf seine Gedichte, die ihrer Meinung nach beeindruckenden Widerhall hatten und gleichzeitig zurückhaltend waren. Und seine Wörter schwangen. Sie zeigte Nell sein Bild. »Rate mal, wie alt?« fragte sie.

»Achtundzwanzig. Nein, fünfunddreißig«, antwortete Nell.

»Einundvierzig.«

»Nein!«

»Doch, einundvierzig Jahre, drei Monate und fünf Tage.«

In Marnies Gedichten ging es hauptsächlich um ein Thema: um Abwesenheit. Das war für ihn sein englisches Erbe. Das Thema Fernbleiben behandelte er in Gedichten und im Leben mit derselben übergenauen Aufmerksamkeit wie die Anwesenheit. Marnie war ein spätromantischer Dichter voller verlorener Paradiese, verpaßter Gelegenheiten und einsamer Bemühungen, der sich mit dem Auseinanderdriften von Realität und Hoffnungen beschäftigte. Sein letzter Gedichtband trug den Titel *Evening Poems* und war in einer Sonntagszeitung abgedruckt worden, die einen Artikel über Marnie gebracht hatte (und auch ein Foto von ihm, wie er an seinem Tisch saß, umgeben von Papieren, in einer Hand ein Glas Whisky hielt und in der anderen einen rot-schwarz gestreiften Stift) und die seine Arbeit als Ausdruck fundamentaler Sehnsucht eingeschätzt hatte.

Laura behauptete, daß Marnies Sprache klar und fein ziseliert sei, um das Wirrwarr der Gefühle in eine geordnete, künstlerische Form zu bringen. Nell konnte das gut verstehen. Es war dasselbe, was sie jeden Morgen mit ihren Haaren machte. Marnie hatte ein angenehmes Äußeres mit seinen kurzen, dunklen Haaren, die ganz leicht gewellt waren, den grau-grünen Augen, einem riesigen, dünnlippigen Lächeln und der großen, fast geraden Nase. Offensichtlich jedoch gab es niemanden, der ihm das Hemd bügelte, sinnierten die Mädchen, es sei denn, sein zerknittertes Äußeres war Absicht, um sich einen noch poetischeren Anstrich zu geben. Nachdem er sein letztes Gedicht vorgetragen hatte, ein Stück mit dem Titel »O Liebes, was ist bloß los?«, stieß Laura Nell wieder in die Rippen und flüsterte: »Ich habe mich verliebt.«

»Verständlich«, nickte Nell. »Das kann ich gut verstehen.«

Nach dem Vortrag gab es eine Diskussion. »Können Sie uns erzählen, wie Sie Dichter wurden? Wollten Sie das schon immer werden?« fragte eine magere, heftig klingende Frau in einem marineblauen, zugeknöpften Mantel.

Marnie räusperte sich. »Als junger Mensch wollte ich immer etwas Gutes tun. Ich las den ganzen Tag und auch die halbe Nacht; vermutlich verdanke ich meiner Schlaflosigkeit ziemlich viel. Wenn ich wach war und nicht las, träumte ich davon, etwas wirklich Wichtiges zu schreiben. Etwas, das Antworten auf die großen Fragen der Menschheit gibt. Wie Sie sehen, war ich sehr von mir eingenommen.«

Das Publikum nickte und lächelte.

»Ich habe oft über den Dichter Coleridge nachgedacht, der ein Thema für ein Gedicht gesucht hat, in dem er sowohl Beschreibungen, Ereignisse und leidenschaftliche Gedanken über die Menschheit, über die Natur und die Gesellschaft unterbringen konnte und das in sich selbst gleichzeitig eine natürliche Verbindung zu sämtlichen Teilen und auch zur Einheit des Ganzen ermöglichte. Es wird niemanden überraschen, daß mir nichts dergleichen einfiel.« Marnie hielt inne. »Natürlich war es verrückt, mit einem langen Gedicht beginnen zu wollen.«

»Ich bin mir da nicht so sicher«, sagte Nell zu Laura und zuckte die Schultern.

»Dann suchte ich zwei Jahre lang nach dem perfekten Stoff. Zu dem Zeitpunkt war ich etwa siebzehn. Ich dachte, daß ich mich nur anzustrengen brauchte, mich intensiv auf das konzentrieren müßte, was ich las, dann würde allein die Kraft meines prüfenden Blicks das beleben, was ich schreibe. Ich war der Meinung, daß Poesie aus Poesie entsteht. Vermutlich war mein Fehler, daß ich mich zu sehr anstrengte. Und um das Ganze noch schlimmer zu machen, schienen die anderen Leute, von denen ich wußte, daß sie Gedichte verfaßten, alle schon Dinge erlebt zu haben, die ihre Ausdrucksformen weitgehend beeinflußten. Einer hatte beispielsweise drei Jahre lang in Rußland gelebt, ein anderer hatte in seiner Jugend heftig gestottert, bei einem Dritten war zu Hause sowohl Englisch als auch Wallisisch gesprochen worden, und so weiter. Ich fühlte mich betrogen, weil ich nichts Vergleichbares erlebt hatte, das mein Verhältnis zum Englischen beeinflußt hatte. Als nächstes dann wurde ich deprimiert, weil die besten Themen schon besetzt waren, die Mythen und Legenden, die großen Themen des Christentums, ja sogar die Formen, das Sonett, der Vierzeiler, das Couplet – alles schien irgendwie hoffnungslos.«

Marnie hielt kurz inne und verzog das Gesicht, um Mißbilligung über sein eigenes, jugendliches Gebaren zu signalisieren. Zugleich wirkte er aber auch liebevoll und nachsichtig wie gegenüber einem Kind.

»Eines Tages las ich dann einen Nachruf auf einen Dichter,

den ich sehr bewundert hatte. Es hieß, der Poet habe sich selbst so ehrfürchtig und feierlich zum Subjekt gemacht wie die Dichter der Vorromantik, die sich so großen Themen wie dem Niedergang der Menschheit oder der Entwicklung der Seele gewidmet hatten. Ich las Blackmurs Kommentar, daß die Dichtung ›nicht nur das beschreibt, was tatsächlich passiert ist, sondern daß sie selbst eine neue Realität schafft.‹ Ich habe mich sofort verliebt. Ich war außer mir vor Liebe. Eine Weile war ich ernsthaft krank, dann habe ich mich wieder erholt. Ich fing an, Dinge zu schreiben, die sich mit dem Hader beschäftigten, in dem ich mit mir selbst lag. Mir wurde klar, daß der Inhalt keine so große Bedeutung hatte, wie ich ursprünglich gedacht hatte. Endlich schien das ewige Rauf und Runter in meinem inneren Leben ein Ende zu haben. Ich hatte den Eindruck, daß ich mit der richtigen Vorgehensweise ein weiteres, größeres Königreich der Banalitäten und Helden betreten könnte als nur mein persönliches.«

Damit endete Marnie. Niemand fragte etwas. Der Geschäftsführer der Buchhandlung bedankte sich bei seinem Gast und deutete auf eine Ecke des Geschäfts, wo die *Evening Poems* verkauft wurden. Die Zuhörer klatschten Beifall, und das war es dann.

Nell wußte, daß neben der Buchhandlung ein Pub lag. Möglicherweise steuerte er ja darauf zu, denn schließlich war bekannt, daß Bill Marnie gerne einen Schluck trank. Für die beiden Mädchen war es ganz normal, ins Pub zu gehen, sie schämten sich nur ihrer Schuluniform. Nell und Laura beschlossen, ihre Pullover anzuziehen und die Uniform unter dem wollenen Ausschnitt zu verstecken. Zwei Mädchen in blauen Pullis und dazu passenden, karierten Röcken ... die meisten Leute würden trotzdem wissen, was das zu bedeuten hatte, aber es war immerhin besser als gar nichts. Eine ganze Reihe von Zuhörern hatte ein Exemplar der *Evening Poems* erstanden und wartete darauf, daß Marnie das Deckblatt signierte, während sie hofften, er möge neben seiner einfachen Unterschrift auch ein paar zarte, gute Wünsche notieren.

»Wir sind die jüngsten und aufregendsten weiblichen Wesen im Raum«, sagte Nell, während sie ihren glänzend schwarzen Schulmädchenzopf löste und ihre Locken ausschüttelte.

»Stimmt genau«, fügte Laura hinzu.

(Keines der Mädchen kaufte Marnies Buch. Wenn sie ihr Geld zusammengeschmissen hätten, hätten immer noch fünfzig Pence gefehlt.) Marnie kam langsam auf sie zu.

»Frag ihn, ob er auf einen Schluck mitkommt«, zischte Laura. »Schnell.«

Marnies Abstand zu Nell betrug etwa vierzig Zentimeter. Sie konnte seinen Geruch wahrnehmen. Zahnpasta und Zigarettenrauch. Perfekt.

»Es war wirklich schön«, sagte Nell.

Marnie blickte auf, cool, zurückhaltend, ziemlich unbestimmt.

»Habt ihr nicht den Eindruck, daß es ein bißchen langweilig war?«

»Überhaupt nicht«, erwiderte Nell. »Wir fanden es ganz und gar nicht langweilig. Alle Leute haben es ... sehr genossen.«

Nell spürte, wie ihre Beine zitterten. Marnie nickte heftig, aber sein Herz war nicht bei der Sache, und wahrscheinlich redete er auch nur irgendwas daher, genauso wie Nell. Nell und Laura standen vor Marnie, aber vor den Mädchen befand sich noch eine kleine Gruppe verkniffener, intellektuell wirkender Frauen mittleren Alters. Unter Marnies Bewunderern waren eine ganze Reihe solcher Gestalten. Nell konnte erst dann zur Seite gehen, wenn sich die Frauen von der Stelle bewegten, und Marnie war darauf angewiesen, daß Nell ihm auswich.

»Ist hier ja fast wie auf dem Piccadilly Circus«, bemerkte Laura.

Marnie hustete.

Wir gehen ihm auf den Geist und stehen ihm außerdem im Weg, dachte Nell. Entweder jetzt oder gar nicht. Nell war sich klar darüber, daß ihre Wortwahl bisher nicht sonderlich aufregend gewesen war, und suchte fieberhaft nach einer beeindruckenden Formulierung, um die Konversation weiterzuführen. »Tja, könnten wir ... wir würden Ihnen sehr gerne ... einen ... einen ... Drink ausgeben«, sagte sie und spürte, wie sie sich einen Fingernagel heftig in ihren Daumen drückte.

»Ich wollte eigentlich gerade zur Toilette gehen«, entgegnete Marnie, und Nell spürte, daß er ihnen mitteilen wollte: »Wie könnt ihr von so banalen sozialen Dingen sprechen, wo doch so wichtige menschliche Bedürfnisse auf dem Spiel stehen?« Doch dann fügte er freundlich hinzu: »Ich gehe in das Pub nebenan. Wenn ihr also ...« Er brach ab, steuerte auf die Toilette zu und ließ Nell und Laura zurück, die sich auf den Weg ins Pub machten.

»Er sieht so gut aus«, meinte Laura, nachdem die beiden Mädchen sich in dem kleinen, kaum erleuchteten Raum auf eine Eckbank, die mit ausgeblichenem, roten Samt bezogen war, gesetzt hatten. Sie waren nur ein paar Schritte vom Tresen entfernt, so daß Nell die Eingangstür im Blick hatte und Laura sehen konnte, wer sich etwas zu trinken holte. »Vielleicht sollten wir uns über multiple Orgasmen unterhalten!«

»Ich glaube, ich muß ihn heiraten«, flüsterte Nell Laura ins Ohr, und als sie sich wieder in ihren Sitz zurücklehnte, entdeckte sie zu ihrem Schrecken, daß Marnie rechts hinter ihr lächelnd vorbeiging. Sie wurde über und über rot, stand aus irgend einem unerfindlichen Grund auf, verlor aber sofort die Balance und wäre um ein Haar auf Laura gefallen. Marnie schaute freundlicherweise zur Seite. »Meinst du, er hat es gehört?« fragte Nell. Inzwischen saßen beiden nebeneinander.

»Das glaube ich nicht«, versicherte Laura.

Sie hoben die Köpfe. Marnie stand jetzt an der Bar und versuchte geistesabwesend, die Aufmerksamkeit der Kellnerin zu erringen.

»Eigentlich ist es ja ein bißchen ungehobelt, ihm zuerst etwas zu trinken anzubieten und das dann sang- und klanglos unter den Tisch fallen zu lassen«, meinte Nell. Marnie stand immer noch verloren und ohne Getränk an der Theke, obwohl die nach ihm gekommenen Gäste bereits bestellten. Nell erhob sich.

»Ich hoffe bloß, daß sie dich bedienen«, sagte Laura und schob Nells Kragen der Schuluniform in den Pulloverausschnitt.

Nell schlängelte sich mit eingezogenem Bauch und zurück-geworfenem Kopf an den Tresen und versuchte, wie eine Achtzehnjährige zu wirken. »Was ist mit dem Drink?« fragte sie Marnie freundlich.

»Ich bin mit ein paar Leuten hier. Ich kann euch doch nicht die ganze Runde aufhalsen«, sagte Marnie.

Nell machte noch einen Vorstoß. »Ich weiß, aber warum übernehmen Sie nicht die Getränke der anderen und ich das von Ihnen?« Doch sein Gesicht schien zu signalisieren, daß diese Regelung völlig untragbar ist. Nell bestellte zerknirscht einen Wodka mit Orangensaft für sich und Laura und ging an ihren Tisch zurück. Sie zündete sich eine Zigarette an. Marnie unterhielt sich mit einem Mann vom Kulturjournal, den Nell aus dem Fernsehen kannte. Jetzt hatten sie ihn verloren. Die beiden Mädchen saßen enttäuscht da, nippten abwechselnd an ihrem Saft und pafften.

»Könnte ich wohl eine Zigarette von euch schnorren?« Marnie war plötzlich wieder aufgetaucht.

»Gerne doch!« sagte Nell triumphierend und reichte ihm gleich vier Stück.

Doch Marnie lächelte kein bißchen und sagte nur: »Eine reicht, danke.« Daraufhin wurde Nell wieder knallrot. Weil sie gerade ohnehin eine Schachtel Streichhölzer in der Hand hatte, zündete sie eines an, und als sie sich nach vorne beugte, um ihm die Zigarette anzuzünden, war sie plötzlich wie ge-lähmt von der Intimität der Geste; es kam ihr alles schrecklich peinlich vor. Er hatte sich die Zigarette schon zwischen die Lippen gesteckt. Wenn Nell sie anzündete, dann würde sie damit einen direkten Kontakt zwischen ihren Fingern und seinem Mund herstellen. Marnie wartete. Nell sah, daß er wartete. Also mußte sie es hinter sich bringen. Die Zigarette begann sofort zu qualmen. Marnie drehte sich wieder weg. »Und«, sagte er und blies ein paar Rauchringe in die entgegengesetzte Richtung, »schreibt ihr beide Gedichte?«

Was für eine Frage! Laura öffnete den Mund und schloß ihn wieder, und Nell meinte nach einer Weile unbestimmt: »Na ja, wir ... wir tasten uns so langsam nach vorn.« Marnie reagierte leicht amüsiert. Wir sind wirklich elende Anfänger, dachte Nell. Sie versuchte, das Gespräch in eine andere Richtung zu lenken. »Wir sind große Fans von Berryman. Er ist für uns der Größte.« Nell zuckte vor ihren eigenen Worten zusammen. Ich rede wie jemand, der keine Ahnung hat, dachte sie.

»Nein, wirklich? Brian Merryman? Das ist aber ungewöhnlich!«

»Nicht Brian Merryman, sondern John Berryman«, korrigierte Nell.

»Ach so«, antwortete Marnie. Bestimmt hatten sie ihn jetzt ziemlich enttäuscht.

»Und«, nahm er noch einmal einen Anlauf, »seid ihr denn auch schon bei anderen Lesungen gewesen?«

Nell hatte in einer Kirche in Piccadilly einen amerikanischen Dichter über Würmer reden hören. Weil sie aber die angespannte Unterhaltung so aufregte, war ihr der Name entfallen, und sie mußte schrecklich lachen. Dann warteten sie wieder. Laura sagte später, sein Gesicht habe beunruhigt und verirrt ausgesehen. Schließlich sagte Nell: »Ach ja, ich war bei einem Vortrag von Wallace Stevens.«

Marnie nickte. Alle drei waren erleichtert, daß Nell ihre Sprache wiedergefunden hatte. Marnie ging zu seinen Freunden hinüber. »Das Beste, was uns passieren kann«, sagte Nell verzweifelt zu Laura, »ist, daß er uns für zwei ziemlich verrückte Hühner hält.«

Müde und niedergeschlagen leerten die beiden Mädchen ihre Gläser und wollten sich auf den Heimweg machen. Als sie gerade die Tür ansteuerten, stellten sie erschrocken fest, daß Marnie bereits dort stand und daß es aus seiner Sicht bestimmt so aussah, als folgten sie ihm auf Schritt und Tritt. Er entdeckte die beiden, woraufhin sie sich schnell wieder in ihre Nische flüchteten.

Zehn Minuten später rafften sie sich zu einem neuen Versuch auf. Doch als sie draußen auf die grell erleuchtete und lärmende Straße traten, bemühte sich Marnie gerade um ein Taxi. Nell und Laura versuchten, sich so schnell wie möglich aus dem Staub zu machen, doch da hatte er sie bereits entdeckt. Endlich tauchte ein Taxi auf. »'n Abend Mädels«, nickte er, während er nur mühsam seine Belustigung verbergen konnte. Dann stieg er ein.

»Für eine Sache bin ich wirklich dankbar«, sagte Nell zu Laura, als beide erschöpft oben in einem Doppeldeckerbus nach Hause fuhren, »wir haben uns zwar zu kompletten Idiotinnen gemacht, aber wenigstens haben wir nicht versucht, poetisch zu sein oder so etwas Ähnliches.«

Das stimmte. Ihr Verhalten war kindisch gewesen, aber zum Glück hatten sie nicht auch noch besonders geschraubt dahergeredet, um sich bei ihm einzuschmeicheln.

Zwischen diesem bedeutsamen ersten Treffen und Nells zweitem Zusammenstoß mit Marnie lagen zwei Jahre.

»Wir sind uns schon mal begegnet, nicht wahr?« sagte sie, als sie sich wieder über den Weg liefen – diesmal in den hellen Räumlichkeiten eines neuen Collegegebäudes, wo er Lehrbeauftragter für Englische Literatur war.

»Ja, stimmt.« Er lächelte aus seinem Armsessel zu ihr auf. »Das sind wir.«

Doch als Nell ihn gut genug kannte, um ihm von der gräßlichen Verlegenheit zu erzählen, der sie in der Charing Cross Road zum Opfer gefallen war, gestand Marnie ihr stockend, daß er sich nicht mehr an sie erinnern könnte. Er wußte noch, daß er zu dem damaligen Zeitpunkt aus seinem Buch vorgelesen hatte, und daß danach noch irgend etwas stattgefunden hatte, irgendwas mit Alkohol und irgendwelchen Mädchen. Aber das war auch schon alles. Nell war sichtlich gekränkt. »Irgendwelche Mädchen!« sagte sie, zielte spöttisch mit ihrer rechten Faust auf seinen Unterkiefer und bewirkte damit ganze zwei Minuten lang ein grinsendes Schmollen. Doch dann hatte er so flehend um Vergebung gebeten und ihre mannigfaltigen Tugenden gerühmt: Ihre Schönheit und ihre Anmut, die von einer überragenden Intelligenz gekrönt wurden. Beeindruckende Kochkenntnisse, fügte Nell hinzu; ist nie schlecht, ergänzte er, und damit ließ sie das Thema glücklich fallen. Nell spürte, daß es ihn in seinem Selbstbild erschütterte, ein Erlebnis so ausgeblendet zu haben. Schließlich war er Dichter und sollte doch eigentlich mit wachen Sinnen durch die Welt laufen.

Ihr zweites Treffen fand in seinem Arbeitszimmer statt. Marnie war ganz in Blau gekleidet. Er saß in seinem Lehnsessel, wirkte ernsthaft, lächelte, hatte ein Kreuzworträtsel auf seinem Schoß, auf einem der vielen Bücherstapel auf dem Fußboden stand eine Tasse Tee, und daneben ruhte sein marineblaues Gabardinehosenbein. Nell war zu früh dran und hatte zehn Minuten vor dem festgesetzten Zeitpunkt um vier Uhr bei ihm an die Tür geklopft. In der Woche davor hatte Nell ihm einen Brief auf ihrem schönsten Briefpapier in ihrer schwungvollsten und elegantesten Handschrift geschrieben. Sie wollte wissen, ob sie seine Zeit eine halbe Stunde in Anspruch nehmen dürfte, um sich ein bißchen klarer über die Kursangebote am College zu werden und sich umzuschauen. Marnie beantwortete den Brief mit einem Anruf. An ihrem siebzehnten Geburtstag.

»Nell, ein Bill Marnie ist für dich am Telefon«, rief ihre Mutter durchs Haus.

»O Gott, Mum. Hilfe. Hiiiilfe. Sag ihm, daß ich nicht zu Hause bin.«

»Pssst, nicht so laut, sonst hört er dich. Laß ihn nicht warten.« Nell bewegte sich langsam aufs Telefon zu. »Hallo?«

»Hallo, hier ist Marnie.«

Jeder nannte Bill Marnie nur Marnie. Angefangen von Phyllis, der dünnen, geschwätzigen Frau, die sein Treppenhaus säuberte – »Warum hängen Sie andauernd ihre Kleider auf den Gang, Marnie?« –, bis zum Direktor des Colleges: »Marnie, das, was Sie da in der *Times* über Keats geschrieben haben, ist aber nicht besonders.«

»Hallo«, sagte Nell.

»Wäre Ihnen Mittwoch recht? Mittwoch zum Tee?«

»Das paßt bestens«, antwortete Nell und spürte Ausgelassenheit in ihr aufflackern. Sie telefonierte gerne und fand es weniger unangenehm, als wenn sie Leuten direkt gegenüberstand. Marnie gab ihr ein paar einfache Anweisungen. »Wenn Sie eine Moment Geduld hätten, dann könnte ich mir einen Kuli besorgen, der noch funktioniert.« Nell wirbelte durch das Zimmer, bis sie endlich fündig wurde, und dann wandte sie sich wieder Marnies freundlicher Stimme zu. Als er ihr den Weg erklärt hatte, sagte sie: »Ich habe heute Geburtstag.«

»Wirklich wahr?« fragte Marnie. »Ich wünsche Ihnen noch viele glückliche Geburtstage.«

»Vielen herzlichen Dank.«

»Also dann bis Mittwoch um vier.«

»Ja, bis dann.«

»Auf Wiedersehen.«

Dann stand sie ihm gegenüber. Nell blickte ihm in seine tiefen, meergrünen Augen. Als sie das Zimmer betreten hatte, hatte Marnie, wahrscheinlich, um einen Scherz zu machen oder um ihr die Befangenheit zu nehmen, das Kreuzworträtsel hochgehalten, an dem er gerade saß, und hatte es mit übertriebenem Schwung hinter sich geworfen. Dann hatte er seine Augen auf ein unglaublich großes und schweres Buch gerichtet und es vom Boden aufgehoben. Dabei wirkte er so, als sei er schrecklich verlegen, weil er herumgebummelt hatte. Anschließend hatte Marnie wieder zu Nell hingesehen, ganz der Dichter und Gelehrte der Romantik, doch das Buch lag verkehrt herum in seinen Händen. Er drehte es um. »Das ergibt schon eher einen Sinn«, hatte Nell gemeint, und dann lachten sie beide. Es war eine heldenmütige Geste seinerseits.

Nachdem Nell Marnie erzählt hatte, daß sie sich bereits vor ein paar Jahren schon einmal in einer Bar in Charing Cross über den Weg gelaufen waren – das hatte sie in ihrem Brief bereits erwähnt –, setzte sie sich ihm gegenüber hin und blickte auf ein großes Fenster. Draußen sah sie eine helle Backsteinmauer und unten eine enge, dunkle Rinne mit tiefblauem Wasser, das alle Gebäude umfloß und von Lilien und Weiden gesäumt war. Nells Blick fiel direkt auf eine Entenfamilie.

Als Nell in Paddington in den Zug gestiegen war, waren ihre Nerven wegen des Treffens so angespannt gewesen, daß sie fast kehrt gemacht hätte. Was sagte man zu jemandem wie Marnie? Eine Freundin von Nell war am Tag zuvor bei einem Vorstellungstermin in einem anderen College gefragt worden: »Sie wollen uns doch sicher etwas Brillantes über Wordsworth mitteilen, oder nicht?« Dabei hatten ihr vier Männer gegenübergesessen, die sie ausfragten, grinsten und sich gegenseitig in die Seite stießen, als wären sie in einer Peepshow. So würde es bei Marnie wahrscheinlich nicht sein. »Das Ganze ist nur eine informelle Unterhaltung. Sie bekommen eine Vorstellung davon, wie das College funktioniert und ob sie sich wohl fühlen könnten oder nicht. Ach, und achten Sie darauf, sich etwas Einfaches anzuziehen«, hatte Mrs. Simmonds in der Schule gesagt. »Das macht einen guten Eindruck.«

Als Nell im Abteil saß und Marnies Buch über Keats durchblätterte, überlegte sie sich wieder, worüber sie sich mit ihm unterhalten sollte. Der Mann, der in Cambridge mit Laura das Gespräch geführt hatte, hatte zwischen seinen Fragen andauernd gegähnt und dabei schrecklichen Mundgeruch gehabt. Weil Laura ziemlich mutig war und langsam genug hatte, hatte sie schelmisch gemeint: »Ich hoffe, ich halte Sie nicht auf.«

»Nein, Schätzchen, aber man wäre immer lieber im Bad oder in der Oper«, hatte er gestöhnt.

Wie charmant! Als der Zug Reading verließ, war Nell auf die Toilette gegangen, hatte sich Wasser ins Gesicht gespritzt und sich so lange in die Wangen gezwickt, bis sie rot leuchteten, weil sie sich zu blaß fand. Als sie wieder auf ihrem Platz saß, merkte sie, daß nicht nur ihre Hand, sondern der ganze Arm zitterte. In diesem Augenblick kam ein Mann mit einem Erfrischungswagen durch den Zug und bot Sandwiches und kleine Kuchen an, sprudelnde Getränke und winzige Flaschen Wein und Schnaps. Als Nell sah, wie der Mann ihr gegenüber einen Gin mit Tonic bestellte, entschloß sie sich, das auch zu tun, obwohl sie noch nie Gin getrunken hatte. Die warme Flüssigkeit floß ihr ohne Schwierigkeiten die Kehle hinab. Sie fühlte sich sofort viel ruhiger, bekam noch mehr Farbe im Gesicht und sah fast verwegen aus.

Plötzlich schreckte Nell hoch. Marnie hatte sie etwas gefragt. »Wie gefällt Ihnen der Blick aus meinem Fenster?«

Auf Nell stürmten ganz unterschiedliche Sätze mit ohrenbetäubendem Lärm ein, blind und ungeschickt. Doch sie manövrierte sich gut hindurch. »Er ist wunderschön.«

»Wir lassen die Leute hier ziemlich frei schalten und walten, aber ich glaube, das kommt Ihnen nur entgegen, oder?«

»Ja«, nickte Nell.

»Und lesen Sie zur Zeit irgendwas Interessantes?«

»Ich habe mich ein bißchen mit Tennyson befaßt.«

»Mögen Sie ihn?«

»Ganz gern. Seine Sachen sind viel intelligenter, als ich in Erinnerung hatte.«

»Ach ja?« Das schien Marnie zu belustigen.

»Ja, ich glaube schon, wissen Sie.«

»Heißt das, Sie finden seine Sachen irgendwie hochgeistig?«

»Ich weiß nicht. Eigentlich glaube ich es nicht, denn es mangelt ihm zwar nicht an Ideen, doch ich finde, er hat überhaupt kein kritisches Verhältnis zu ihnen. Aber vielleicht ja doch, ich weiß es nicht«, fügte Nell hinzu.

»Nein, ich glaube, Sie sind da auf etwas gestoßen«, sagte Marnie.

»Stört es Sie, wenn ich Sie etwas über Ihre Arbeit frage? Wissen Sie, ich bewundere Sie«, sagte Nell und war überrascht, daß sie Marnie so geradeheraus fragte.

»Ganz und gar nicht. Ich spreche gerne über meine Arbeit. Sie meinen sicher die Gedichte, oder?«

Nell nickte.

»Was möchten Sie denn gerne wissen?«

»Wahrscheinlich das, was alle anderen Leute auch wissen wollen; aber ich meine, ist es nicht eine ziemlich aufwendige Sache und irgendwie auch kostspielig, sich all das ganze Zeug wieder in Erinnerung zu rufen, die schmerzlichen und unerfreulichen Dinge, um dann daraus dann ein Gedicht zu machen? Ich weiß schon, daß Sie das öfter gefragt werden, aber ich meine, ich frage mich nur, ob es Ihnen noch weh tut, wenn Sie so schlimme Erfahrungen nochmals durchleben. Ich glaube nicht, daß es eine Therapie ist, oder etwas in der Richtung. Ich finde es schrecklich, wenn Leute zu therapeutischen Zwecken Gedichte schreiben. Aber wenn ich manchmal Ihre Gedichte oder andere Sachen von Ihnen lese, dann habe ich ein bißchen das Gefühl, als hätten Sie sich bewußt geschnitten, um Gefühle ans Tageslicht zu befördern. Ich glaube nicht, daß Sie Blut vergießen, um irgendwas Schmutziges oder Unkontrolliertes zu tun, sondern nur, um die Dinge herauskommen zu lassen. Das klingt vielleicht ziemlich dumm, aber immer wenn ich den Eindruck habe, daß es wie ein Schnitt aussieht, frage ich mich, ob Sie den Schnitt so setzen, daß daraus auch ein Gedicht entsteht, oder ob Sie umgekehrt das Gedicht aus dem bereits vorhandenen Schnitt machen. Verstehen Sie, so, als wollten Sie der Wunde ihren Stempel aufdrücken oder sie ein bißchen wertvoller machen. So, wie man einen offensichtlich unglücklichen Unfall um-deutet. Vielleicht verstehen Sie ja, was ich meine, vielleicht ja auch nicht. Ich weiß es nicht.«

Nell schwieg. Sie spürte, daß ihr Gesicht hochrot war und blickte zu Marnie auf. Er warf ihr einen völlig erstaunten Blick zu.

»Das klingt wohl alles ziemlich unsinnig, oder?«

»Wie alt sind Sie?« fragte Marnie.

»Siebzehn.«

»Ich hoffe, Sie nehmen es mir nicht übel, wenn ich Sie das frage, aber sind Sie betrunken?«

»Im Zug war ich sehr aufgeregt und habe deswegen dummer-weise einen Gin Tonic getrunken, aber ich würde nicht sagen, daß ich betrunken bin.«

»Verstehe.«

»Entschuldigen Sie bitte«, sagte Nell.

»Es gibt nichts zu entschuldigen. Was Sie da gesagt haben, war sehr gut.«

»Das freut mich.«

»Ich bin auf Ihr Examen gespannt.«

Nell lachte. Marnie erhob sich.

»Möchten Sie vielleicht eine Tasse Tee?«

»Ja gerne«, antwortete Nell.

Marnie verschwand in einem kleinen Zimmer nebenan, in dem Nell die Ecke eines Betts erkennen konnte, und blieb eine ganze Weile weg. Nell hörte einen Wasserhahn laufen und

Porzellan klappern. Nachdem wiederum eine Weile vergangen war, schepperte plötzlich ein alter, blecherner Wecker. Marnie kehrte mit zwei kleinen Tassen Tee zurück.

»Es tut mir leid, daß ich nie dazu komme, mir einen Teekessel zu besorgen, aber ich habe eine alte Teemaschine mit Zeituhr. Das Teekochen verursacht damit zwar immer ziemlichen Wirbel. Aber mir gefällt das.«

»Ich mag die Stelle in *The Dead*«, sagte Nell zu Marnie, »wo das junge Mädchen plötzlich sagt: ›Die Männer können heutzutage nur noch schwätzen, und ansonsten denken sie die ganze Zeit darüber nach, was sie von dir bekommen.‹ Das ist schrecklich schockierend, denn der Mann namens Gabriel oder sonstwie hat sie kurz davor freundlich gefragt, wie es ihr geht, oder er hat ihr sogar den Hof gemacht, und dann gibt sie ihm das zur Antwort.«

»Ich weiß. Das ist ziemlich brutal. Eine völlig überraschende Gewalt.«

Marnie reichte Nell eine Tasse Tee. Sie meinte: »Teemaschinen mit Zeituhr sind wirklich eine geniale Erfindung, aber irgendwie strahlen sie immer so etwas Bescheidenes aus, finden Sie nicht? Sie kommen einem eher mechanisch vor als elektrisch. Außerdem tun sie nicht so, als würden sie zu etwas anderem als zum Teekochen dienlich sein, nicht wahr? Und, in der Tat, bis zu einem gewissen Grad stimmt das alles ja auch, weil sie einen nur aufwecken und eine Tasse Tee kochen. Andererseits ist gerade das meistens eine ziemlich private, intime Angelegenheit, die im Grunde Müttern oder Ehefrauen vorbehalten ist. Schon komisch, daß es dafür einen Apparat gibt.«

»Sie haben offensichtlich lange und gründlich über dieses Thema nachgedacht«, meinte Marnie lachend. »Oder arbeiten Sie doch bei Goblin?«

»Nein«, erwiderte Nell und mußte lachen. »Vermutlich ist das alles nur Gin-Tonic-Gerede.«

Ihr fiel auf, daß ihn alles, was sie sagte, amüsierte.

»Aber Sie wären eine gute Reklame für das Geschäft«, meinte Marnie. Dann blickte er auf seine Uhr.

»Ich glaube, ich muß jetzt los.«

»Es ist schon ziemlich spät.«

»Vielen Dank, daß ich herkommen konnte und daß Sie sich für mich Zeit genommen haben. Ich glaube, ich werde mich hier bewerben. Man kann sich hier bestimmt ziemlich wohl fühlen.«

»Wir würden uns freuen, Sie bei uns zu haben.«

»Vielen herzlichen Dank«, sagte Nell noch einmal.

»Danke«, meinte Marnie. Sie reichten sich zum Abschied die Hände, und Nell verließ das Haus.

»Das war vielleicht ein verrückter Nachmittag«, sagte Nell zu Hause zu ihrer Mutter.

»Was meinst du damit?«

»Ich weiß auch nicht. Es ging hauptsächlich um Teemaschinen.«

»Teemaschinen mit Zeitschalter?«

»Ja.«

»Das ist wirklich ziemlich seltsam. Aber du weißt ja, wie exzentrisch diese Akademiker sind.«

Als Nell neun Monate später erneut in Paddington in den Zug stieg, um sich diesmal offiziell an Marnies College vorzustellen, stand ihr, wie sie es später nannte, ein von Anfang bis Ende völlig verunglücktes Vorstellungsgespräch bevor. Im Zug jedoch gab sich Nell der trügerischen Hoffnung hin, daß ihr erster Besuch im Grunde eigentlich nur zu ihrem Vorteil wäre. Ihre Mutter hatte ihr alles Gute gewünscht und ihr die ominöse Warnung mit auf den Weg gegeben: »Wenn du einen Platz bekommst, dann ist der Tag für deinen Vater gerettet, das ist jedenfalls sicher.«

»Warum sagst du das?«

»Na ja, ich denke nur, daß er sich freuen würde, mehr nicht.«

»Warum sollte er?«

»Weil er ebenfalls dort zur Schule gegangen ist, und du weißt ja, wieviel Wert er auf Traditionen legt. Er hat sich immer um deine Erziehung gekümmert und wollte, daß du seine alte Schule besuchst. Und außerdem bewundert er deine Intelligenz.«

»Kann schon sein«, antwortete Nell.

Ihre Mutter warf ihr einen unbeholfenen Blick zu. Sie öffnete den Mund und schloß ihn wieder. Dann sagte sie: »Er hat gestern abend angerufen. Ich wollte es dir eigentlich erst sagen, wenn du wieder zurück bist, aber wo wir jetzt gerade darüber reden ... Jedenfalls wünscht er dir alles, alles Gute, und er ist sich sicher, daß du ›glänzend bestehst‹.«

»Hat er sonst noch was gesagt?« fragte Nell gleichgültig. Ihr waren die gelegentlichen Lebenszeichen ihres Vaters ziemlich egal.

»Ja, er kündigte an, daß er in etwa einer Woche noch mal anrufen wolle, um zu hören, wie es dir ergangen ist.«

Von Marnie war bei ihrem Vorstellungsgespräch keine Spur zu sehen. Die vier anderen Mitglieder der Anglistikabteilung wirkten zurückhaltend und streng, fielen über sie her, als sie sich einmal unklar ausdrückte, und ließen nicht locker, bis sie jede einzelne Überlegung hieb- und stichfest erläutert hatte. Nell war ziemlich verblüfft, daß ein paar Tage danach ein Brief eintraf, in dem stand, daß sie im Herbst anfangen könnte. Das Trimester sollte am ersten Oktober beginnen, und man erwarte, daß sie die achthundert Titel auf der Bücherliste schnellstmöglich durcharbeitete und daß es ein Wäschesystem gebe, von dem sie schriftlich zurücktreten müsse, wenn sie die Bettwäsche vom College, die montags regelmäßig gewechselt wurde, nicht benutzen wolle.

KAPITEL FÜNF

Bereits Wochen vor ihrer Abreise hatte Nell sich alles zurechtgelegt, was sie mit ins College nehmen wollte. Sie hatte ihre Kleider ordentlich aufgestapelt, zwischen die einzelnen Stücke weißes und rosa Seidenpapier gelegt, und alles mit malvenfarbigem Band verschnürt. Zweiundzwanzig Unterhosen, fünf BHs und sieben Unterhemden ergaben einen Stapel. Vier Pullover und drei Strickjacken bildeten einen weiteren. Außerdem gab es zwei Koffer mit Büchern. Am Abend vor Studienbeginn überreichte Nells Mutter ihr einen weißen Frotteebademantel, den sie selbst genäht hatte. »Ich möchte nicht, daß du frierst. Man hört so oft von Studenten, die regelrecht erfroren sind.«

Als der Tag gekommen war, packten Nell und ihre Mutter alle Sachen ins Auto. Als sie gerade losfahren wollte, tauchte der Briefträger auf und händigte Nell die Post aus. Ein hellblauer Luftpostbriefumschlag mit vertrauter Handschrift deutete auf ein Lebenszeichen ihres Vaters hin. Nell öffnete den Brief, während sie auf dem Bürgersteig stand und mit dem Rücken gegen das Auto ihrer Mutter lehnte. Ein schmales, zusammengefaltetes Stück Papier fiel auf den Boden, und als Nell es aufhob, sah sie, daß es ein Scheck über tausend Pfund war.

> *Liebe Nell,*
> *ich möchte dir hiermit alles Gute wünschen. Wenn Du*
> *einverstanden bist, würde ich Dir gerne zu Beginn jedes*
> *Trimesters einen solchen Scheck schicken.*

Schade, daß ich nichts mehr von Dir gehört habe, aber wahrscheinlich warst Du vollauf mit den Vorbereitungen beschäftigt.

Alles Gute,
Dad

»Ist was Interessantes dabei, Nell?« fragte ihre Mutter aus dem Auto heraus.

»Dad hat Geld geschickt.«

»Da hat er ja noch mal Glück gehabt«, nickte Mrs. Dorney zustimmend. »Glück gehabt.«

»Wahrscheinlich hast du recht«, bestätigte Nell.

Als Nell zum ersten Mal das Zimmer betrat, in dem sie von jetzt an leben sollte, sank ihr das Herz. In dem kleinen Raum roch es abgestanden. Das Zimmer war modern, völlig quadratisch, und an der Wand hing einzig und allein das Poster von Sid Vicious mit einem ausnehmend unfreundlichen Gesicht. Auf einem hölzernen Podest stand ein schmales Bett, das man entweder an die Wand schieben und dabei zu einem Sofa umbauen oder für die Nacht zur einem knapp einen Meter breiten Bett verwandeln konnte. Links von diesem Bett, das viele schlaflose Nächte versprach und das man auch unter größten Bemühungen nicht einfacher hätte gestalten können, befand sich ein kleiner Tisch mit zwei Schubladen und ein Stuhl mit einem schlammgrünen Stoffbezug. Links neben dem Tisch in der Zimmerecke am Fenster schloß sich ein Lehnsessel mit einer hohen Rückenlehne im selben Bezug an. Nell probierte die beiden Stühle und das Bett aus. Sie ging zum Tisch hinüber. In der oberen Schublade lag eine Karte, auf der in eleganter, schwungvoller Schrift stand: »Wenn Sie krank sind, ist das vielleicht nicht Ihre Schuld. Wenn Sie professionelle Hilfe in Anspruch nehmen wollen, empfehlen wir, etwa fünf Pfund zu investieren.«

Nachdem Nell ihr Gepäck im Zimmer verteilt hatte, wollte sie sich erst einmal im College umzusehen. Sie verabschiedete sich von ihrer Mutter, während sich ihre Gedanken einzig und allein um ein und dieselbe Sache drehten. Den ersten Nachmittag und Abend im College verbrachte Nell zwischen Hoffen und Bangen vor einer Begegnung mit Bill Marnie. Alle Studenten ihres Jahrgangs hatten sich versammelt, und Nell war sich ganz sicher, daß sie sich mit keiner und keinem jemals eng anfreunden würde. Da war dieser schüchterne, spindeldürre Junge namens Robbie Spittle, der zwar nett lachte, aber sehr abweisend wirkte, fast so, als würde er schlafen. Dann war da die große Helen, die einen sehr ernsthaften und angestrengten Eindruck machte. Rebecca aus Huddersfield hatte Haare, die ihr bis zur Taille reichten, und trug seltsame Sonntagskleidung – einen weißen Rüschenkragen, Faltenrock und Blazer. Zwei Mädchen, Debbie und Sarah, schienen schon ein Leben lang befreundet, stupsten sich andauernd gegenseitig an und tranken mit einem Strohhalm eine Flasche Diät-Cola. Kenny sah zwar gut aus, war aber völlig verängstigt, zappelte nervös herum und zupfte an der Wolle seiner selbstgestrickten Jacke. Und von Bill Marnie keine Spur.

Nell wußte, daß Bill Marnie eine Schlüsselfigur in ihrer Unikarriere spielen würde. In ihren Tagträumen waren bereits die Fundamente für eine Liebesaffäre von historischem Ausmaß gelegt. Sie würde seine Muse werden und er ihr Mentor. Anfangs würden sie ihr Verhältnis geheimhalten, doch dann würde er es überall herumposaunen. Als Nell ihn jedoch eines Tages auf der Straße traf, bekamen ihre Hoffnungen einen empfindlichen Dämpfer. Er sah mager aus und blaß, kam gerade im Laufschritt mit einer Abendzeitung unter dem Arm aus dem Zeitungsladen. Nell war völlig durcheinander, prallte direkt mit ihm zusammen, doch er erkannte sie nicht einmal. Für Nell war das absolut unverständlich. Sie hatte sich für das erste Treffen gewappnet und sich genau überlegt, was sie sagen wollte. Nell hatte sich oft darüber gewundert, daß sie bei ihren früheren Treffen mit Marnie soviel geredet hatte. Sie konnte sich nicht erklären, woher dieses ungewöhnliche Vertrauen kam. Doch der Vorfall beim Zeitungshändler brachte sie wieder auf den Boden der Tatsachen zurück. Die Romanze zwischen ihnen beiden existierte nur in ihrem Kopf. Wahrscheinlich machte er für alle Leute Tee mit der Teemaschine, und das sagte nicht notwendigerweise etwas über die Art ihrer Verbindung aus.

In den ersten Wochen im College verbrachte Nell die meiste freie Zeit im unteren Lesesaal der ältesten Bibliothek des Hauses. Sie hatte sich mit der großen, ernsthaften Helen angefreundet, die ungewöhnlich gewissenhaft war, und so gingen die beiden jeden Tag in den Lesesaal und warteten fast immer um halb zehn auf den kalten Steintreppen darauf, daß die schweren Holztüren der Bibliothek aufgeschlossen wurden.

Helen gab das Tempo fürs Studieren vor. Los ging es morgens mit zwei Stunden Arbeit, dann tranken sie im Café an der Kirche schnell einen Kaffee, oder sie gingen einmal rasch um den Block. Es folgten wieder zwei Stunden Arbeit, und dann gab es Mittagessen, nach zwei weiteren Stunden war es Zeit für einen Tee, bei dem Helen sich manchmal dazu bewegen ließ, eine Dreierpackung Kekse mit Nell zu teilen. Anschließend folgten wieder zwei Stunden Arbeit, und dann gingen beide Arm in Arm müde und schwer mit Büchern bepackt ins College zurück. In diesem Oktober regnete es drei Wochen lang fast jeden Tag, und weil die beiden Mädchen oft völlig durchnäßt waren, holten sie sich eine üble Erkältung. Helen bestand jedoch darauf, daß sie weitermachten, und so saßen sie, eingepackt in diverse Schichten Kleider, Tücher und Handschuhe, hustend und schniefend und mit fiebrig roten Köpfen über ihren Büchern. Abends gingen sie manchmal mit jemandem aus ihrem Kurs in ein Lokal, mit Debbie und Sarah oder Robbie Spittle, der ein Auge auf sie beide geworfen hatte.

Manchmal spazierten sie zu dritt die Straße hinunter, Robbie in der Mitte und rechts und links von ihm ein Mädchen – Hell und Nell. Einmal stand er sogar früh genug auf, um sie in die Bibliothek zu begleiten. Aber er hielt es nur zwei Stunden aus und dann mußte er zu einer Verabredung wegen einer elektrischen Gitarre.

Helen liebte es, Seiten um Seiten mit sorgfältig konstruierten Sätzen in ihrer altmodischen, schrägen Handschrift zu bedecken (sie hatte die Schrift in einem Buch entdeckt und sie so gut gefunden, daß sie beschloß, sie nachzumachen). Sie hatte Nell erklärt, daß sie es für eine Vergeudung hielt, irgend etwas zu lesen, ohne davon eine ausführliche Zusammenfassung herzustellen, die beinhaltete, worum es ging, wie der Text entstanden war und eine Begründung dafür enthielt, ob er gut oder schlecht war.

Nell dagegen war immer auf der Suche nach außergewöhnlichem Hintergrundmaterial, das die Texte, die sie las, interpretierte. Jeden Tag bestellte sie eine ganze Reihe wenig bekannter Zeitschriften und eigenartige, historische Dokumente, um den von ihr bewunderten Texten auf den Grund zu gehen und ihren Tagträumen nachzuhängen. Nells Tagträume waren romantisch, was bei einem Aufenthalt in Bibliotheken schon immer so gewesen war. Sogar zu Hause die Zentralbibliothek mit den roten Plastikstühlen und dem Neonlicht barg für Nells Empfinden zahllose Geheimnisse in sich, und dieses Gefühl war in dem niedrigen, gewölbten Raum, in dem sie sich jetzt befanden, noch um ein Tausendfaches angewachsen. Hier gab es eine historische Holzverkleidung, und über langen Eichentischen hingen niedrige Lampen, die goldene Lichtkegel verbreiteten – was allerdings eher in ein dezentes Restaurant gepaßt hätte als an einen Arbeitsplatz. In dieser Bibliothek konnte Nell jederzeit von einem Mann entdeckt werden, der sie sah, wie sie in ihrem dezent grauen Rock und Pulli bei der Arbeit saß und sich in sie verliebte. So etwas passierte hin und wieder. Ein Junge erhob sich, um Pause zu machen, und gleichzeitig tat das auch ein Mädchen, und mit etwas Glück landeten sie im selben Café am selben überfüllten Tisch. Ein paar Tage später würden sie morgens zusammen zur Uni kommen, und sie würde seine Lederjacke anhaben.

Nell öffnete ihre Bücher. Sie suchte einen Aufsatz von Voltaire über ein Heldengedicht, in dem sie einen Schlüssel zu *Paradise Lost* vermutete, und mußte alle paar Minuten ein Wort im Französischlexikon nachschlagen. Nach einiger Zeit schloß sie das Buch, griff zum Kuli und begann zu schreiben.

Zwischen Stapeln von Büchern seh ich dich,
schönes Kind,
siehst so streng aus und traurig, und die Zeit verrinnt.
Magst du Wharton, oder ist dir nach Henry James zu
Mut?
Dein Haar mit der Spange steht dir gut.
Nur die Brille, die setzt du selten auf
(du meinst, das nimmst du gern in Kauf).

Gehst hin und wieder mal kurz aus dem Haus,
einen Tee, einen Toast, doch du machst dir nichts draus,
Nie hältst du es draußen lange aus:
Vielleicht taucht gerade er auf, ein interessanter Mann,
sucht ein Buch, das du kennst, oder hält um dich an.
Drum sitz fein still hier, egal, was passiert,
hoffentlich dauert's nicht ewig, bis es einer kapiert.
Bis dahin sei schlau und gescheit
und stürz dich in die Arbeit.

Nell las, was sie geschrieben hatte, und zählte die Zeilen. Dann nahm sie wieder ihren Kuli zur Hand und zog durch die Seitenmitte eine dicke Linie, knüllte das Papier zusammen und wandte sich wieder Voltaire zu. Ihr Vater hatte ihr einmal erzählt, daß Voltaire behauptet habe, er könne eine Frau innerhalb von zwanzig Minuten für sich gewinnen. Doch den ganzen Morgen über kam niemand Interessantes in die Bibliothek. Als Nell und Helen ihre Käse-Salat-Sandwiches in der Markthalle in einem Café aßen, das die Besitzer mit gelben Wänden und schwarz-gelb kariertem Boden ausgestattet hatten, klagte Nell Helen gegenüber, daß es niemanden gab, in den man sich verlieben konnte. Helen fand das nur mäßig interessant, aber trotzdem überlegten sie, ob sie in eine andere Bibliothek wechseln sollten.

In diesem Moment betrat Bill Marnie das Café und erkannte sie sofort. Nachdem er sein Essen bestellt und bezahlt hatte, kam er zu ihnen an den Tisch und fragte, ob er sich dazu setzen dürfte.

Das Mittagessen wurde ein ziemlicher Erfolg. Marnie hatte gute Laune und lachte fast über alles, was Nell sagte. Erschrocken stellte Nell fest, daß sie aufdrehte, als würde sie für die große Weihnachtsveranstaltung eines Wohltätigkeitsverbandes auf der Bühne stehen und ohne Rücksicht auf Verluste einen Witz nach dem andern reißen. Marnie erzählte, daß er sich während des Studiums ziemlich nach der Decke hatte strecken müssen, und daß er deswegen die seltsamsten Jobs angenommen hatte.

»Einmal«, erzählte er, »hatte ich eine Weile einen Job als Verkäufer einer Firma, die Vorzelte für Wohnwagen herstellte.«

»Oh«, sagte Nell, »mußten Sie sich da immer vor die Wohnwagen stellen und vorzählen, oder wie lief das?«

Nell konnte sich vor Lachen kaum halten, Helen brachte immerhin ein schelmisches Lächeln zustande, und Marnie lachte so sehr, daß er eine Tasse kalten Tee über Nell ausschüttete. Daraufhin fluchte er, sprang auf, um ein Tuch von der Frau hinter dem Tresen zu holen, rannte wieder zu Nell zurück und wollte ihr schon den Rock abtupfen, als er sich eines Besseren besann und ihr statt dessen das Tuch aushändigte. Nell lächelte schüchtern. Genau in dem Augenblick brachte die Kellnerin Marnie zwei Eier mit Pommes. Die Mädchen aßen ihre Sandwiches auf, Marnie fragte, welche Kurse sie besuchten, und dann war es Zeit, zu gehen, und sie verließen gemeinsam das Café.

»Na ja«, sagte Helen, als Marnie außer Sicht war, »das war doch fürs erste gar nicht so schlecht, oder?«

Nell lachte: »Nein, ich glaube nicht.«

Im ersten Trimester ging Nell einmal die Woche zu Marnie in den Tutorenkurs, und einmal die Woche zur Arbeitsgruppe. Sie saß zwischen tausend süßlich riechenden Büchern und Teetassen, über ihnen an der Wand hing ein Ölbild mit fünf Zitronen, ein ausgeblichenes Foto von Marnies Vater in Uniform und Orden in einem Rahmen und eine Kohlezeichnung eines kleinen Mädchens. Mit Blick auf die Enten hob Nell die Augen zu Marnie. Auf dem Fußboden lag ein Berg Jacken, aus einer großen Duty-free-Packung quollen Lucky-Strike-Schachteln heraus, die Schnüre zweier Telefone hatten sich völlig verheddert, daneben befand sich ein altes, rotes Radio, eine einsame Socke, ein Exemplar des Hausfrauenmagazins *Women's Own*, ein halbes Sandwich auf einem Pappteller, und dazwischen saß Bill Marnie mit einem Aufsatz in den Händen, den Nell ihm gerade laut vorgelesen hatte.

»Er ist wirklich gut«, lobte er. »Ihre Ansichten sind originell und überraschend, und Ihr Aufbau ist auch schlüssig.« Er wies Nell auf ein Buch hin, das sie vielleicht gerne lesen würde, und dann meinte er, daß er sich nicht sicher sei, ob er es hier habe oder in London. Er ließ seinen Blick über die Bücherstapel und Regale schweifen und wurde dann fündig. Er zog das Buch aus einem Regal, und als er es öffnete, stellte sich heraus, daß die Seiten noch zusammenklebten. Marnie holte aus seiner Schreibtischschublade ein Messer, wischte es sorgfältig ab und trennte dann für Nell die Seiten auseinander. Nell genoß diese besondere Aufmerksamkeit. Als sie nach dem Tutorenkurs wieder in ihrem kleinen Zimmer war, einem Zimmer, das genau zwei Stockwerke über den Zimmern von Marnie lag, daß also ihr Fußboden fast mit seiner Decke zusammenstieß, merkte sie, daß sie immer noch den angekauten schwarz-roten Stift mit dem rosa Radiergummi am anderen Ende in der Hand hatte, mit dem Marnie geschrieben hatte. Nell überlegte, ob sie ihm den Stift gleich zurückbringen sollte, fand aber, daß das lächerlich war. Sie beschloß, den Stift irgendwo sicher aufzubewahren.

Alle Mädchen aus dem ersten Jahrgang waren in Bill Marnie verknallt. Für die männlichen Studenten im College war klar, daß man, um an eine Anglistikstudentin ranzukommen, es erst einmal mit Bill Marnies verdammtem Heiligenschein aufnehmen mußte. Die Männer verstanden einfach nicht, was Marnies Anziehung ausmachte. Marnie machte keine besonders gute Figur, wenn er in einem seiner Anzüge aus dem Secondhandladen, seinen braunen Schnürstiefeln mit den losen Schnürsenkeln und einem ungebügelten Billig-T-Shirt über den Campus lief. Er war nicht wohlhabend. Er fuhr einen klapprigen himmelblauen Ford Fiesta Diesel. Er aß im Schnellrestaurant. Manchmal tauchte er in einer Fernsehsendung auf, aber meist zu den unmöglichsten Zeiten und auch nur zusammen mit anderen traurigen unbekannten Schriftstellern.

Im ersten Trimester trug Nell ständig Bill Marnies Bild wie einen gütigen Geist überall mit sich herum. Wenn sie alleine in ihrem kleinen Zimmer arbeitete oder beim Licht der Lampe, die man in jede Richtung drehen konnte, an dem zugigen Fenster saß, war ihr, als würde Marnie von oben auf sie herunterlächeln. Sie entdeckte sein Gesicht im glatten Porzellan ihres Waschbeckens, wenn sie sich abends die Zähne putzte. Ihre Gedanken drehten sich um ihn, wenn sie einen Mann von Marnies Größe entdeckte (er war knapp einen

Meter achtzig groß) oder wenn ein Mann in braunen Schnür-stiefeln vorbeikam. Insgeheim nannte Nell Marnie Braun-schuh, weil ihr sein richtiger Name einfach nicht über die Lippen kam. Im Bus mußte sie immer an sein Gedicht über das Oberdeck denken und murmelte es auswendig vor sich hin (»Treppauf, Treppab«). Das Gedicht handelte von den vor-beiziehenden Straßenszenen unten (eine sehr junge Mutter mit einem Baby, zwei Rentnerinnen mit fahrbaren Einkaufs-wagen, deren Stoff kariert war, ein Teenager, der seine Arme um eine Flasche Cider geschlungen hatte, und ein einsamer Verkehrspolizist), die von dem schrecklichen Streit eines Paars ablenkten. Wenn es hagelte, dann mußte Nell an Mar-nies Gedicht »Hagel« denken und gab ihm recht, daß Hagel wirklich etwas Komisches war, so hart und trocken, und daß die Leute lachen mußten, wenn sie von ihm überrascht wur-den.

Auf der Straße war Nell sich oft ganz sicher, daß sie ihn entdeckt hätte, und flitzte jedesmal um die Ecke, lief durch eine Allee, rannte in Geschäfte und erklomm Treppenstufen in Buchhandlungen, um ihm auszuweichen. Doch wenn sie aus diesen zufällig auf dem Weg liegenden Häusern und Korridoren wieder hervorkam, stellte sich heraus, daß der fragliche Mann irgendein unbedeutendes Wesen war. Solchen Phantomerscheinungen folgte immer Erleichterung und Ent-täuschung und auch Verlegenheit, die sich vervielfachte, wenn Nell in so einem Augenblick nicht allein war.

»Das klingt so, als hättest Du Dich in ihn verliebt«, schrieb Laura aus Cambridge. Laura hatte inzwischen einen ernsthaf-ten und sexy Freund in ihrem Alter gefunden und ließ die Tage, in denen sie kichernd in Buchhandlungen herumgegei-stert waren, ein für allemal hinter sich.

»Ich bin nicht in ihn verliebt«, betonte Nell immer und immer wieder. »Ich bin VERKNALLT. Das ist etwas ganz anderes.«

»Da hast du recht!« Marnies Gesicht nickte zustimmend aus einem Regenbogen, der in einer öligen Pfütze schimmerte. »Genauso ist es.«

Nell interessierte sich abstrakt, praktisch und theoretisch für Schwärmereien. Auf diesem Gebiet war sie Expertin. Seit ihrer Kinderzeit war Nell immer wieder den unterschiedlichsten Leuten zugetan und hatte ihre Hoffnungen und Träume leidenschaftlich auf die seltsamsten Männer und Frauen gerichtet. Zu ihnen hatte Nell aufgesehen, hatte sich genau wie sie gekleidet, sich für sie starkgemacht, war hinter ihnen hergelaufen und hatte ihre unbedeutenden, persönlichen Eigenarten nachgemacht. Sie freundete sich mit den Freunden dieser Leute an, um die Verbindung zu betonen.

Nells erster Schwarm war der Milchmann gewesen. Er hatte ihr Lutscher geschenkt, die beim Lutschen die Farbe wechselten von schwarz nach rot und grün, bis sie schließlich so gelb wie eine Warze waren. Die nächste war Mrs. Merritt gewesen, die Helferin in der Kindertagesstätte, die zu Nell gesagt hatte, daß sie das schönste Mädchen von denen unter fünf sei. Als nächstes kam Mr. Farthing, ein strenger und wenig umgänglicher Englischlehrer, der ihr einmal eine Eins plus in einer Prüfung gegeben hatte, weil sie etwas Wichtiges erwähnt hatte, das er bei seiner Fragestellung außer acht gelassen hatte. Und dann gab es ja auch noch die Gefühle, die Nell für ihren Vater gehegt hatte.

Nachdem er nach Amerika entschwunden war, hatte Nell versucht, Richard Fisher aus ihrem Leben auszublenden. Wenn sie an ihn dachte, dann versuchte sie, ihn sich ohne sein beeindruckendes Verhalten vorzustellen, reduzierte ihn auf eine kleine Gestalt mit hängenden Schultern und einem verschlagenen Gesichtsausdruck, das seinem schäbigen Verhalten entsprach. Mit der Zeit gewöhnte sich Nell das Bedürfnis und den Wunsch ab, über ihn zu sprechen, an ihn oder daran zu denken, was er wohl zu diesem oder jenem meinte.

Sie beschloß, nicht mit ihm in Verbindung zu bleiben, wich seinen Anrufen aus und ließ viele seiner Briefe unbeantwortet, auch wenn sie seine Zeilen immer las. Fisher war ein guter Briefpartner. Er meldete sich regelmäßig und legte Wert darauf, Nell in seine Wahrnehmung von dem mit einzubeziehen, was er hin und wieder die Neue Welt nannte.

Heute war ich in den Old Tea Rooms, und ich glaube, Dir hätte es dort gefallen. Dort gibt es 99 verschiedene Tees und Kuchen, der einem schwer im Magen liegt. Wenn man sich hinsetzt, bringen sie einem eine kleine Auswahl, und man braucht nur zuzugreifen. Ich war etwa eine halbe Stunde dort, habe die Abendzeitung gelesen und dabei, ohne es richtig zu merken, drei Stück Kuchen gegessen. Hinterher konnte ich mich kaum mehr bewegen. Wenn Du zu Besuch kommst, zeige ich es Dir, und wir machen ein Wettessen. Aber ich sage Dir jetzt schon, daß ich wahrscheinlich gewinnen werde. Anschließend machen wir einen langen, geruhsamen Spaziergang, bis es uns wieder bessergeht.

Nell stellte sich vor, wie sie sich auf einer ganzen Reihe von besonders vornehmen Bostoner Toiletten übergeben mußte, und schüttelte den Kopf. Wenn ich lange genug nicht antworte, dann schreibt er nicht mehr, sagte sie sich. Schließlich ist das doch alles bloß Theater. Im Grunde will er ja nur das Gesicht nicht verlieren. Hin und wieder griff Nell zum Stift, tat so, als wäre er nicht weggegangen und als würden sie weiterhin gut miteinander auskommen, und schrieb ihm einen Brief. In solchen Briefen erzählte sie von ihren Freundinnen, von ihren Erlebnissen und von Gedichten, die ihr beim Lesen aufgefallen waren.

Hätt ich die reichgestickten Himmelstücher
Gewirkt aus goldenem und silbernem Licht

Die blauen und die matten und die dunklen Tücher
Von Nacht und Licht und halbem Licht,
Ich breitete die Tücher dir zu Füßen:
Doch weil ich arm bin, hab ich nur die Träume;
Die Träume breit ich aus vor deinen Füßen:
Tritt leicht drauf, du trittst auf meine Träume.*

Diese Briefe bewahrte Nell in einer alten, grauen Schuhschachtel auf.

Nachdem er nach Amerika gefahren war, hatten sich Nell und ihr Vater zweimal zum Mittagessen getroffen. Beim ersten Mal war sie vierzehn Jahre alt, und beim zweiten Mal stand sie kurz vor ihrem sechzehnten Geburtstag. Beide Male war Nell überaus angespannt, aber Fisher saß anscheinend ganz locker da, fragte sie höflich nach der Schule, erklärte ihr fachkundig, worauf man bei gegrilltem Fisch achten müsse, und dozierte über bernsteinfarbenen Wein. Nach diesen Treffen bedankte sich Nell mit einer kleinen Karte. Für sie war das keine Annäherung, sondern schlichte Höflichkeit, die man sogar einem Fremden gegenüber an den Tag legte. War Nell zu Hause, wenn Fisher anrief, wechselte sie ein paar Worte mit ihm, vielleicht sogar fröhlich, wenn sie guter Laune war. Doch sie legte Wert darauf, daß der Kontakt nie von ihr ausging. Als er die beiden Treffen vorgeschlagen oder sonst einen Wunsch an sie gerichtet hatte (einmal bat er sie, ihm eine Medizinzeitschrift zu kaufen), hatte Nell eingewilligt. Für Nell war das jedoch etwas völlig anderes, als wenn sie selbst die Initiative ergriffen hätte. Mit siebzehn faßte sie schließlich den Entschluß, daß die Gedanken an Fisher, die Gespräche und Treffen mit ihm anstrengend waren und sie beunruhigten. Es war einfacher, ihn völlig aus ihrem Leben auszublenden, als

* Vordtriede, Werner (Hrsg.), *Ausgewählte Gedichte von W. B. Yeats*, »Er wünscht sich die Tücher des Himmels«, Luchterhand 1960, S. 61.

sich portionsweise mit ihm zu beschäftigen. Fishers Briefe wurden dann immer seltener, und nur noch zum Geburtstag und zu Weihnachten kam eine Karte. Mit ein oder zwei Anrufen im Jahr konnte sich Nell leichter von ihm freimachen. Doch nachdem sie das geschafft hatte, kamen neue Probleme auf sie zu. Ursprünglich hatte sie viele Stunden damit zugebracht, ihre Gespräche und jede kleinste Einzelheit ihrer Verbindung zu überprüfen. Als sie sich dann aber gegen diese Gedanken abgeschottet hatte, blieben nur Leere und Unklarheit zurück.

Nell träumte, daß Marnie sich vorstellte, wie sie sich auszog, wie sie ihre Schuhe wegstellte, scheu in ihre Pyjamahose schlüpfte, bevor sie ihren Rock öffnete, den sie einfach auf dem Boden liegen ließ. Sie stellte sich vor, wie er ihr zusah, wenn sie schlaftrunken ins Bett sank und sich in die Kissen kuschelte. Sie dachte, daß er ja vielleicht bei ihr vorbeikommen würde und mit ihr sprechen, sie berühren oder küssen könnte.
Zu der Zeit thematisierte Marnie im Seminar die Bedeutung der Farben in *Sankt Agnes Vorabend*. In der letzten Stunde war Nell aufgefallen, daß die farblichen Begriffe in Wirklichkeit eher färbende Eigenschaften hätten, weil sie Veränderungen beschrieben und neue Schattierungen. Man sah die Farbe, als sie gerade zur Farbe wurde: »erröten«, »purpurn werden«, »in rosiger Blüte stehen«, »in rötlichem Glanz erstrahlen«. Als sie mit Marnie darüber gesprochen hatte, war sie rot geworden. Nell fürchtete, daß ihre Gefühle offenbar würden, wenn sie in irgendeiner Form verlegen war, und deswegen versuchte sie, sich betont nüchtern und sachlich zu geben.
Als Nell neu an der Uni war, hatte sie der Collegearzt zu einer Untersuchung befohlen, die für alle neuen Studentinnen obligatorisch war. Zum ersten Mal hatte sich Nell vor einem Mann ausgezogen. Weil sie nicht feige oder kindisch erscheinen wollte, hatte sie, kaum daß sie im Raum war, den

Rock geöffnet und so lässig getan, als sei sie kein bißchen schüchtern. Schließlich war er ein Arzt und sah Tausende von Popos und männlichen und weiblichen Geschlechtsorganen, dachte sie. Als er sagte: »Dann wollen wir mal schauen«, hatte Nell gelächelt und ihre Unterhose ausgezogen, als wäre das das normalste der Welt, wenn man sich zum ersten Mal die Hose vor einem Mann auszieht. Weil es Mittag wurde, hätte sie am liebsten gesagt: »Ich möchte Sie nicht um Ihr Mittagessen bringen.« Im nachhinein wurde Nell klar, daß sie vermutlich ein bißchen komisch gewirkt hatte, weil sie sich so rasch ausgezogen hatte – auch wenn sie nur hatte zeigen wollen, wie unbefangen sie in solchen Dingen war. Womöglich hatte der Arzt den Eindruck bekommen, sie sei über Gebühr versessen darauf gewesen, sich vor ihm nackt zu zeigen und ihm, wie er es nannte, »diesen Bereich« zu zeigen. Weil sie eine so betont lässige Haltung gegenüber dem Nacktsein zu haben schien, fürchtete Nell, daß ihr Verhalten implizierte, sie empfände Kleidung als einengend. Sie war übers Ziel hinausgeschossen, indem sie versucht hatte, ihre dumme Verlegenheit durch eifrige Nacktheit zu ersetzen. Und weil sie so sachlich auftrat, nahm der Doktor auf ihre Gefühle keine besondere Rücksicht. Er drückte ihre Beine rüde in die Halterungen und grunzte: »Knie auseinander.« Nachdem es vorbei war, seifte er sich die Hände zwei Minuten lang ab, was Nell sehr verletzte. Sie hatte zum ersten Mal ihre Beine für einen Mann geöffnet, und der verhielt sich so, als sei sie ein Gesundheitsrisiko. Sie konnte sich noch so sehr einreden, daß sein Verhalten völlig normal war und daß er sich gegenüber jeder anderen Frau genauso verhalten würde, aber sie fühlte sich dennoch gekränkt.

Ohne weitere Überlegungen wies Nell Marnie auf das Rotwerden und Erblühen in dem Gedicht hin, über das sie gerade sprachen; um aber die Stimmung dabei so wenig intim wie möglich zu gestalten, hatte sie sich einen betont gelangweilten

Tonfall zugelegt, so daß Keats' schwere, komplizierte Träume fast so langweilig wie trockener Käse klangen.

> In ihrem Traum schmolz er dahin wie eine Rose
> sein Duft mischt sich mit dem des Veilchens –
> Süßes Vermächtnis.

Um jegliche Romantik zu unterbinden, sagte Nell: »Das erinnert mich daran, wie Jago beschreibt, daß Desdemona und Othello sich küssen.«

> Sie kamen sich so nah mit ihren Lippen,
> daß ihr Hauch sich liebkoste.

Marnie wirkte daraufhin verwirrt und belustigt. »Wenn Sie an etwas Wunderschönes denken, beschwören Sie dann damit automatisch etwas Unerfreuliches herauf?«
Das war eine ziemlich persönliche Frage. »Nein, eigentlich nicht unbedingt«, antwortete Nell.
»Gut«, meinte Marnie dann. »Ich finde, daß die Zeilen eher an Lorenzo und Isabella erinnern:

> Sie trennten sich wie sanfte Rosen
> Geteilt von Windes lauer Luft
> Und trafen sich, um eng zu kosen
> Zu atmen tief des anderen Duft.«*

Die Stunde war vorbei. Jemand klopfte an Marnies Tür und forderte seine Aufmerksamkeit. Vor einer solchen Situation hatte Nell am meisten Angst: auseinanderzugehen, wenn von sich trennenden und dem Untergang geweihten Liebespaaren

* William Shakespeare, Gesamtwerk, *Othello*, Schücking (Hrsg.), Augsburg 1995.

die Rede gewesen war. Nell verabschiedete sich von Marnie. Jetzt weiß er es, dachte sie, jetzt muß er es wissen. Sie hatte das Gleichgewicht nicht wiedergefunden, und sie fühlte sich gedemütigt, als hätte sie gelogen, unbeholfen auf dem kalten Stuhl und die Beine in den schrecklichen Halterungen in dem Zimmer des Doktors. Nell sehnte sich danach, daß Marnie sie richtig wahrnahm, sie erwählte und umarmte. Aber nicht auf die Art.

KAPITEL SECHS

Nach der Hälfte des Trimesters tauchte ein neues Mädchen im Englischkurs auf. Warum sie erst jetzt kam, wußte niemand genau: Vielleicht hatte sie länger Ferien gemacht, oder sie war operiert worden, oder sie hatte enttäuscht das College gewechselt. Nell und ihre Mitstudenten erfuhren nichts Genaueres. Es hieß nur, daß man sie aufnehmen und ihr behilflich sein sollte, damit sie mit dem Stoff nachkam. Olivia Bayley hatte eine beeindruckende Haltung, war graziös und gertenschlank, hatte feine Gesichtszüge, blaugraue Augen, lange, schmale Beine, eine Wespentaille, einen langen, geraden Rücken und war mit ihrer überzeugenden Zurückhaltung das Ebenbild einer englischen Schönheit. Sie lächelte oft und gelegentlich stotterte sie, als wollte sie zeigen, daß sie ihren Vorzügen amüsiert gegenüberstand und daß sie ihr unglaubliches Äußeres oft auch als Belastung empfand.

Während das Trimester seinen Lauf nahm und Nells Gefühle für Braunschuh immer stärker und intensiver wurden, nahm ihr Selbstvertrauen immer mehr ab. Sie war erschöpft und matt, zittrig, ängstlich und kam sich langweilig vor. Olivias Auftritte empfand Nell wie eine gnadenlose Ermahnung. Sie sah das Mädchen durch Braunschuhs Augen. Allein ihre Anwesenheit kratzte an Nells Seele und sorgte dafür, daß ihr das Objekt ihrer Begierde viel öfter durchs Hirn spukte, als ihr lieb war. Nell kam es so vor, als würden die beachtlichen Vorteile, derer sie sich rühmen durfte, von Olivias bei weitem übertroffen, weil sie so groß und anmutig war. Olivia umwehte weitaus mehr als nur ein Hauch vornehmer Abstammung und mit Wandteppichen ausgekleideter Schlösser. Ihre Vorfahren waren über Generationen hinweg ausnahmslos hochgewachsene Menschen gewesen, die sich nur von Roastbeef ernährt hatten. Die ehrwürdigen Damen unter ihnen konnten sich einer weltberühmten Knochenstruktur rühmen und trugen eisige Zurückhaltung zur Schau. Olivia sah wesentlich bemerkenswerter als Nell aus, die sich wie ein schickliches, aber unbeholfenes Küchenmädchen neben einer Königstochter fühlte. Im Café hatte Nell gehört, daß Olivia bereits zu Schulzeiten ein paar Modeaufnahmen für die *Vogue* gemacht hatte, doch ihre Schüchternheit (jeder betonte ständig, wie schüchtern sie war) hatte ihr diese Tätigkeit so erschwert, daß sie beschloß, als Model eine kleine Pause einzulegen. Um das Ganze noch schlimmer zu machen, hatte Nell Furunkel bekommen, einen am Po, zwei an der Schulter, und der ekelhafteste saß an der Innenseite ihres rechten Fußes. Ein- oder zweimal hatte sie sich dabei ertappt, wie sie hinter der strahlenden Olivia her gehumpelt war. Als sie das nächste Mal beim Arzt war und sich diesmal noch ängstlicher fühlte, verschrieb er ihr Antibiotika, die zwar die Furunkel zum Verschwinden brachten, doch als Nebenwirkung bekam sie einen derartigen Blähbauch, daß ihre Kleider ihr kaum mehr paßten.

Nell trug am liebsten schlichte Kleidung, aber verglichen mit Olivias einfachen Klamotten, fühlte sie sich protzig und gräßlich »herausgeputzt«. Olivias Kleider waren irgendwie namenlos. Sie hätten sowohl schrecklich teuer sein, als auch aus einem Ramschverkauf stammen können. Diese Schlichtheit fand Nell prahlerisch und aggressiv, als würde sie sich gezielt gegen sie richten.

In den nächsten Wochen sickerte jedoch durch, daß Olivia trotz ihres Aussehens völlig ungefährlich war. Sie wurde öfter gesehen, wie sie in der College-Bar fast ausschließlich mit männlichen Studenten etwas trank. Sie redete gern, und unter den attraktivsten Studenten im College, die sich mit solchen Dingen auskannten, sprach sich schnell herum, daß man nur lange genug aufbleiben und solange die Konversation aufrechterhalten mußte, bis allen anderen nichts mehr einfiel und sie ins Bett gegangen waren, dann konnte man sie für gewöhnlich in ihr Zimmer begleiten. Nell war sich sicher, daß Braunschuh Olivia längst entdeckt haben mußte und von ihr angetan war. Das ging allen so und ihm auch.

»Wie haben Sie sich denn eingewöhnt?« fragte Marnie Nell eines Tages.

Sie hatten sich in der High Street getroffen und gingen gemeinsam ins College zurück.

»Wir haben schon lange nicht mehr so eifrige Studenten gehabt. Bestimmt gibt es eine Menge guter Noten«, meinte Marnie.

»Danke, mir geht es gut«, sagte Nell. »Alle sind sehr … sehr nett und freundlich.«

»Ist schon ein feiner Haufen«, lachte er.

»Und dieses neue Mädchen …« begann Nell.

»Olivia Bayley?«

Als Nell hörte, wie er den Namen aussprach, verstummte sie. Doch Marnie zeigte keine Regung, schaute Nell nur an und sagte: »Sie ist das schönste Mädchen, das ich je gesehen habe.«

Am nächsten Tag traf Nell Braunschuh im Hof. Er trug alte, graue Turnschuhe und sah wie siebzehn aus.

»Hallo«, sagte Marnie.

»Hallo.«

»Sind Sie gerade auf dem Weg in die Stadt?« Weil er lächelte, nickte Nell. Eigentlich wollte sie in die entgegengesetzte Richtung in die College-Bibliothek gehen. Sie gingen nebeneinander her. Nells Furunkel waren wieder aufgebrochen, und sie tat sich ein bißchen schwer, mit ihm Schritt zu halten.

»Sie humpeln immer noch?« fragte Marnie. »Das geht ja jetzt schon fast vier Wochen so, oder?«

»Es kommt und geht. Ich habe mich infiziert, und jetzt muß ich eben wieder Antibiotika nehmen.« Nell war zugleich berührt und bekümmert darüber, daß er ihre Krankheit mitbekommen hatte.

»Wahrscheinlich sind Sie ein bißchen erschöpft.« Marnie schaute Nell ins Gesicht. Sie bogen in die High Street ein. In dem Augenblick kam Olivia Bayley in ziemlicher Geschwindigkeit auf dem Fahrrad an, bremste und steuerte auf Nell und Marnie zu. Sie hatte einen großen Blumenstrauß in Cellophan quer über die Lenkstange gelegt und wirkte wie die Gesundheit selbst in ihren hellgrauen, geräumigen Trainingshosen und dem dicken Sweater.

»Hallo Nell, hallo Marnie«, sagte sie. Ein Junge auf einem Fahrrad stieß einen bewundernden Pfiff in ihre Richtung aus. Olivia wurde rot und stotterte: »Hahallo, wie geht es Ihnen?«

»Danke, gut«, antwortete Marnie.

»Mir geht es auch gut, danke«, sagte Nell.

»Freut mich. Mir geht's auch gut«, nickte Olivia und senkte bescheiden den Blick. Wie kann man nur so affektiert sein, dachte Nell. Sie standen zu dritt an der Straßenecke.

»Ich glaube, wir müssen hier langsam verschwinden.«

»Adieu.« Olivia radelte los und winkte den beiden zum Abschied zu.

»Adieu«, rief Nell ihr freundlich hinterher.

»Sie mögen das Mädchen nicht, oder?«

»Ich versuche, sie zu mögen«, antwortete Nell nach einer Pause.

»Ich würde mich an Ihrer Stelle nicht über sie ärgern.«

»Ich kann nichts dafür.«

»Meiner Meinung nach gibt es überhaupt keinen Grund«, lächelte Marnie, und Nell faßte Mut.

Am nächsten Tag kam Marnie vier Minuten zu spät zu seinem Vortrag im großen Übungsraum des Benjamin-Cranley-Hauses. Die meisten aus Nells Jahrgang saßen bereits an den hufeisenförmig angeordneten Tischen. Als Nell eintrat, entdeckte sie Robbie Spittle. Er tippte auf seine Armbanduhr und tat wie ein strenger Oberlehrer. Nell grinste ihn an und setzte sich. Er grinste zurück.

»Na du«, begrüßte er sie.

»Selber na du. Wie geht's?«

»Ach ja, ganz gut, würde ich sagen.«

»Prima.«

»Und dir?«

»Na ja, man lebt.«

»Und was treibst du so?«

»Nicht besonders viel, ich sprinte mal hierhin und mal dorthin. Wenig aufregend.«

»Du siehst gut aus. Müde, aber gut.«

Nell lachte. »Vielen Dank. Dann kann mir ja heute nichts passieren.«

»Gern geschehen.«

Nell hatte sich die Haare gewaschen und ein Hemd angezogen, das sie sich in Gedanken an Braunschuh gekauft hatte. Das hellgraue Männerhemd mit Perlmuttknöpfen saß locker und spannte nur ein bißchen über der Brust. Nell hatte sich die Haare gebürstet, stärker seitlich gescheitelt als sonst und ihren dünnen, braunen herausgewachsenen Pony mit einer sandfarbenen Spange befestigt. Mit ihrem Hemd und der Frisur sah sie aus wie eine leidenschaftliche Bibliothekarin. Weiblich und selbstbeherrscht. Genau richtig. Dazu trug sie einen grauen, ausgestellten Wollrock, der etwa sieben Zentimeter über dem Knie endete, dunkle Strumpfhosen und Schuhe. Nells Gesicht hatte an diesem Morgen nicht so blaß wie sonst ausgesehen, lebhafter und irgendwie aufgehellt von den Vorboten einer sehr, sehr guten Stimmung.

Marnie betrat gedankenverloren den Raum und hatte einen dicken Stapel Fotokopien unter dem Arm, die er an seine Studenten verteilte. Als er Nell ihre Papiere reichte, wurde sie knallrot und ließ alles fallen. Daraufhin beugten sich beide hinunter, um es wieder aufzuheben, und dabei stießen ihre Köpfe leicht gegeneinander. Nell wurde noch röter. »Das tut mir wirklich sehr leid«, sagte sie.

»Keine Ursache, es war doch ganz allein mein Fehler«, lächelte Marnie gnädig und verteilte weiter die Texte.

Als er damit fertig war, sagte er: »Hazlitts Meinung nach ist *König Lear* Shakespeares aufrichtigstes Stück. Was meint er Ihrer Meinung nach damit?«

An diesem Abend kreisten Nells Finger immer wieder über die Stelle an ihrer Stirn, wo ihrer beider Köpfe zusammengestoßen waren, und dabei sammelte sie in Gedanken alles, was sie an Marnie mochte. Nach einer Weile kam ihr in den Sinn, daß sie das Ganze »Marnies vornehme Seiten« nennen könnte. Es war elf Uhr. Nell schlüpfte in ihr Nachthemd, griff nach Stift und Papier und einer gebundenen Ausgabe von *The Wasteland* als Unterlage, ging ins Bett und stopfte sich ein paar Kissen in den Rücken. Beim Schreiben war Nell bewußt, wie lächerlich das war, was sie da tat. Doch die Situation rechtfertigte diese Lächerlichkeit voll und ganz. Ihrer Meinung nach kam man am ehesten dann in Schwierigkeiten, wenn man etwas leugnete, zerstörte oder verhöhnte und durch die Umstände, die aus solchen Situationen erwuchsen. Wenn man das Durcheinander jedoch zuließ, sich darauf einstellte, es vielleicht sogar noch zu einer Art Karneval umgestaltete, wenn man die Bewegungen und einzigartigen Momente in hübsche Lieder und Tänze umwandelte, oder die feinen Wendungen und zarten, schüchternen Blicke im Geiste hortete, dann konnte man das Bedrohliche daran verwandeln. Auf diese Weise entstand eine Slapstickkomödie, ein Unfug, eine Art Witz, ein Spiel. Mit dieser Vorgehensweise wurde ein Gefühl mädchen-

haft, das ansonsten lähmend gewesen wäre. Nell vervollstän-
digte »Marnies vornehme Seiten«. Die Liste dieser Attribute
war für Nell deswegen so wichtig, weil sie ihrer Begeisterung
für den Lehrer etwas Normales verlieh. Wenn es Fakten gab,
die rein theoretisch eine Anziehung bewiesen, dann wurde die
eigene, extreme Vorliebe damit vernünftig erklärt, und auf
diese Weise wurde das Zwanghafte an der ganzen Sache
wenigstens teilweise aufgelöst.

Nell analysierte Marnies Charakter mittels zweier, voneinander getrennter Rubriken: Zuerst in Beziehung auf die Dinge,
die er gesagt hatte, und zweitens bezüglich einiger Schlüssel-
ereignisse, in die er verwickelt gewesen war. Sie tat so, als wäre
Marnie ein Phantasiegebilde in einem ihrer Bücher. Und bis zu
einem gewissen Grad war er ja auch eine Erfindung, doch Nell
war sich bewußt, daß sie sich nicht nur subtil und altmodisch
nach ihm verzehrte und sehnte. Sie begehrte ihn glühend, mit
ihren Armen, in ihrem Bett, so groß wie das Leben und so
wirklich wie Fleisch und Tränen.

Die Liste der Tugenden hatte zwölf Einträge:

Verhalten:	er behandelt alle Leute richtig,
Charme:	er sieht in jedem das Gute,
Begabung:	für Poesie, für Kritik und für angenehmes Verhalten,
Großzügigkeit:	was sein Wissen angeht und seine Denk-muster,
Freundlichkeit:	er gibt einem das Gefühl, wichtig und wert-voll zu sein,
Wissen:	unendlich,
Wörter:	präzise, gut überlegt, erhellend, humorvoll,
Selbstvertrauen:	unauffällig bestimmt und mit starkem Wil-len,
Bescheidenheit:	nicht eingebildet, sehr an anderen Men-schen interessiert,

Intelligenz:	von Natur aus, durch das Leben geschult,
Weisheit:	und durch Lesen,
Unterricht:	hohe Qualität seines wissenschaftlichen Vortrags, kennt sich mit allen neuen Strömungen seines Fachs aus, keine Berührungsangst bezüglich Theorie, kein Sklave seines Fachs
äußere Erscheinung:	besonders die Augen, Lächeln und braune Schuhe

Als Nell fand, ihre Liste sei vollständig, machte sie sich an eine kurze Zusammenstellung negativer Verhaltensweisen, zu denen sich Marnie auf keinen Fall herabließ. Oben auf dieser Liste stand *Betrügerei*, gefolgt von *Plagiat*, *Gehässigkeit* und *langweilig sein*.

Nell warf einen Blick auf ihre Armbanduhr und stellte fest, daß es drei Uhr morgens war. Die Schreiberei hatte ihr neuen Mut verliehen, und sie war sicher, daß sie jetzt bestimmt nicht schlafen können würde. Sie dehnte und streckte sich ausgiebig, und neunzig Minuten später war sie mit dem Stift in der Hand eingeschlafen.

Nach dem Aufwachen las Nell aufgeregt ihre Liste noch einmal durch und beschloß, ihrer Verknalltheit ein Ultimatum zu setzen. Langsam wurde es schmerzlich. Sie wollte sich noch zwei Wochen Zeit lassen. Wenn sie bis dahin keinen Erfolg erzielt hatte, wollte sie Schluß machen. Man muß Herzensangelegenheiten auf diese Weise kontrollieren, sagte sich Nell, auch wenn das nicht natürlich ist. Sie war sich im klaren darüber, daß sie ihre Gedanken möglicherweise nicht würde loslassen können. Es würde interessant sein, zu beobachten, was passierte, wenn sie versuchte, ihren Verstand einzusetzen, um das Ganze zu beenden. Um zehn Uhr ging Nell zu Marnies wöchentlicher Sprechstunde.

»Entschuldigen Sie bitte.« Nell erkannte, daß Marnie gerade

mitten in einer Arbeit steckte. »Bin ich zu früh dran?« Nell war sich sicher, daß sie pünktlich war. Wie immer.

»Nein, Sie trifft überhaupt keine Schuld. Ich habe mich da in etwas verbissen.«

»Soll ich später noch mal wiederkommen?«

»Nein, treten Sie ein. Ich dachte, ich hätte etwas zustande gebracht, aber es ist nichts. Nur banales Gewäsch.«

»Banales Gewäsch?«

»Ja. Ich habe gedacht, ich sei auf der richtigen Spur und habe ein paar Dinge aufgeschrieben. Aber das war's dann auch schon.«

»Vielleicht müssen Sie es einfach mal eine Weile ruhen lassen.«

»Wahrscheinlich haben Sie recht.« Marnie seufzte, und dann hellte sich sein Gesicht auf.

»Macht es Ihnen sehr zu schaffen?«

»Was, das Schreiben?«

»Ja, wenn ich mich recht erinnere, habe ich gelesen, daß es Leute gibt, die es wirklich hassen.«

»Ich hasse es.« Marnie lächelte. »Aber gleichzeitig liebe ich es auch.«

»Ja, verstehe.«

»Ich meine, wenn es mir gut von der Hand geht, dann ist Schreiben für mich das allergrößte.«

»Das glaube ich Ihnen gern«, sagte Nell.

»Es ist so, als wollte ich jemandem mit Wörtern mitteilen: ›Hier bin ich.‹ Und wenn ich es später nochmals lese, dann kann es vorkommen, daß was Vernünftiges dabei ist, und ich habe wirklich ein Gedicht geschaffen. Oder wenigstens denke ich das, denn es ist kein Durcheinander und auch nicht zu konstruiert oder sonst was. Und wenn es wirklich ein Gedicht ist und wenn ich es dann noch mal lese, reagiert das Gedicht plötzlich auf mein ›Hier bin ich‹ mit ›Ja, da bist du‹.«

Marnie hielt inne. Er blickte abwesend im Zimmer umher,

schaute die Enten auf dem Wasser an und betrachtete die Bäume mit dem goldenen Laub.

»Das ist ja spannend«, meinte Nell.

»Na ja, wenigstens zum Teil.« Marnie lächelte. »Ach übrigens, haben Sie etwas für mich?«

Nell zog ihren Aufsatz aus der Mappe. Plötzlich ging ihr durch den Kopf, wie schrecklich es wäre, wenn sie versehentlich die Notizen aus der letzten Nacht mitgebracht hätte. Sie war verlegen, weil sie soviel geschrieben hatte. »Es tut mir leid, daß es so lang geworden ist«, entschuldigte sie sich.

Marnie ging nicht darauf ein, aber offensichtlich hatte er an der Länge nichts auszusetzen. Er las Nells Arbeit und hielt immer wieder inne, um etwas an den Rand zu kritzeln.

Nach einigen Minuten legte er Nells Aufsatz zur Seite. »Er ist gut, Nell. Gut geschrieben wie immer, und außerdem werfen Sie ein paar erfrischende und aktuelle Fragen auf, doch Ihre Argumentation ist nicht ganz hieb- und stichfest. Vielleicht sollten Sie sich beim nächsten Mal nicht auf ein so enges Gebiet beschränken.«

»Verstehe«, meinte Nell.

»Interessanterweise schreiben Sie, daß wir kaum was über Cordelia erfahren, außer daß sie das Lieblingskind ihres Vaters war, daß sie keine Rolle spielen wird und daß sie etwas gegen Poesie hat. Sind Sie sich im klaren darüber, daß das von der Stelle abweicht, wo es heißt, daß sie ›so hübsch ist und so sittsam/so vernünftig, so bescheiden und so korrekt‹, und daß sie in ihren neuen Kleidern attraktiver aussieht als ihre Schwestern, die sie deswegen nicht mögen?«

»Nein, bin ich nicht«, antwortete Nell.

Marnie ging mit ihr seine Anmerkungen durch, und dann war die Stunde vorbei. Jemand klopfte an die Tür. Es war Olivia Bayley. Nell warf ihr ein knappes Lächeln zu und ging in ihr Zimmer zurück. Ich frage mich, ob er mit ihr genauso übers Schreiben spricht, überlegte sie.

An diesem Abend fügte sie »Marnies vornehmen Seiten« drei weitere Bestandteile hinzu. Das eine war eine Liste der Menschen, die er bewunderte (Nietzsche, Patrick Kavanagh, Molly – die Sekretärin am College …); ein Verzeichnis der interessanten Dinge in seinem Zimmer, soweit sich Nell daran erinnern konnte; und dann noch eine Mappe mit Zeitungsausschnitten, die Marnie betrafen, inklusive einiger Kritiken seiner Bücher und verschiedener journalistischer Arbeiten, von denen Nell ihm aus ihrer Sammlung ein paar abgetreten hatte. Am nächsten Abend machte sich Nell dran, ihre sechs Lieblingsgedichte von Marnie abzuschreiben und selbst eines zu verfassen.

Fließt die Zeit ganz ruhig dahin
Wünsch ich mir tief in mir drin
Daß wir uns ohn' Vorbehalt
ähnlich sind und möglichst bald
Gleich und gleich gesellt sich gern
Unter einem guten Stern.

Glaub ja nicht, ich sei zu jung
laß doch die Entschuldigung
(Ich glaub, ich weiß ganz gut Bescheid)
Wir sind doch glücklich auch allein
Das wird vielleicht nicht immer sein
Weder traurig, auch nicht fröhlich
Und dies (und das [und du]) verblüfft mich.

Und dann war Nells Verknalltsein plötzlich wie ein Gespenst überhaupt nicht mehr zu bändigen. Es verfolgte sie in ihre Träume, wo Schattengestalten von ihr gänzlich Unmögliches verlangten oder ihr etwas anboten, das sie dann wieder zurückzogen, wenn Nell zugegriffen hätte. Während des Tages begleitete sie das Gespenst die ganze Zeit, egal, wo sie sich aufhielt. Mal fühlte sie sich bestraft und dann wieder erniedrigt. Was du da willst, bekommst du nie, sagte das Gespenst und lachte sie aus. Wenn du ein bißchen mehr so oder so wärst, dann vielleicht. Aber leider ist das nicht der Fall.

In manchen Momenten wurde das Gespenst genauer. Wenn du wenigstens wie Olivia Bayley aussehen würdest; wenn du wenigstens ein bescheidenes Schreibgenie oder unglaublich talentiert im Bett wärst, aber was bist du schon? Nein, daraus wird nichts.

Während Nell von solchen Gedanken überfallen wurde und ihr jungfräuliches Äußeres im Spiegel betrachtete, schlug sie sich mit der Faust gegen den Kopf. Und gleichzeitig begehrte sie Marnie mehr als je zuvor.

Bisher war Nell zwar besorgt gewesen, hatte aber immer noch genügend Vertrauen in ein unbestimmtes und fernes Zusammensein mit Marnie gehabt, um in ihren romantischen Träumen zu schwelgen. Inzwischen hatten sich die Träume aber in Nichts aufgelöst, und statt dessen war alles nur noch unaufhörliche Quälerei. Am Anfang hatte Nell ihre Verknalltheit wie eine leichte Schürfwunde empfunden, die man gerne betastet, drückt und dabei ein beunruhigendes und brennendes Gefühl hat. Doch das war lange her. Nicht, daß Nells Gedanken sich jemals um jemanden anderen gedreht hätten, doch wenn sie jetzt an ihn dachte, dann wollte sie nicht länger in einer hellen Küche voller farbenfroher Emaille-Kochtöpfe Geschirr abtrocknen und sich seltsame Aufsätze aus den Rippen leiern, während er in seinem dämmrigen Arbeitszimmer nebenan im goldenen Schein einer Lampe Gedichte verfaßte. Sie dachte auch nicht mehr an den Geschlechtsverkehr, der schon fast etwas Heiliges hatte und bei dem sie beide wunderbar zusammenpaßten. Nein, Nell hatte sich inzwischen derart in die Situation verbissen, daß außer Marnies Namen nichts mehr in ihrem Kopf Platz hatte. Nell flüsterte ihn immer wieder vor sich hin. Beim Einschlafen und beim Aufwachen galt ihm ihr erster Gedanke. Die beiden kurzen, sehnsuchtsvollen Silben schmerzten überall in ihrem Körper, als würde Nell ihre Arme permanent zu ihm hinstrecken. Der Schmerz hatte eine neue Qualität und ließ überhaupt nicht mehr nach. Wenn Nell Marnie jetzt sah, hatte sie große Schwierigkeiten, die Ungeheuerlichkeit ihres Verhältnisses zu ihm mit dem schmächtigen, alles andere als großen Mann vor sich in Übereinstimmung zu bringen, daß sie sich so rasch wie möglich wieder aus dem Staub machte und sich nicht nur verwirrt fühlte, sondern so, als hätte sie Schläge bezogen.

Laura bemühte sich ernsthaft, Nell wieder auf den Boden der Tatsachen zurückzuholen. »Du bist ja geradezu besessen. Ich habe ein bißchen darüber nachgedacht, und ich glaube, es ist gefährlich, wenn sich das eigene Denken nur noch ausschließlich um eine Sache dreht.«

»Ich weiß nicht.«

»Du brauchst also nur wieder an andere Sachen denken, und dann wird es nachlassen.«

Nell schwieg.

»Du richtest dich damit zugrunde.«

»Ich bin bereits auf dem besten Wege.«

»Du siehst wirklich gut aus, aber du solltest nicht noch dünner werden.«

»Ich weiß. Mir ist nur andauernd schlecht.«

»Ist dir übel?«

»Ich weiß es nicht.«

»Was heißt, du weißt es nicht?«

Nell begann zu weinen. »Alles ist so ein Durcheinander. Zuerst steigere ich mich in etwas hinein, dann bekomme ich keine Luft mehr, und zum Schluß wird mir schlecht. Es ekelt mich an.«

»Das tut deiner Gesundheit nicht gut, Nell.«

»Ich weiß.«

»Ich habe den Eindruck, daß das die traurigste Art und Weise ist, sich auszudrücken.«

»Ich weiß. Ich schlage mir auch schon andauernd gegen den Kopf.«

»Gegen die Wand?«

»Nein, mit der Faust.«

»O Nell!« Laura umarmte ihre Freundin. »Ich kann es kaum ertragen, daß du so etwas tust. Dein armer Kopf.«

Sie streichelte Nells Kopf mit ihrer Hand.

»Was soll ich denn tun?«

»Ich finde, du solltest einen Arzt aufsuchen.«

»Das geht nicht.«

»Ich fürchte, dir bleibt gar keine andere Möglichkeit. Ich begleite dich. Du mußt da raus, Nell. Welche Telefonnummer hat dein Arzt?«

Laura griff nach Nells Adressenbüchlein.

»Er ist aber so ein Ekelpaket.«

Doch Laura wählte bereits. »Es ist dringend, ja. Nein, ich glaube nicht, daß wir bis morgen früh warten können«, sagte Laura zur Sprechstundenhilfe, woraufhin Nell noch einen Termin für denselben Nachmittag bekam.

Um halb sechs saßen Nell und Laura im Wartezimmer der Praxis. Auf einem niedrigen Tisch lagen zerfledderte Frauenzeitschriften, und in einem kleinen, rechteckigen, hell erleuchteten Aquarium schwamm ein einzelner Fisch hin und her.

»Nell Dorney?« rief die Sprechstundenhilfe.

Nell stand auf, lehnte Lauras Angebot, sie zu begleiten, ab, und wurde von einer Ärztin begrüßt. Der Doktor, der sich so vor ihren Genitalien geekelt hatte, war glücklicherweise gerade in Urlaub.

»Eigentlich habe ich gar nichts. Ich bin nur ein bißchen mies drauf«, erklärte Nell. »Ich kann nicht richtig schlafen und laufe andauernd gegen irgendwelche Sachen, und die ganze Zeit muß ich an meinen Tutor denken. Ich habe wochenlang schon nichts mehr getan, und ich muß mich ständig übergeben.«

»Wie lange geht das schon so?«

»Ach, ich weiß nicht, schon eine ganze Weile. Drei oder vier Wochen.«

»Haben Sie irgend jemandem Ihre Gefühle anvertraut?«

»Na ja, meiner Freundin Laura, aber ich weiß wirklich nicht ...«

»Würde es Ihnen helfen, wenn ich für Sie einen Termin bei einem Therapeuten mache?«

»Ich weiß nicht. Ich halte nicht so viel davon.«

»Ich glaube, das könnte Ihnen helfen.«

»Ist das Ihr Ernst?«

»Wahrscheinlich brauchen Sie ein bis zwei Wochen Geduld. Bis dahin müssen wir uns für Sie etwas überlegen.«

»Ich weiß nicht. Ob Sie mir vielleicht ein paar Beruhigungstabletten geben könnten?«

Die Ärztin schüttelte den Kopf. »Ich bin mir ziemlich sicher, daß das momentan keine Lösung für Sie wäre. Mögen Sie mir statt dessen nicht ein bißchen näher erzählen, was es mit Ihren Gefühlen auf sich hat? Weiß Ihre Familie von Ihren Schwierigkeiten?«

»Nein, eigentlich nicht.«

»Vielleicht sollten Sie dahingehend etwas unternehmen ...«

Nell verließ das Sprechzimmer und kam mit einem Termin beim Therapeuten in zwei Wochen und einer halben Schlaftablette für die Nacht zu Laura ins Wartezimmer.

»Du wirkst sehr müde«, sagte Laura.

»Ich bin völlig fertig.«

Um sieben Uhr steckte Laura Nell mit einem Becher Kakao, einer heißen Wärmflasche und ein paar Illustrierten ins Bett, und dann schluckte Nell unter Lauras Aufsicht die exakt halbierte, gelbe Tablette.

»Ich muß jetzt wieder zurück, Nell. Ich wünschte wirklich, ich könnte noch bleiben, aber ich muß morgen abend diesen langen Aufsatz fertig haben. Ruf mich an, wenn es dir schlechtgeht, das ist mein Ernst, Nell. Auch wenn es vier Uhr morgens ist«, sagte Laura. »Und im Notfall kann mich Rob auch fahren, dann sind wir in zwei bis zweieinhalb Stunden bei dir.«

»Vielen herzlichen Dank. Du bist wirklich wunderbar. Mir geht es gleich viel besser. Es tut mir leid, daß ich dir so viele Schwierigkeiten bereite.«

»Hör zu, meine Liebe. Zuerst einmal kümmerst du dich darum, daß es dir bessergeht. Du bereitest mir überhaupt keine Schwierigkeiten. Mir macht es nur Sorgen, wenn du so unglücklich bist.«

»So schlecht geht es mir doch gar nicht.«

Laura ließ Nell schlafen. Das Getränk und die Tablette hatten sie beruhigt, und sie stellte sich vor, daß ihr das guttun würde. Nell fühlte sich ruhiger, aber gleichzeitig auch weniger müde und aufgekratzt.

Um zehn nach acht klopfte Robbie Spittle vorsichtig an ihre Tür.

»Komm rein«, rief sie träge.

»Hallo Nell«, begrüßte er sie. »So früh schon im Bett?« Er trat ein und setzte sich auf ihr Bett. Robbie trug ausgeblichene schwarze Baumwollhosen und einen schwarzen Pulli mit drei senkrechten, breiten, grauen Streifen. Er hatte sich die Haare schneiden lassen.

»Geht's dir nicht gut?«

»Doch, ich bin bloß kaputt.«

»Heißt das, du gehst nicht zu der Party mit?«

»Ich glaube, das würde mir nicht guttun.«

»Hast du vielleicht Lust auf einen kleinen Schluck?« Er zog eine halbvolle Flasche Whisky aus seiner Tasche, nahm einen kräftigen Schluck und hielt sie dann Nell hin. Nell trank ebenfalls einen Schluck.

»Ist deine Freundin wieder weg?«

»Ja, sie muß morgen einen Aufsatz abgeben.«

»Ach so. Ich fand sie sehr nett.«

»Meine beste Freundin.«

Robbie hielt Nell die Flasche hin, und sie trank noch einen Schluck. Der Whisky schmeckte köstlich.

»Wie war dein Tag heute, Robbie Spittle?«

»So so la la.«

»Wirklich?«

»Ja.«

»Das klingt aber nicht allzu fröhlich.«

»Ach, na ja. Es ist nur . . .« Robbie verstummte.

»Was ist los?« fragte Nell. Robbie bekam den Mund nicht auf.

»Da ist diese Person . . .« begann er vorsichtig.

»Jemand, den du magst?«

Er nickte.

»Erzähl doch.«

»Sie ist etwas Besonderes«, sagte Robbie und grinste.

»Verstehe.«

Nell schaute ihn an, aber Robbie hatte den Kopf weggedreht.

»Du traust dich nicht, auf sie zuzugehen?«

Er reichte Nell die Whiskyflasche. »Ich mache gar nichts.«

Nell setzte sich auf und strich sich über ihr Schlafanzugoberteil.

»Whisky ist genau das richtige für mich, meinte die Ärztin.«

»Das muß ja eine ziemlich verrückte Frau sein.«

»Ich bin heute bei ihr gewesen.«

»Wirklich? Ist alles in Ordnung?«

»Eigentlich schon. Ich bin nur ein bißchen mies drauf.«

»Willkommen im Club.« Robbie trank wieder einen Schluck aus der Flasche. »Nein, aber ich hoffe, weißt du, daß alles in Ordnung ist. Wirklich. Ich meine . . .« Robbie verstummte.

Nell setzte die Flasche noch mal an. Robbie wirkte in sich gekehrt. Nell beobachtete, wie er traurig zum Fenster und zu den dunklen Bäumen hinausschaute.

»Ist wirklich alles in Ordnung?« fragte sie.

»Ja, keine Sorge.«

»Ja?«

»Ja.« Nell griff nach Robbies Hand. Auch jetzt schaute er sie noch nicht an, fragte aber leise: »Nell?«

»Ja?«

»Ich weiß schon, dir geht es nicht gut, und es wirklich nicht der richtige Zeitpunkt, aber ich ...« Er drehte den Kopf, blickte Nell an, und sie küßten sich. Robbie umarmte sie zart. Er küßte sie zärtlich und streichelte ihren Arm unter dem gestreiften Schlafanzugärmel, vor und zurück, vor und zurück. Er streichelte mit seiner Hand über Nells Augenlider, ihre Ohren und ihren Nacken. Nell rannen Tränen über die Wangen. Im Zimmer war es dunkel geworden. Nell schloß die Augen und rollte sich in ihre Bettdecke. Robbie legte sich neben sie auf das Bett.

»Geht es dir wieder besser?«

»Ja, besser«, flüsterte Nell. »Und dir?«

»Supergut«, antwortete Robbie. Sie öffnete die Augen. Robbie blickte sie an. »Du bist so schön, Nell.«

»Du bist aber auch nicht gerade häßlich.«

Wahrscheinlich waren sie Hand in Hand eingeschlafen, denn als Nell die Augen wieder aufmachte, war es elf Uhr. »Robbie?« sagte sie leise.

»Was?« Er gähnte und hob seinen Kopf.

»Hast du noch Lust, zu dieser Party zu gehen?«

»Ja. Kommst du mit?«

»Wir haben nichts zu verlieren, oder?« meinte Nell. »In zehn Minuten bin ich soweit.«

»Gute Idee. Ich werde auch etwas Förmlicheres anziehen.«

»Gut«, nickte Nell.

Robbie ging in sein Zimmer und versprach, gleich wieder zurück zu sein. Nell stand auf und schlüpfte in das schwarze Minikleid aus Mohair, das sie sich für besondere Gelegenheiten aufbewahrt hatte. Sie zog sich schwarze Strumpfhosen und

Schuhe an. Dann zog sie alles wieder aus und schlüpfte in den grauen Rock und die Bluse und den Pulli, die sie bereits den ganzen Tag getragen hatte. Zögernd ging sie zum Spiegel in der Zimmerecke. »Ich irre mich nicht«, sagte sie laut. »Du siehst wirklich gar nicht schlecht aus.«

Robbie klopfte an und trat ein. Er hatte denselben Pulli wie zuvor an, aber eine andere schwarze Hose. »Hübsch«, sagte er und sah Nell an. Dann machten sie sich auf den Weg durchs College-Gebäude, überquerten den Hof und kamen an der Wohnung des College-Leiters vorbei. Nell war ein bißchen wackelig auf den Beinen.

»Du bist ja betrunken!« sagte Robbie überrascht und griff Nell unter den Arm. »Haben Laura und du denn schon davor gesoffen?«

»Ja, Kakao«, antwortete Nell. »Ach, und eine halbe Beruhigungspille.«

»Spezieller Hausfrauenmix, oder wie?«

»Ein berauschender Cocktail von Alkohol und Drogen«, dozierte Nell. Beide lachten und gingen langsam die London Road hinauf.

»Wo findet diese verdammte Party denn statt? Etwa in Reading?«

»Wir sind gerade mal vier Minuten und zweiundzwanzig Sekunden unterwegs.«

»Das ist doch nicht dein Ernst? Wir sind doch soeben an einer Weide mit Kühen vorbei gekommen«, sagte Nell und deutete auf das Geschäft des Stadtmetzgers.

»Ja, richtig«, nickte Robbie. »Wir sind fast da.«

»Wahrscheinlich kenne ich niemanden.«

»Du kennst bestimmt jede Menge.«

»Vermutlich ist dieses Mädchen da, und ich muß im Flur draußen bleiben. Ich kenne dich doch, Robbie Spittle.«

»Wartens wir's ab«, erwiderte er und reichte Nell die Whiskyflasche. »Warten wir's ab.«

»Ich kann kaum glauben, wie gut das Zeug schmeckt«, sagte Nell. »Langsam fühle ich mich wieder wie ein Mädchen.«

»Das kenne ich«, sagte Robbie, legte Nell den Arm um die Taille und ließ ihn für den Rest des Weges auf ihrer Hüfte ruhen.

»Ich wußte, daß du das sagen würdest.«

»Ich wußte, daß du das weißt, und ich wollte dich nicht enttäuschen.«

»Ach, sei bloß still. Ruhe auf den billigen Plätzen. Danke, gehen Sie bitte weiter durch.«

»Du bist ja völlig dicht.«

»Das sagst du zu allen Mädchen.«

»Blödsinn. Wir sind da«, erwiderte Robbie. Sie bogen in den Vordergarten eines kleinen Reihenhauses ein, und Nell drückte auf die Klingel.

»Haßt du mich?« fragte Nell plötzlich.

»Nein, ich lie–« Aber das war nicht der Zeitpunkt für Erklärungen.

»Hallo Robbie, hallo Nell. Kommt rein. Clare hat ihren idiotischen Tutor eingeladen, stellt euch das mal vor. Jetzt hat die Hälfte der Leute ein schlechtes Gewissen, daß sie nicht zu Hause an ihren Aufsätzen sitzen.«

»Warum macht sie das?« wollte Nell wissen.

»Vermutlich ist sie ein bißchen in ihn verknallt.«

»Wie originell«, kommentierte Robbie.

»Wer ist denn überhaupt Clare?« fragte Nell.

»Die kleine Blonde aus dem zweiten Jahrgang.«

»Welche Fächer?«

»Dieselben wie wir.«

Nell und Robbie gingen in die Küche und trafen dort auf einen irgendwie krumm aussehenden, zerzausten, lächelnden Bill Marnie.

KAPITEL SIEBEN

Nell brachte den Mund nicht auf, aber dafür war Robbie jovial und gesprächig für zwei. Die Wirkung der Tablette und des Whiskys ließen plötzlich nach, und Nell fühlte die Wucht ihrer gesamten Angst. Sie konnte Marnie nicht ins Gesicht schauen; sie konnte sich noch nicht einmal darauf konzentrieren, was er sagte. Sie hätte ihn gerne wieder lächeln sehen, aber statt dessen rannte sie aus dem Zimmer, die Treppe hinauf und schloß sich in der Toilette ein, wo sie sich erbrechen mußte. Nell zog an der Kette, um die Spülung zu betätigen, säuberte die Toilettenbrille mit etwas Papier und wusch sich die Hände. Sie betrachtete sich im Spiegel über dem Waschbecken, betupfte sich das Gesicht mit angefeuchteten Tempos und spritzte sich Wasser ins Gesicht. Trotz der Umstände sah Nell erstaunlich gesund aus, und ihre Wangen glühten rosig nach dem kurzen Spaziergang. Nell setzte sich auf den Toilettenfußboden. Sie könnte ein Taxi nach Hause nehmen, doch das wäre Robbie gegenüber nicht gerade fair, wo er doch so freundlich zu ihr gewesen war und sogar Laura in Staunen versetzt hatte; sogar die Ärztin war auf ihre knappe Art freundlich gewesen. Nell öffnete die Toilettentür, löschte das Licht und stieß einen winzigen Schrei aus Angst und Freude zugleich aus, denn auf der obersten Treppenstufe saß mit einer Zigarette im Mund Marnie und wartete auf sie.

»Geht es Ihnen gut?« fragte er freundlich. »Robbie und ich haben uns ein bißchen gesorgt.«

Nell versuchte, ein reizvolles Lächeln zustande zu bringen, und setzte sich neben ihn auf die Treppe.

»Mir geht's gut«, sagte sie und holte tief Luft. Seit zwei Wochen traute sie sich zum ersten Mal wieder, ihn anzuschauen, und war enttäuscht, was sie sah. Marnie wirkte kalt und blaß und traurig. Jemand drehte die Anlage auf, und die Musik und das Gehopse der Leute ließ das ganze Haus vibrieren. Die dunkel-cremefarbene Decke über ihren Köpfen war bereits rissig und bröckelte an einigen Stellen. Auf ihre Köpfe rieselte etwas weißer Staub. »Glauben Sie, daß das so in Ordnung ist?« fragte Nell und deutete nach oben.

»Ich glaube schon.«

»Sie sehen ein bißchen traurig aus«, sagte Nell.

Die Bemerkung erschreckte sie beide, weil sie solche Dinge für gewöhnlich nicht besprachen. Marnie hob den Kopf und lächelte.

»Wahrscheinlich bin ich wirklich ein bißchen traurig«, nickte er, »aber auch nicht trauriger als andere. Ich bin ziemlich betrunken«, fügte er hinzu.

Nell sagte: »Ich glaube, ich bin auch ein bißchen traurig. Aber ich mag nicht, daß Sie unglücklich sind. Ich meine, wofür ist das schon gut?«

Braunschuh lachte darüber, doch dann meinte er ernst: »Warum sind Sie denn unglücklich?«

Nell holte tief Luft: »Ach, Sie wissen schon.«

Marnie nickte verständnisvoll. Nach einer Weile sagte er: »Es gibt zwar Dinge, die mich im Moment traurig machen, aber das ist kontrollierte Traurigkeit. Ich bin da ziemlich streng mit mir selbst, normalerweise jedenfalls.«

»Ja, ich auch«, stimmte Nell zu. »Das ist schließlich die einzige Möglichkeit.«

Eine Weile schwiegen sie. Dann startete Nell einen neuen Versuch. »Lesen Sie irgendwas Interessantes zur Zeit?«

»Chaucer, Keats, John Berryman.«

»Wahrscheinlich kann man durchaus behaupten, sie sind sich alle drei ein bißchen ähnlich.«

»Genau so würde ich es sagen«, sagte Marnie lachend. »Was meinen Sie?«

»Im Grunde habe ich fast überhaupt keine Ahnung, aber ich bin mir sicher, daß es völlig richtig ist.«

»In ein paar Monaten werde ich vielleicht einen Vortrag darüber halten.«

»Das hoffe ich. Mich würde es sehr interessieren . . .«

Jemand drehte die Musik wieder lauter, und jetzt konnte man sich überhaupt nicht mehr unterhalten. Sie hätten tanzen können, aber Nell hatte das Gefühl, daß das taktlos wäre, wenn ihnen das halbe College dabei zusehen würde.

Marnie schrieb ein paar Wörter auf ein Stück Papier. Er gab ihr das Papier. Die Worte lauteten: »Sollen wir uns davonmachen?«

Nell nickte, und sie verließen die Party und fuhren in Marnies Wagen weg.

Nell erwachte in Marnies Bett. Es war fast sechs Uhr. Er schlief tief und fest neben ihr. Nell hatte noch all ihre Sachen an: Unterhemd, Hose, Strumpfhose, Bluse, Pulli, Rock und BH. Sie hatte ihren Mantel abgelegt, die Handschuhe, den Schal und die Schuhe. Marnie und sie lagen zusammengerollt am Bettende. Einen Augenblick lang wünschte sich Nell, sie würde sogar noch ihre Wintersachen anhaben. Marnie hatte nichts an. Nells Hand lag locker auf seinem Rücken, während er schlief, und seine Haut fühlte sich viel wärmer an als die ihre, obwohl sie so viel anhatte. Nell zitterte. Marnie konnte jeden Augenblick aufwachen, und vielleicht war er dann ja ihr gegenüber völlig reserviert. Möglicherweise meinte er das gar nicht so, aber vielleicht war er nicht gerade erfreut darüber, sie zu sehen. Nell versuchte, noch mal einzuschlafen, aber das war unmöglich. Als sie in der Nacht zuvor ins Bett gefallen waren, war sie verhalten und schüchtern gewesen und Marnie offenherzig und ernsthaft, obwohl er betrunken war. Er hatte gesagt: »Und du willst wirklich all deine Sachen anbehalten? Ist das denn nicht schrecklich unbequem?«

»Nein, ganz und gar nicht, ich …« Nell klapperte mit den Zähnen, aber Marnie küßte sie, und Nell war dankbar, daß er sie weder gedrängt hatte, sich auszuziehen, noch daß er ihr Verhalten in irgendeiner Weise gegen sich gerichtet empfunden hatte. Nell hatte die Ärmel ihres T-Shirts und Pullis bis zu den Ellbogen hochgeschoben, und Marnie hatte ihr Gesicht, ihren Nacken und ihre Unterarme gestreichelt – vielleicht auch deswegen, weil sich Nell nicht weiter ausgezogen hatte. Als Nell Marnie küßte, fühlte sie sich sehr klein. Noch vor kurzem hatte sie Tag und Nacht von Marnie geträumt, wie er sie liebte und mit ihr schlief und ihr danach bedeutsame Dinge über seine Arbeit mitteilte. In ihren Träumen war Nell darüber beschämt, wie wenig sie bisher gelesen hatte: Dryden, Trollope, Defoe, Vergil … die Liste war endlos. Es hatte zwar diese Träume gegeben, doch als Marnie Nells Brust durch zwei Schichten Baumwolle und eine Lage Wolle hindurch berührte, mit seinem Finger kleine Kreise um ihre Brustwarze zog und sie küßte, und als kurz darauf Nell mit ihrer Wade zufällig die Wölbung berührte, die ziemlich sicher seine Erektion war, huschte Nells Blick als erstes zu seinem Gesicht, um festzustellen, ob er das mitbekommen hatte – und er hatte. Da bekam Nell plötzlich Angst, eine Art Schwindelgefühl, und sie sagte fast unhörbar: »Ich glaube, wie sollten jetzt Gute Nacht sagen.«

»Wie du willst«, hatte Marnie geantwortet, »aber nur, wenn du mir versprichst, daß wir uns noch ein bißchen küssen.«

»Versprochen«, hatte Nell genickt. »Auf Ehre und Gewissen.«

»Noch eine Minute, dann sagen wir gute Nacht.«

Ungefähr eine Stunde später wünschten sie sich eine gute Nacht. Kurz davor hatte Marnie eine widerspenstige Locke hinter ihr Ohr geschoben und ihr einen Kuß mitten auf die

Stirn gegeben. »Du sahst so gesetzt aus in deiner grauen Kleidung.«

»Ich wollte wie eine Buchhändlerin aussehen, die gerade ihren freien Tag hat.«

»Du meinst wohl, ihren freien Abend«, korrigierte Marnie.

Als Marnie aufwachte, machte er nicht den Eindruck, daß er sich besonders über Nells Anwesenheit freute. Statt dessen schien er ziemlich schwermütig und weit weg. Von küssen war keine Rede mehr. Nell fragte, ob es ihm gutgehe, und er antwortete gereizt: »Natürlich.«

Nell stand auf, holte sich ein Glas Wasser und kam damit wieder zum Bett zurück. Marnie war schon wieder eingeschlafen. Wenn du jemanden dazu bringst, daß er dir etwas verspricht, hast du dann automatisch im Gegenzug zugesichert, daß du die Sache überhaupt willst? Bist du verpflichtet, das Geschenk auf alle Fälle anzunehmen? Nell hatte tonnenweise Küsse für Marnie, doch der wirkte überhaupt nicht so, als wollte er sie haben. Nell stand auf und zog sich Mantel, Schal und Schuhe an. In der Tasche ihres Mantels steckten Handschuhe, in die sie schlüpfte. Dann schrieb sie auf ein Stück Papier: »Bin heimgegangen, weil mir ein bißchen eigenartig war. Alles Liebe, Nell«, und legte das Papier dann auf den Fußboden vor die Tür. In der Morgendämmerung überquerte sie den Hof des Colleges, ging aus dem College hinaus und die lange, neblige Straße hinunter, bis sie die High Street erreichte. Alles war gähnend leer. Nell blieb auf der Brücke stehen und rieb sich die Hände, damit ihr warm wurde. Die Luft um sie herum war vor lauter Kälte ganz weiß. Eine Kirchturmuhr schlug sechs. Langsam kam die Stadt in Bewegung. Ein einzelnes Auto, hin und wieder ein Mensch, der früh auf den Beinen war, und ein paar nimmermüde Jogger. Nell setzte sich einen Moment hin und hob den Blick gen Himmel, der immer deutlicher erkennbar wurde. Kurz darauf sah sie, wie ein Landstreicher auf sie zukam. Sie war schon oft bei ihm stehengeblieben und hatte sich mit ihm unterhalten. Nell stand auf und lächelte. Sie plauderten ein bißchen miteinander.

»Wie geht's dir denn, Kleines?«

»Ich weiß nicht.«

»Wenn es dir gutgehen würde, wüßtest du es.«

»Na ja, vermutlich geht es mir dann nicht so gut.«

»So ein hübsches Mädchen wie du braucht eigentlich jemanden, der sich um sie kümmert. Der immer für sie da ist.«

»Ich weiß.«

»Hat dir so ein Ekel das Herz gebrochen?«

»Ich weiß es nicht.«

»Wenn das so wäre, würdest du es bestimmt wissen.«

»Na gut. Ich muß dann mal los«, meinte Nell.

»Vergiß das jetzt nicht«, rief der Mann geheimnisvoll hinter ihr her.

Nell ging denselben Weg wieder ins College zurück. Sie dachte die ganze Zeit darüber nach, daß sie auf keinen Fall Braunschuh treffen durfte. Auf dem Weg zu ihrem Zimmer kam sie kurz vor der Treppe an seiner Tür vorbei. Als Nell außer Gefahr war, schlüpfte sie, ohne sich auszuziehen, in ihr Bett und schlief sofort ein.

Den ganzen Tag über verbot sich Nell, an Marnie zu denken. Dann erinnerte sie sich aber plötzlich an den Abend, als sie geweint hatte, nachdem sie sich in seiner Toilette nochmals übergeben hatte, ohne es ihm zu sagen. Wie sie mitten in der Nacht die Augen geöffnet und festgestellt hatte, daß Marnie sie ansah und zu ihr sagte, sie sähe sehr müde, aber auch sehr schön aus. Wie er ihre Finger geküßt und ihren Nacken gestreichelt hatte. Als Nell sich beim Gedanken daran ertappte, zwang sie sich, an andere Dinge und Probleme zu denken. Sie mußte sich ein Thema für eine wissenschaftliche Arbeit suchen und entscheiden, was sie ihrer Mutter zum Geburtstag kaufen sollte. Kurz überlegte Nell, wie sie wieder gesund werden könnte und wie sie sich Robbie gegenüber verhalten sollte. Dann zuckte sie zusammen, als sie daran dachte, wie Marnie und sie sich geküßt hatten. Das mit Marnie hatte sie offensichtlich vergeigt und sich komplett zur Idiotin gemacht, indem sie ihre Sachen anbehalten und, ohne sich zu verabschieden, gegangen war. Und dann das ganze Gerede über Traurigkeit. Was er wohl über sie dachte? Sie hatte sich wie eine Vierzehnjährige verhalten, die überzeugt davon war, daß jeder etwas von ihr wollte. Nell schüttelte die Qualen von sich ab, versuchte, ihre Gedanken mit ihrer Stimme zu übertönen und gebetsmühlenartig eine Geschichte vor sich hin zu sagen, in der ein Junge von einem Löwen gefressen wurde. Nell seufzte, war schrecklich enttäuscht von sich, weil sie ihr Glück in die Hände des Mannes gelegt hatte, den sie gleichzeitig mit allen Mitteln hatte vergessen wollen. Als sie sich gerade vorstellen konnte, vielleicht doch eines Tages gegen ihn immun zu werden und sich seinem Einfluß zu entziehen, da hatte sie in einem gedankenlosen Augenblick alles auf eine Karte gesetzt.

Robbie war nirgends zu sehen. Wahrscheinlich hatte er zwei und zwei zusammengezählt, und es reichte ihm mit ihr. Irgendwann würde sie ihn dafür irgendwie entschädigen müssen. Alles war ein schreckliches Durcheinander. Nell wollte sich an die schönen Momente der letzten Nacht erinnern, aber sie hatte panische Angst davor. Immerhin tat es ihr nicht leid. Wenigstens hatte sie eine Nacht mit ihm zusammen verbracht; zum Glück hatten sie sich die halbe Nacht lang geküßt. Nell würde sich in Zukunft immer daran erinnern, wenn nicht mehr soviel auf dem Spiel stand. Sie konnte es sich jetzt nicht leisten, darüber nachzudenken. Was er wohl von der Sache hielt, und was von ihr? Sie hätte sich im Bett mehr anstrengen sollen. Es war ein großer Fehler gewesen, daß sie das nicht getan hatte. Er mußte ja denken, sie sei selbstgefällig. Er hatte dreimal gesagt, daß er sie hübsch fand. Sein Blick war so weich gewesen, als sie ihn angeschaut hatte, und seine Küsse waren ihr sehr nahegegangen. Es war wirklich grausam, zuerst so liebevoll zu sein und das gar nicht so zu meinen. Wenn Nell doch nur wüßte, was er dachte. Sie schüttelte den Kopf über die Vorstellung, daß sie versucht hatte, in all ihren Kleidern sexy zu sein. Wie ein Objekt der Begierde herumzustolzieren und im entscheidenden Augenblick dann zu kneifen. Als Kind hatte Nell manchmal ein Gesicht gezogen, das sie erwachsen gefunden hatte, erfahren und verführerisch, und wenn sie allein war, hatte sie es hin und wieder vor dem Spiegel ausprobiert. Sie hatte den Gesichtsausdruck oft geübt, und verbrachte häufig die Pause in der Schule mit der Suche nach jemandem, bei dem sie ihn ausprobieren konnte. Als sie sich für Joseph Wright entschieden hatte, übte sie noch mehr, perfektionierte den flüchtigen Blick und den spöttischen Seitenblick, das halbe Lächeln, das angedeutete Kräuseln der Lippen und die sanft geneigte Kopfhaltung. Als es endlich soweit war, saß Nell vor Schulbeginn in der Klasse und wartete auf Joe, bekam nichts um sich herum mit, weil sie ihren besonderen Gesichtsausdruck übte, ihren Mund abenteuerlich verzog. Plötzlich mußte sie zu ihrem Entsetzen feststellen, daß er sie beobachtete und dabei breit grinste. Dann kam er zu ihr, zuckte die Schultern, streckte zögernd seine Hand nach ihr aus, tätschelte zweimal sanft auf die ihre und rannte dann auf den Pausenhof, um es seinen Freunden zu erzählen.

Nell schlief wieder ein, und als sie aufwachte, war es fünf Uhr nachmittags, und jemand klopfte an ihre Tür. Es war Robbie. Sie öffnete ihm, und er setzte sich auf ihr Bett.

»Wo bist du gestern abend abgeblieben?«

»Ich mußte plötzlich gehen. Ich war so müde. Ich habe dich gesucht.«

»Ehrlich?«

»Hast du dich amüsiert?«

»Es ging.«

»Ja?«

Robbie lächelte schüchtern. »Du bist zur Zeit viel im Bett, oder?«

»Stimmt. Da fühle ich mich momentan am wohlsten.«

»Kommst du später noch ins Pub?« fragte Robbie vorsichtig.

»Das weißt du doch«, sagte Nell. In ihrer Stimme schwang eine Spur Irritation mit. Sie hatte vergessen, daß Robbie und seine Band an diesem Abend auftraten.

»Na ja, vielleicht können wir ja nach dem Auftritt zusammen einen Schluck trinken, was meinst du?«

»Okay.« Beide schwiegen.

»Weißt du, Nell ... letzte Nacht. Ich, ich meine, ich wollte nicht, daß du ...«

»Können wir nicht später darüber sprechen?«

»Ehrlich?« Er sah sie an.

»Wann geht's heute abend denn los?«

»So um halb acht.«

»Gut, dann schlafe ich noch eine Runde bis dahin. Ich bin völlig fertig.«

»Du kommst aber doch, oder?«

»Versprochen.«

Robbie schloß die Tür und ließ Nell schlafen. »Bis später, Baby.«

Robbies Band, die Mod Cons, trat an diesem Abend zum ersten Mal in der Aldgate Tavern auf. Nell hatte Robbie noch nie davor singen hören, bis auf das eine Mal, als sie und Helen mit ihm zusammen nachts betrunken nach Hause getorkelt waren, und er aus vollem Hals gegrölt hatte.

Als Nell im Pub ankam, herrschte noch gähnende Leere. Sie war schon oft an dem langen, schmalen Gebäude vorbeigekommen und hatte drinnen die Heavy-Metal-Bässe wummern hören, hatte Männer in Leder und Studenten und Mädchen mit orangeroten Haaren herauskommen sehen, aber drin war sie noch nie gewesen. Die Luft im Pub war muffig, und es roch nach Zigarettenrauch und Feuchtigkeit. Eine Frau mittleren

Alters wischte die Tische mit einem Schwamm ab und rückte die Stühle gerade. Sie säuberte einen Stapel Aschenbecher auf der einen Seite des Raums und verteilte sie, obwohl sie immer noch grau verschmiert waren, auf den Tischen. Im Pub war es düster, nur ein oder zwei orangefarbene Birnen verbreiteten fahles Licht, das gerade hell genug war, um den klebrigen Alkoholfilm noch zu erkennen.

»Was kann ich dir bringen?« fragte die Bedienung Nell.

»Whisky.« Die Frau ließ Flüssigkeit aus einer Riesenflasche in einen metallenen Meßbecher laufen.

»Am besten gleich einen Doppelten«, sagte Nell. Sie nahm auf einem Barhocker Platz und stütze den Ellbogen auf den feuchten Tresen.

»Kommst du wegen des Auftritts?«

»Ja, mein Freund Robbie soll gegen halb acht auftreten. Mit den Mod Cons.«

»Ist das der Junge mit den kurzen, dunklen Haaren?«

»Er ist ziemlich mager«, meinte Nell nickend.

»Ich weiß, ja. Der ist bei den Mädchen ziemlich beliebt. Ziemlich beliebt.«

»Ach ja?« lächelte Nell. »Das ist ja interessant.«

»Ja, wirklich ziemlich beliebt.«

»Das ist mir ja ganz neu.«

»Willst du damit sagen, daß ihr beide, hm . . .«

»Nein, nein«, erwiderte Nell. »Wir sind nur befreundet . . .«

»Verstehe.« Die Frau verschwand hinter der Bar und tauchte kurz darauf wieder mit einem Spray auf.

»Hier drin stinkt es ekelhaft«, sagte sie in den Raum hinein und sprühte in jede Ecke des Pubs eine Wolke Sommerwiesenduft. Daraufhin gingen Bier, Zigarettenasche und Toilettengestank eine noch ekelhaftere Duftmischung ein, bei der man sich fast übergeben mußte. Nell hielt die Luft an.

Dann tauchte Robbie auf. »Hi Nell!« begrüßt er sie und gab ihr einen Kuß neben den Mundwinkel.

»Hallo! Was trinkst du denn?«

»Kann ich ein Snakebite bekommen?« fragte Robbie die Bedienung.

»So was gibt's bei uns nicht, tut mir leid. Wir schenken hier nur richtige Sachen aus.«

»Ach, einmal können Sie doch eine Ausnahme machen«, bettelte Nell.

Die Bedienung seufzte und füllte ein Halbliterglas halb mit Bier und halb mit Cider.

»Wunderbar«, bedankte sich Robbie.

Nell zahlte und bestellte noch einen Whisky. Langsam füllte sich das Pub. Mädchen im Minirock tauchten auf, im pastell-farbenen Stretch-T-Shirt, das über dem Busen spannte. Robbie sah sich im Lokal um. »Meine Fans«, sagte er, und in seiner Stimme schwang spöttische Großspurigkeit mit.

»Da hast du recht«, antwortete Nell, und ihr fiel auf, wie die Mädchen Robbie beäugten und sie mit Blicken abschätzten.

»Ich glaube, langsam sollte ich mal die Biege machen«, kündigte Robbie an. »Wir sehen uns dann später, einverstanden?«

»Okay.«

Die Bedienung lehnte sich über den Tresen zu Nell hin. »Du hast aber gute Karten bei ihm«, sagte sie. »Ziemlich gute.«

Nell lächelte. Es war Viertel nach acht. Mit ein bißchen Glück wäre sie um zehn wieder zu Hause. Eigentlich hätte sie Helen fragen sollen, ob sie mitkommt. Doch wahrscheinlich hielt sie sich noch bis kurz vor Mitternacht in der Bibliothek auf. In den letzten paar Wochen war es zwischen ihnen nicht besonders gutgelaufen. Da die Prüfungen unmittelbar bevorstanden, hatte Helens Moral einen Zusammenbruch erlitten. Sie war immer nervöser geworden und wurde immer versessener darauf, Nell auszustechen. Vor ein paar Tagen dann war sie in Tränen ausgebrochen, weil Nell einen unbekannten, strukturalistischen Aufsatz über die *Canterbury Tales* ausfindig gemacht und Helen gegeben hatte, die von diesem Essay noch nie gehört hatte.

Inzwischen hatte sich das Pub zur Hälfte gefüllt. Die Frau hinter der Bar hatte Verstärkung von zwei jungen Männern bekommen. Plötzlich machte jemand *pst!* Es folgte ein Beifallsruf und dann ein Pfiff, und dann brachen die vorwiegend weiblichen Gäste in gellende Schreie aus. Im hinteren Ende der winzigen Bühne neben der Männertoilette waren die Mod Cons aufgetaucht, allerdings ohne Robbie. Die vier Jungen, schmal, groß und blaß, standen da, wiegten ihre Gitarren und die Biergläser, rauchten und sahen in ihren schmuddeligen Klamotten trübsinnig aus. Als Robbie auf der Bühne auftauchte, seinen Platz in der Mitte einnahm und dem Drummer etwas zuflüsterte, ertönte wieder lautes Geschrei.

»Ich liebe dich, Robbie«, schrie gellend ein Mädchen mit zusammengebundenen, blondierten Haaren.

»Ihr wollt wohl, daß ich runterkomme, wie?« erwiderte Robbie.

Die Mädchen schrien wieder, und dann schwiegen sie.

Robbie begann ohne Begleitung zu summen, daraufhin folgte ein stürmischer Trommelwirbel, ein paar Augenblicke Stille, und dann öffnete Robbie Spittle seinen großen, ausdrucksstarken Mund und sang sich die Seele aus dem Leib. Sein Lied war so laut und so schnell und wild, daß man kaum zuhören konnte. In seinem Lied versuchte ein Junge ein Mädchen zu überreden, mit ihm nach Hause zu kommen, während er alle männlichen Tricks benutzte, all seine Vorzüge herausstrich, um sie zu verführen.

Mein Zauberstab zeigt dir exakt, wo's langgeht,
Auch wenn bei mir nicht James Bond draufsteht,
Und dennoch hab ich (Trommelwirbel) ALLERHAND zu bieten.

Die Mädchen und ein paar junge Männer vor der Bühne sprangen zu.dem Refrain hin und her, hin und her. Nell staunte. Auf der Bühne war Robbie ein völlig anderer Mensch. Mit einem Mal war er unbefangen, heldenmütig, messerscharf. Auf der kleinen Bühne gleich neben den Toiletten holte Robbie das letzte bißchen Kraft aus seinem knochigen Gestell und wirkte charmant, bezaubernd, raffiniert und gänzlich in seinem Element. Er schob seinen Kopf nach vorn, so, als wolle er einen Fußball treffen, und schleuderte dann sinnliche Blicke ins Publikum. Der Mann in seinem Lied versuchte, das Mädchen aus ihrem Partykleid herauszulocken, indem er sein neues Pseudo-Holzfeuer in Gang brachte.

Mein Zauberstab zeigt dir exakt, wo's langgeht,
bloß daß bei mir nicht James Bond draufsteht,
aber ich hab (Trommelwirbel) ALLERHAND zu bieten.

So, wie Robbie die letzte Zeile sang, konnte man an alles mögliche denken, von einer super Stereoanlage über Empfängnisverhütung beim Geschlechtsverkehr, über Verführungsszenarios bis zu tatsächlicher Hinterlist. Er hat's wirklich faustdick hinter den Ohren, dachte Nell. Ganz offensichtlich wollte er, daß sie heute abend zu ihm kam. Er war wirklich wie ein Star, dachte Nell und grinste.
Etwa ein eineinhalb Stunden vergingen, und Nell dachte nicht ein einziges Mal an Braunschuh. Sie beglückwünschte sich selbst zu ihren Nerven, bis ihr in den Sinn kam, daß womöglich die drei doppelten Whiskys etwas damit zu tun haben könnten. Robbie stimmte ein weiteres Lied an mit dem Titel »Auf los geht's los« an. Er drückte sich das Mikrofon an die Brust und warf halb düstere, halb ekstatische Blicke in die Menge. »Ich glaube, das hier ist für Nell«, sagte er. Nell lief knallrot an, und plötzlich war ihr alles zuviel, der Whisky, der Doktor und die Nacht, die sie in

Marnies Armen verbracht hatte. Nell stiegen die Tränen in die Augen.

Auf los geht's los
Auf los geht's los
Du bist so süß
So supertoll
Deine schwarze Magie
Deine Milchstraße
Du bist innen so weich
Ich brenne, Baby.

Mit einem Blick auf die Uhr stellte Nell fest, daß es fünf nach neun war. Sie setzte ihr Glas ab und ging zur Toilette, wo sie sich übergeben mußte. Sie wusch sich das Gesicht, trocknete es ab und beschloß, sich auf den Heimweg zu machen. Während sie im Pub gewesen war, hatte es offensichtlich geregnet, denn obwohl es wolkenlos war, schimmerte der Gehsteig feucht. Der Weg ins College zurück dauerte nicht lange.
Helen stand unten am Fuß ihrer Treppe.
»Bist du nicht bei Robbies Auftritt gewesen?«
»Doch, es war beeindruckend, aber ich bin heimgegangen, weil ich krank bin. Ich muß mich hinlegen.«
»Geht es dir jetzt besser?«
»Danke. Ich glaube, du hättest heute abend kommen sollen. Ich weiß, daß Robbie gehofft hat ...«
»Ich komme gerade aus London zurück.«
»Wie war's?«
»Ganz nett. Meine Eltern haben ihren fünfundzwanzigsten Hochzeitstag gefeiert.«
»Enorm.«
»Es gab so eine Art Party, gar nicht so schlecht. Bist du bei Clares Party gewesen?«
»Ja, recht amüsant.«

»Marnie soll auch dagewesen sein.«

»Ja, ich habe ihn gesehen. Ich glaube, es ging ihm gut.«

»Er hat dich vorhin gesucht.«

»Mich gesucht?«

»Ja, so gegen sieben. Er wollte wissen, ob ich dich gesehen hätte.«

»Hat er was gesagt?«

»Nein, nur, daß er dich etwas fragen wollte.«

»Ach je, ich frage mich, was das soll.«

»Ich habe ihm gesagt, er soll dir einen Zettel an die Tür machen.«

»Das wird ja immer spannender.«

»Na ja, ich muß jetzt in die Bibliothek. Sollen wir morgen mittag zusammen im Bell essen?«

»Ja, gerne.«

»Also, dann bis gegen eins.«

Beide standen noch einen Augenblick da, unbehaglich und unentschlossen.

»Weißt du, Nell, das mit gestern tut mir leid.«

»Nein, mir tut es leid. Ich wollte dich nicht kränken. Was hältst du davon, wenn wir das Ganze einfach vergessen?«

An ihrer Zimmertür entdeckte Nell einen kleinen, weißen Umschlag, der mit Tesa angeklebt war. Innen steckte ein Zettel, auf dem stand: »Ich bin in der Bar am Nordtor. Marnie«

Nell bürstete sich die Haare, wechselte des T-Shirt und lief, so schnell sie konnte, in die High Street. Mit hochrotem Gesicht und außer Atem betrat sie die Bar, wo Marnie bereits wartete. Als Nell ihn sah, bekam sie es so mit der Angst zu tun, daß sie stolperte und mit dem Fuß so heftig an ein scharfkantiges Stuhlbein schlug, daß sie fast hingefallen wäre. Marnie hatte bestimmt gesehen, wie sie gestolpert war, und Nell war so verlegen, daß sie ihm weder ins Gesicht schauen, noch einen Begrüßungskuß geben oder irgendwas zu ihm sagen konnte. Auf ihrer Wade zeichnete sich eine dünne rote Linie ab, die sich bereits blau färbte. Nell setzte sich mit hängendem Kopf hin. Marnie goß ihr ein Glas von dem Rotwein ein, der auf dem Tisch stand. »Ich bin sehr froh, daß du gekommen bist.«

Nell konnte ihn noch immer nicht anschauen.

»Du siehst großartig aus.«

Sie schüttelte den Kopf und sagte leise: »Nein.«

»Bist du immer noch so durcheinander?«

Sie öffnete ihren Mund, um zu sprechen, aber es kamen keine Worte heraus. Dann versuchte sie es noch einmal. »Ein biß-chen«, sagte sie.

»Hat es mit mir zu tun?«

»Nein, nein.« Nell schüttelte wieder den Kopf, und legte sich die Hand an die Wange. »Ich bin nur im Augenblick dezent durcheinander.«

»Ich hoffe doch, es ist nichts Ernstes. Falls du dir Sorgen wegen der Arbeit machst, dann solltest du wissen, daß dazu wirklich überhaupt kein Grund besteht.«

»Eigentlich nicht.«

»Willst du mit mir zu Abend essen?«

Nell nickte.

Marnie rief einen Kellner und fragte ihn, ob es um die Zeit im Restaurant noch einen Tisch gäbe. Dieser bejahte und führte die beiden in einen riesigen Raum, in dem nur ein älteres Paar schweigend in einer Ecke saß. »Ich fürchte, das Essen hier ist nicht besonders.«

Beim Essen griff Marnie das Thema erneut auf. »Ich will nicht, daß du irgendwie unglücklich bist. Du bist so kräftig und so lebhaft.«

»Ich bin momentan gar nicht besonders unglücklich, nicht im geringsten.«

»Gut so.«

»Ehrlich gesagt«, fügte Nell hinzu, während sie dickflüssige

Suppe in sich hineinlöffelte und ihre Stimmung stieg, »ist es genau das Gegenteil.«

»Bei mir auch. Ich kann dir gar nicht sagen, wie sehr ich das hier genieße.«

Marnie spießte ein Stück graues Lammfleisch auf seine Gabel. »Ich habe nicht einmal das Gefühl, daß dieses Essen ungenießbar ist«, ergänzte er.

Nell lachte. Sie hatte bereits gelacht, als der Kellner im Frack mit ihrem Essen, serviert unter einer großen, silbernen, gewölbten Haube, an ihren Tisch getreten war, und den Deckel dann mit ausholender Geste gelüftet hatte.

»Mich stört noch nicht einmal, daß der Raum hier viel zu vollgestellt ist, daß mir der Kellner schon dreimal auf den Fuß getreten ist, und er ist ein ziemlich schwerer Bursche, und auch nicht, daß es hier drin bitterkalt ist.«

Sie saßen eine Weile schweigend da, tranken und plagten sich hin und wieder mit einem Stückchen Fleisch herum. Marnies Gesichtsausdruck hatte sich verändert. Irgend etwas machte ihn anscheinend traurig. Beide hatten aufgehört zu essen.

»Könnte ich dich dazu bewegen, mit zu mir zu kommen, und noch einen Schluck zu trinken?«

»Ja«, willigte Nell ein und ihre Miene verriet, daß er sich schon ein wenig bemühen mußte.

Marnie winkte ein Taxi herbei, und kurz darauf kamen sie bei seiner Wohnung an. Dort war es sehr warm. In einem Glaskrug standen blaue Hyazinthen und Eukalyptusblätter und verströmten einen starken, frischen Duft.

»Setz dich doch«, forderte er Nell auf und räumte ein paar Bücher und Papiere von dem samtenen Armsessel. Nell tat, wie ihr geheißen, während Marnie den Gasofen anzündete und sich dann Nell gegenüber hinsetzte. Nell sah sich im Zimmer um. »Ich fand dich schon beim ersten Mal sympathisch. Du hast so gewirkt, als würde dir eine Schicht Haut fehlen.«

Nell war zu verlegen, um Marnie ins Gesicht zu schauen. »Aber du konntest dich doch gar nicht mehr an unser erstes Treffen in dieser Buchhandlung erinnern, als ich noch meine Schuluniform anhatte.«

»Nein, Liebling«, antwortete Marnie. Inzwischen war er zu ihr gekommen, und Nell hatte sich erhoben, um ihm ins Gesicht sehen zu können. Er beugte sich über sie, um ihr einen Kuß auf den Mund zu geben. »Ich glaube, ich habe mich ein bißchen in dich verliebt.«

»O Gott«, flüsterte Nell, als er seine Hand unter ihr T-Shirt schob und nach ihre Brustwarze tastete. »Aber du kennst mich doch gar nicht.«

Marnie streichelte ihr über das Haar und küßte ihre Wange. »Nell?« flüsterte er. »Hallo Nell?«

»Hallo Marnie«, antwortete sie. »Grüß dich.«

»Wie geht es dir?«

»Mir geht's gut.«

Marnie führte Nell in sein Schlafzimmer. Beim Anblick des Betts lief ihr ein Schauer über den Rücken. »Könnten wir ... könnten wir es genauso wie letzte Nacht machen?«

Marnie stieß ein komisches, tiefes Heulen hervor und seufzte. »Das ist in Ordnung, völlig in Ordnung. Ganz wie du willst.«

Am nächsten Morgen lag auf ihren beiden Gesichtern ein Lächeln. Beim Aufwachen flüsterte Marnie ihr ins Ohr: »Kann ich dich heute abend sehen?« Nell nickte. »Was möchtest du machen?« fragte er, woraufhin sie sofort rot wurde.

»Ich weiß nicht«, antwortete sie. »Es gibt so vieles, was wir tun könnten.«

»Stimmt«, nickte Marnie. »Wir könnten irgendwo wunderschön essen und dann nach Hause gehen, und ich würde dir Geschichten erzählen, bis du einschläfst. Oder wir könnten uns eine neue Fassung von *Casablanca* ansehen, dann nach Hause gehen und uns von einem Chinesen etwas Köstliches zu essen bringen lassen. Oder wir könnten ... nach London fahren, uns etwas im Theater ansehen und anschließend einen Cocktail in einer Bar auf einer Dachterrasse trinken. Wir könnten aber auch nach Paris fliegen, dort Can-Can-Tänzerinnen zuschauen und im Mondschein spazierengehen. Wir könnten ... in das Pub an der Ecke gehen, wo es irische Musik gibt, dort ein paar Gläser Guinness trinken und dann die Bullingdon Road hinuntertanzen.«

»Wir könnten ... jede Menge Blumen kaufen und sie in großen Sträußen an Fremde verschenken, die ein bißchen traurig aussehen, und ihnen dann ohne Grund und nur weil wir gute Laune haben, die Hand schütteln.«

Marnie beugte sich nach vorne und küßte Nell. »Wir könnten auch zu einem Elvis-Presley-Kongreß gehen«, schlug er vor.

»Ich glaube nicht«, fiel ihm Nell ins Wort. »ODER ...«, schlug sie vor und nahm seine Hand, »wir könnten ... in einen Supermarkt gehen und, weißt du, etwas zum Kochen kaufen. Oder«, fuhr Nell fort, »wir könnten ... so tun, als wärst du Soldat in der Armee, der gerade aus dem Krieg zurückgekehrt ist und du hast dich nach mir gesehnt, und jetzt kommst du heim, weil du vierundzwanzig Stunden Urlaub hast ...«

Und Marnie küßte Nell, und sie küßte ihn, und plötzlich verschwanden alle Gedanken an Soldaten und Cocktails und Supermärkte. Nell spürte Marnies Finger zwischen ihren Beinen und seinen Mund auf ihrem Nacken, und sein Arm streichelte ihre Stirn, und seine Wimpern kitzelten ihr Kinn, und seine Zehen bohrten sich zwischen die ihren. »Wir könnten so viele wunderschöne Sachen machen«, flüsterte er, »und wir werden sie alle tun.«

Ganz früh am Morgen mußte Marnie in den Zug steigen, da er einen Termin beim Radio hatte. Nell verließ Marnies Wohnung um acht und lief langsam über das Collegegelände. Der Himmel war strahlend blau und das Licht so hell, daß sie blinzeln mußte. Sie stand da, schaute in die Ferne und genoß die Ruhe. Plötzlich hörte sie, wie hinter ihr

jemand ihren Namen rief. Nell drehte sich um und entdeckte Robbie.

»Nell«, er war atemlos. »Was war gestern abend los? Du bist
plötzlich wie vom Erdboden verschwunden gewesen. Niemand wußte, wo du abgeblieben bist. Bin ich froh, daß dir
nichts passiert ist. Ich hatte ziemliche Angst.«

»Es tut mir leid, Robbie«, sagte Nell. »Es tut mir wirklich leid.«
Und plötzlich rollten ihr ein paar Tränen über die Wangen.

»Was ist denn los? Was ist passiert?«

Nell biß sich auf die Lippen und blickte zu Boden.

»Es ist Marnie.«

»Marnie?«

»Ich war bei Marnie.«

»Marnie?« fragte Robbie. »Du meinst wirklich Marnie?« Ganz
langsam begriff er, was das bedeutete. »Ach, Nell«, sagte er.
»Ach, Nell.«

KAPITEL ACHT

Als Nell und Marnie zusammen waren, für ihrer beider Vorstellung waren sie auf alle Fälle zusammen, stellten sie sicher, daß außer Robbie niemand davon erfuhr. Marnie erzählte Nell, daß Olivia Bayley eines Abends einen Annäherungsversuch gemacht hatte.

»Das stinkige Luder!« rief Nell. Sie hielt gerade einen Topf mit kochend heißem Wasser und zwei weichgekochten Eiern in der Hand, was ihr ziemliche Stärke verlieh. Sie frühstückten das fünfte Mal zusammen – Nell zählte mit –, diesmal in seiner Londoner Wohnung. »Hat sie dich verführt?« Nell holte die Eier mit einem Löffel aus dem Topf, setzte Marnies in einen gelben Eierbecher und ihres in einen Rest Eierkarton, den sie zu einem behelfsmäßigen Behälter umfunktioniert hatte. Dann reichte sie Marnie eine Scheibe Toast.

»Nein, nicht richtig«, antwortete er.

»Also ein bißchen?« Nell neigte ihren Kopf zur Seite und warf ihm einen frechen Blick zu.

»Sie ist mir ein bißchen zuviel.«

»Meinst du zu schön?«

»Nein, überhaupt nicht. Es ist eher ihre vornehme Kinderstube. Die nervt mich ein bißchen. Am liebsten würde ich bei ihr so eine Art Revolution anzetteln, oder etwas in der Richtung!«

»Du machst dich doch nur über mich lustig.« Beide lachten.

»Außerdem steigt sie, glaube ich, mit fast jedem ins Bett. Und wie du weißt, steht mir der Sinn zwar nach Liebe, nicht nach Syphilis.« Nell legte ihren Löffel beiseite.

»Woher weißt du das?«

»Ach – meine Studenten vertrauen mir. Sie kommen über beide Wangen grinsend zu mir, und ich frage sie: ›Was gibt's Neues?‹ Und sie sagen: ›Ich habe letzte Nacht mit dem tollsten Mädchen von ganz Oxford verbracht‹«, Marnie hielt inne, »oder etwas in der Art, und fast immer geht es um sie.«

»Und wenn sie damit mich meinen?«

»Möglich wäre das, stimmt schon. Aber in der Regel meinen sie nicht dich. Zum Glück.«

»Mich überrascht das nicht. Schließlich sieht sie unheimlich gut aus«, meinte Nell. »Wenn ich neben ihr stehe, fühle ich mich so unförmig wie ein Sack Kartoffeln.«

Marnie runzelte die Stirn. »Das ist aber kein besonders gutes Gespräch.« Er beugte sich über den Tisch und gab ihr einen Kuß auf die Lippen.

»Igitt, ein Eierkuß!« Nell stieß einen schrillen Schrei aus und kam dann um den Tisch herum zu Marnie. Er zog sie auf seine Knie, und dann küßten sie noch ein bißchen. Doch Nell war neugierig geworden. »Wie hat sie denn versucht, bei dir zu landen?«

»Na ja, eines Abends nach zehn Uhr kam sie zu mir in die Wohnung. Sie sah irgendwie zerzaust aus, hatte ihre Bluse nicht richtig zugeknöpft und so, und auf dem Weg durch den Hof war sie im Regen ein bißchen naß geworden. Jedenfalls wollte sie ein paar Sachen über Keats wissen, und dann schob sie einen Stuhl ganz nah neben meinen, setzte sich darauf, gähnte ein oder zweimal, meinte, sie sei erschöpft, ein bißchen betrunken, stammelte und kicherte auf ihre schüchterne Art und Weise, wie sie es immer macht ...«

»Und dann ...«

»Mehr ist nicht passiert.«

»Weiter nichts?«

»Doch. Kurz darauf ist sie wieder verschwunden.«

»Du bist ja gar nicht eitel!« sagte Nell, nahm einen Teelöffel voll Ei und drückte ihn Marnie an die Nase. An seinem linken Nasenflügel blieb etwas Eidotter haften, der Rest fiel auf seine Hose, wo er einen ovalen Fettfleck hinterließ.

»Vielen Dank, Schätzchen«, sagte Marnie und stand auf, um sich eine andere Hose anzuziehen. Nell ging hinter ihm her und dann schlüpften sie noch einmal kurz ins Bett. »So lasse ich mir das Leben gefallen«, meinte Marnie.

»Ich fühle mich wie die Made im Speck«, stimmte Nell zu.

Nachdem sie wieder aufgestanden waren, verspeiste Marnie noch ein Ei und einen Toast, während er die Post öffnete. In einem Brief schickte ihm sein Agent zwei Kritiken seines letzten Buchs *Neue Gedichte*, das vor ein paar Wochen veröffentlicht worden war. »Was schreiben sie?« wollte Nell wissen. Marnie reichte ihr die Kopien.

Es gibt heutzutage viele Dichter, die über Leere und Abhängigkeit schreiben: Das sind die Niederungen des normalen Lebens. Bill Marnie gelingt es, in diesen alltäglichen Enttäuschungen eine Art Schönheit zu entdecken. Sogar die Nichtigkeit in seinen Gedichten trägt einen gewissen Zauber in sich. In jedem seiner Worte schwingt mit, daß der Dichter in dieser Welt genau das Gegenteil von dem finden will, was das Jahrhundert, in dem er lebt, von ihm fordert. Gedichte wie »Liebe III« und »Das Unvergeßliche« offenbaren einen romantischen Reichtum, der ständig die Richtung ändert, manchmal drängt er sich vor, und manchmal zieht er sich zurück. Marnie weiß und zeigt uns immerzu, daß uns eine Geschichte eine Menge über das Leben erzählen kann, auch wenn sie phantastisch ist und tagträumerisch.

Noch bedeutsamer an den Neuen Gedichten ist jedoch, daß Marnie unser Interesse an sich selbst aufrecht erhält. Man will wissen, was für ein Mensch er ist, man möchte ihn sich vorstellen können, einen Blick auf das Innere des »Ich« seiner Gedichte werfen und mehr über ihn in Erfahrung bringen. Denn obwohl Marnie eigentlich über sich selbst schreibt, kommen einem seine

Arbeiten so übergenau vor und derart vollkommen, daß sich der Dichter damit die größtmögliche Privatatmosphäre schafft. Die Gedichte selbst geben kein Bild ihres Verfassers wieder, diese Kontinuität ist ihnen fremd. Statt dessen scheint jedes neue Gedicht (»Morgen«, »Das Erscheinen«) wieder ganz von vorne anzufangen, völlig frei und unabhängig, wie für ein neues Bild ...

»So ein Unsinn«, meinte Nell.
»Lies erst mal die andere«, sagte Marnie.

Bill Marnies neuestes Werk Neue Gedichte ist ein trauriges, kleines Buch. In vielen Gedichten macht der Verfasser, dessen zwei frühere Veröffentlichungen so vielversprechend waren, den größten Fehler, den ein Dichter machen kann, denn er klingt nicht im entferntesten so, als meine er das auch, was er schreibt. Die Worte kommen müde und schwerfällig daher, die Bilder sind flach und abgestumpft, dem Ganzen fehlt es an Schwung und Gespür für das Leben. In dem Gedicht »Die Falschen Schönheiten entstehen aus der Kunst und die Wahren aus dem Gefühl« werden wir bis zur Erschöpfung durch akademische Insider-Witzchen geschleppt, durch Fachsimpelei und Tratsch, und so ist es unmöglich, sich nicht als Opfer einer selbstgefälligen Schöpfungsübung oder einer armseligen, humorvoll gedachten Äußerung zu fühlen, die auf die Länge eines Sonetts aufgeblasen wird.

»Ist es denn die Möglichkeit«, staunte Nell. »Ich glaube nicht, daß ich davon noch mehr lesen muß.«
»Wir waren mal beide in dasselbe Mädchen verliebt«, erläuterte Marnie. Und nach einer Weile fügte er noch hinzu: »Ich dachte, wir würden heute früh in die Bibliothek gehen. Hast du etwas, an dem du gerade arbeitest?«
So machten sich die beiden in Mantel und Schal, mit Büchern unter dem Arm, in die Bibliothek auf. Marnies Wohnung lag in der Nähe des Britischen Museums, doch er ging lieber in

eine private Leihbücherei am Piccadilly, weil dort eine Atmosphäre von Amateur-Gelehrsamkeit herrschte. Marnie erklärte Nell die Institution. Hier beschäftigte sich fast niemand mit einem ernsthaften Thema. Zwischen zehn und halb elf tauchten ein paar alte Männer auf. Sie wirkten so, als hätten ihre Frauen sie aus dem Haus geworfen und ihnen eingeschärft, erst wieder zum Tee zurückzukommen. Deswegen gingen sie mit leuchtendem Gesicht und in der besten Absicht in die Bibliothek und stöberten mit morgendlichem Elan einen griechischen Text auf. Sie waren beseelt von dem guten Willen, diese Disziplin, auf die sie nach allem auch stolz waren, nicht aufzugeben … Doch Griechisch war schwieriger, als sie in Erinnerung gehabt hatten, sie hatten praktisch alles vergessen. Nachdem sie eine Weile mit dem Text gekämpft hatten, gestanden sie sich ein, daß ihre Augen größer gewesen waren als der Magen. Sie legten das Buch zur Seite, und ehe sie sich's versahen, waren sie eingenickt. Und in der Tat: Überall in der Bibliothek schnarchten alte Männer, umgeben von Stapeln schwerer Bücher. Von Zeit zu Zeit wachten sie auf, begannen schuldbewußt zu lesen, und raschelten mit den Seiten, als wollten sie die Ernsthaftigkeit ihrer Bemühungen unterstreichen, die sie mit ihrem Verhalten eigentlich in Frage gestellt hatten. Wenn sie dann so gegen Viertel nach zwölf aufwachten, erachteten sie es nicht mehr für sinnvoll, einen neuen Abschnitt in Angriff zu nehmen, und so gingen sie sich in ein nahe gelegenes Café (von dem bekannt war, daß es zu der Bibliothek gehörte), um dort eine lange Mittagspause einzulegen. Dort bestand der Trick darin, sich mit der scharfzüngigen und mysteriösen Angela, der strengsten Kellnerin von ganz London, gutzustellen. Doch das war weitaus schwieriger, als es auf den ersten Blick schien, und lohnte im Grunde die Mühe nicht. Denn wenn man bei ihr einen Treffer landete, dann drückte sie ihr Wohlgefallen dadurch aus, daß sie einem zuviel Geld abknöpfte. Egal, ob sie gut oder schlecht bei Angela wegkamen, um Viertel nach zwei saßen die Männer wieder auf ihren roten Ledersesseln in der Bibliothek, lasen die Zeitung, den *Spectator* oder das *TLS* , bis es Zeit war, langsam wieder nach Hause zu gehen, vielleicht auf dem Weg noch mal kurz ins Pub zu schauen, oder ziellos die Jermyn Street entlangzuschlendern und dabei vielleicht ein paar glänzende Schuhe oder ein neues Hemd zu entdecken. »Oder vielleicht ein hübsches Gesicht?« vermutete Nell. Manche der Männer wirkten so, als hätten sie ihrer Frau noch nicht einmal gestanden, daß sie schon längst nicht mehr im Berufsleben standen oder freigestellt worden waren, meinte Marnie. Sie tun so, als würden sie jeden Tag zur Arbeit gehen, und benutzen die Bibliothek als Asyl oder als Zuflucht vor ihrem Zuhause.

Nell und Marnie arbeiteten zwei Stunden, und dann gingen sie auf eine Tasse Tee in ein Café um die Ecke.

»Möchtest du das hübsche Café kennenlernen, in dem eine schöne, aber ein bißchen unheimliche Bedienung arbeitet und wo es scheußlichen Tee gibt; oder eher das schrecklich dreckige Café mit der engelsgleichen Bedienung und dem köstlichen Tee? Oder steht dir eher der Sinn nach einem durchschnittlichen Café, in dem es durchschnittlichen Tee gibt und eine durchschnittliche Kellnerin?«

»Hübsche, unheimliche Bedienung«, entschied Nell.

»Gut gewählt.«

Das Café stellte sich als ein italienisches Lokal heraus und lag in einer Allee zwischen der Jermyn Street und Piccadilly. Die Kellnerin war aufbrausend und sah wie Sophia Loren aus. Als Marnie und Nell Platz nahmen, sagte sie: »Machen Sie schnell, denn gleich kommen hier jede Menge wirkliche Mittagsgäste, während Sie nur eine Kleinigkeit bestellt haben.«

Nell und Marnie nickten ernsthaft, und dann lächelte die Bedienung fast und sagte zu Marnie: »Neue, kleine Freundin?«

Nell warf ihr schnell einen Blick zu. »Hui, eine gefährliche

Lady«, sagte sie daraufhin, zwinkerte und ging weg, um sich um ihre Bestellungen zu kümmern.

»Die ist heute aber ziemlich theatralisch«, Marnie wirkte kleinlaut.

»Jetzt verstehe ich«, sagte Nell. »Du hast also öfter Romanzen mit deinen Studentinnen, oder?«

Marnie aß einen Bissen von der Makrone, die er sich bestellt hatte, und spülte ihn mit einem Schluck Tee hinunter. »Ganz und gar nicht«, erwiderte er ernst.

»Gut«, meinte Nell.

»Obwohl es da einmal ein Mädchen gab ...« Marnie blickte gedankenverloren in die Gegend und erzählte Nell von einer früheren Beziehung, die er mit einer seiner Studentinnen gehabt hatte.

Vor achtzehn Jahren, vor seiner Ehe mit Jacqueline, als er kurz vor der Doktorprüfung stand, hatte ihm jemand aus der Fakultät, der große Stücke auf ihn hielt, gelegentlich ein paar Unterrichtsstunden zugespielt. Damals gab es dieses große, rothaarige, irische Mädchen namens Cathy, die sich gerade dann in ihn verknallt hatte, als er sich schrecklich einsam fühlte. In den Weihnachtsferien mußten beide die Zeit im College verbringen, weil sie niemanden hatten, mit dem sie die Feiertage verbringen konnten – Marnies Vater und Mutter waren bereits tot, und Cathys Familie war vor vier Jahren nach Neuseeland ausgewandert. Das College war also völlig verwaist. Marnie kam es so vor, als ob er und dieses komische Mädchen die einzigen Bewohner waren, die das grausam kalte Anwesen aus grauen Gebäuden, die den Hof einrahmten, belebten. Eines Abends hatte Marnie sie auf ein Glas Wein zu sich eingeladen, nur weil sie ihm einen dummen Witz erzählt hatte, weil er ihre Haarfarbe bewunderte und weil sie ganz offensichtlich von ihm geküßt werden und mit ihm ins Bett gehen wollte.

Was Marnie zu diesem Zeitpunkt über Sex wußte, erzählte er

Nell, war eine Mischung aus dem, was er im Laufe einiger zaghafter und frustrierender Romanzen in Erfahrung gebracht hatte, und dem, was seine Eltern ihm auf diesem Gebiet mitgeteilt hatten. Im Kopf hatte Marnie sich alles zurechtgelegt. Eines Nachts lag Mr. Marnie senior mit einem Buch über Rosen und einem Glas Milch im Bett, während seine Frau an ihrem Schminktisch saß und sich das lange, dicke Haar bürstete. Es war ein bißchen durcheinandergeraten, so daß sie einen Kamm zur Hilfe nehmen mußte. Sie hielt sich die braunen Strähnen waagerecht vom Kopf ab, um mit den feinen Metallzacken die Knoten zu entwirren. Ihr Mann liebte es, ihr dabei zuzusehen, das hatte er seinem Sohn oftmals gebeichtet. Besonders gefiel es ihm, wenn sie die Haare auf ihrem Hinterkopf entwirrte und dabei ihre Arme nach hinten streckte, als wären es Flügel. Dabei entstanden zwischen Nakken und Schlüsselbein zwei weiche Kuhlen, und ihr Busen hob sich. Im Spiegel stellte Mrs. Marnie fest, daß ihr Mann ihr beim Kämmen zusah. Die lächelte und sagte: »Du solltest mit ihm einmal über Mädchen reden, Jim.« Und Jim, der ihr nie widersprach, nickte und blickte einen Augenblick lang ernsthaft zur Decke.

Letztendlich wurde Marnie zu einer Unterredung gebeten, und was noch beeindruckender war, er bekam ein Buch ausgehändigt, das sein Vater für ihn aufbewahrt hatte. Das Buch hatte den Titel *Ein Leben voller Liebe*, trug einen blaßgrünen Umschlag und war um 1930 herum von einem Arzt als Handbuch für verheiratete Paare verfaßt worden. Bevor Marnie und Nell an diesem Abend zu Bett gingen, las Marnie:

Nachdem sich die Frau ausgezogen hat, legt sie sich ganz ruhig auf den Bettüberwurf . . .
Jetzt küßt der Mann seine Frau ein paar Minuten lang, hält inne, falls er sich zu sehr stimuliert fühlt, und atmet tief, um innerlich ganz ruhig zu werden. Langsam sollten die Küsse nun leidenschaft-

licher werden und den ganzen Körper bedecken, sie brauchen nicht notwendigerweise auf das Gesicht beschränkt bleiben.

Als Drake erfuhr, daß die Spanische Armada bereits in Sichtweite war, behielt er kühlen Kopf und spielte seine Runde Bowls zu Ende. Wenn man unter neuen oder gefährlichen Bedingungen mit dem Kraftfahrzeug unterwegs ist, so empfiehlt es sich, eher die Geschwindigkeit zu drosseln und den Fuß vom Gaspedal zu nehmen, als voll auf die Bremse zu treten und damit möglicherweise ins Schleudern zu geraten. Auch beim Sex sollte man es ruhig angehen lassen.

Autos und Schiffe und Küsse auf das Gesicht vermischten sich in den Träumen des sechzehnjährigen Marnie, während er schlief. Eines hatte sich jedoch in seinem Kopf unverrückbar festgesetzt, daß nämlich für eine solche Betätigung unabdingbar ein Bettüberwurf vonnöten war. In seinem eigenen Bett zu Hause gab es nur das Bettuch und die Zudecke. Vielleicht würde er einen Bettüberwurf bekommen, wenn er zur Uni ging. (Er hatte auf dem Formular angekreuzt, daß er Bettwäsche vom College benutzen wollte, und hatte schon fast die ganze Bücherliste durchgearbeitet und die Hausaufgaben erledigt: Schreiben Sie einen Aufsatz über drei verschiedene Werke desselben Verfassers, zeigen Sie, wie sich sein Stil und sein Ideenreichtum entwickeln, war die Prüfungsfrage. Der fünfzehnjährige Marnie notierte: »Als Joyce den *Ulysses* verfaßte, mußte er *Paradise Lost* umschreiben, und mit *Finnegans Wake* schrieb er Shakespeare neu.«)

Cathy jedoch war passiv und unsicher, schämte sich wegen ihrer auffällig roten Haare, insbesondere wegen ihrer strahlend roten Schamhaare, und hatte ständig Angst, schwanger zu werden, ganz egal, welche Vorkehrungen sie getroffen hatten. Sie vermißte ihre Angehörigen sehr und erzählte oft, wie sie früher zu Hause in Irland mit der ganzen Familie, die jedes Jahr Zuwachs bekommen hatte, Weihnachten gefeiert hatten. Es waren Verwandte aus Amerika gekommen, neue Babys, angeheiratete Verwandte, Priester, Freunde und Freunde von Freunden, die nirgendwo anders hingehen konnte. Dann hatte Cathy drei Weihnachten in Neuseeland mit Grillen und Picknick am Strand verbracht und mit Paddeltouren, bei denen sie mit ihrer Oma Knallfrösche aufs Meer hinauswarf. Marnies finanzielle Situation war zwar angespannt, aber mit Cathys verglichen, noch gut, und deswegen schenkte er ihr zu Weihnachten ein Telefongespräch mit ihrer Familie in Neuseeland von seinem Telefon aus und so lange, wie Cathy es wollte. Er hatte überhaupt keine Vorstellung davon, wie teuer ein solches Ferngespräch war, doch für sein Gefühl war das Geschenk so gut, daß es jede Summe wert war. Cathy telefonierte ziemlich lange bei geschlossener Tür, während er im Nebenzimmer saß und las. Als sie fertig war und zu ihm kam, hatte sie Tränen in den Augen und schwieg. Anscheinend hatte dieses Geschenk ihre Sehnsucht nach Zuhause nur noch vergrößert. Marnie fluchte, daß er daran nicht gedacht hatte. Am ersten Weihnachtstag wurde Cathy mürrisch und reagierte kaum noch auf das, was Marnie sagte. Sie hatte sich in ihre eigene Welt zurückgezogen, und Marnie wünschte sich, er hätte ihr etwas anderes oder gar nichts geschenkt. (Sie hatte ihm ein himmelblaues Hemd geschenkt, das er bereits trug.)

Es wurde nicht besser zwischen ihnen und mit der Zeit verlor Marnie jegliche Vorstellung davon, wie sie die Tage verbringen sollten. Sie tranken gemeinsam eine Flasche Sekt, aßen von einem kalten, gegrillten Hähnchen und zum Schluß Stilton-Käse und Schokoladenkuchen (das Weihnachtsessen hatte Marnie am Vortag besorgt). Doch Cathy war leblos und distanziert. Ihr ungerechtes Verhalten gegenüber seinen Versuchen, alles so schön wie möglich für sie beide zu machen, brachten seine Gefühle ihr gegenüber merklich zum Abkühlen. Ihr rot-porzellanfarbenes Aussehen, das ihm anfangs so lebhaft und wohltuend vorgekommen war, erschien ihm jetzt grob und komisch. Schließlich wurde Marnie klar, daß er unbedingt eine Weile allein sein mußte, wenn er nicht verrückt werden wollte. Andererseits aber war Weihnachten. Wenn er Cathy wegschickte, dann würde das bedeuten, daß sie in einem Zimmer saß, das nur sechzig Sekunden von dem entfernt lag, in dem sie sich gerade aufhielten, auf der anderen Seite des Hofs, wo sie unglücklich und allein sein würde. Ihre Affäre schleppte sich noch die nächsten Tage hin. Sie saßen stumm nebeneinander oder küßten sich und versuchten, miteinander ins Bett zu gehen, wenn ihre Einsamkeit oder der Alkohol einen von beiden mit düsterer und schamhafter Begierde überrollte.

Als Silvester vor der Tür stand, ein Abend, den Marnie schon geraume Zeit wegen seines enormen Anspruchs zum Glücklichsein verabscheute, weinte Cathy hemmungslos und verlor kein Wort darüber, was sie so traurig machte. Weil Marnie irgendwann wütend wurde, erzählte ihm Cathy, daß ihr Freund in Neuseeland, mit dem sie verlobt gewesen war, am heiligen Abend bei einem Autounfall ums Leben gekommen sei. Er war mit den Weihnachtsgeschenken für die Familie auf dem Heimweg, und seine kleine Schwester saß auf dem Rücksitz, als ein riesiger Lkw direkt in sie hineinraste, so daß sein kleiner Wagen in zwei Teile auseinanderbrach. Rob sei auf der Stelle tot gewesen, und seine kleine Schwester habe beide Beine verloren.

»Warum hast du mir das denn nicht früher erzählt«, hatte Marnie gefragt. »Du hättest mir wenigstens die Chance geben müssen, daß ich versuche, dich zu trösten.«

Daraufhin schluchzte Cathy in seinen Armen wie ein kleines Kind. Als es zwölf schlug und als man sogar in ihrem abgelegenen Teil der Welt das sonderbar weit entfernte Gejohle und die Rufe mit guten Wünschen für das neue Jahr hörte, steckte Marnie Cathy in ihr Bett. Er saß bei ihr, bis sie eingeschlafen war, dann schlüpfte er neben sie. Zwei Tage darauf flog sie zum Begräbnis nach Hause. Sie kehrte nie wieder zurück. Einmal schrieb ihr Marnie, um in Erfahrung zu bringen, wie es ihr ging, aber er erhielt keine Antwort. Eine Woche später sagte der Arzt zu Marnie, daß sie ihm einen Tripper angehängt hatte.

»Du Armer«, tröstete ihn Nell. »Das muß ja schrecklich gewesen sein.«

»Es war wirklich ziemlich heftig, das kann man wohl sagen.«

Marnie griff nach Nells Hand, ließ sie aber sofort wieder los. Beide tranken ihren Tee aus, und er bestellte noch eine Portion. »Nell«, er griff wieder nach ihrer Hand, »es ist wahrscheinlich viel zu früh, wenn ich das schon nach ein paar Tagen sage, aber ich habe mich noch nie mit jemandem so wie mit dir gefühlt, und, weißt du, schließlich bin ich doch schon ziemlich alt.«

Die Kellnerin brachte den Tee. Sie drückte sich eine Weile an ihrem Tisch herum, wischte die braune Resopalplatte ab und füllte die Zuckerdose mit kleinen blau-weißen Zuckerpackungen auf. Auf jedem Tütchen stand ein Spruch, der irgendwie in Beziehung zum Inhalt stand, zum Beispiel »Wahre Süße ist ein Segen für den Weltenlauf«. Dann nahm sie den vollen Aschenbecher mit und brachte statt dessen einen sauberen.

Nell seufzte. »Ich weiß nicht, was ich darauf antworten soll«, meinte sie. »Ich kann selbst kaum glauben, wie glücklich du mich mit so einer Äußerung machst. Weißt du, das Ganze ist so derartig neu für mich, und ich fühle mich ein bißchen wie eine Touristin in einem völlig fremden Land. Es gefällt mir sehr gut.«

Marnie strahlte und beugte sich zu Nell hin. »Ich bin so stolz auf dich, mein Liebling«, sagte er. »So stolz.«

Marnie ließ Nell in der Bibliothek zurück, um ganz in der Nähe seine Verabredung wahrzunehmen. Um fünf trafen sie sich wieder zu Tee und Toast in einem anderen Café, wo sie von einer altmodisch aussehenden Kellnerin bedient wurden, die bestimmt schon siebzig war. »Hierher kommen die Damen der Nacht auf ein spätes Mittagessen«, flüsterte Marnie. An einigen Tischen im Hintergrund saß die eine oder andere Frau, deren Haut zugleich grau und rosig wirkte und die vielleicht in diese Kategorie paßte. Marnie war müde. Toast und Tee erweckten ein Kindergefühl in ihm. Nach ein paar Minuten betrat ein Mann das Café, der Marnie kannte. Er setzte sich, ohne zu fragen, an ihren Tisch und sprudelte eine Frage nach der nächsten hervor. Ob Marnie mit der Berufung des neuen Professors für Poesie zufrieden sei? Ob er wirklich der bessere Kandidat verglichen mit dem anderen sei? Marnie war geduldig und erklärte dem Mann, warum das seiner Meinung nach der Fall ist.

Was Marnie zur Biographie dieses Dichters meinte, der bekannt für seine Verdrießlichkeit sei und mit dem sie früher immer herumgegangen seien?

»Ich fand sie zu unsicher geschrieben«, antwortete Marnie. »Ehrlich gesagt, kam sie mir sogar ein bißchen schäbig vor. Ich fühlte mich an einen Mann erinnert, den ich früher einmal gekannt habe und der ständig glaubte, er müßte sich in der Öffentlichkeit wegen seiner Frau schämen. Und obwohl er sie eigentlich sehr mochte, hat er sie immer gedemütigt, ist ein paar Schritte hinter ihr gegangen und so weiter, nur um seinem Ruf nicht zu schaden.«

»Das würde ihm aber nicht sehr gefallen, wenn er das hören würde.«

Marnie zuckte die Schultern.

»Und was halten Sie von dem neuen Redakteur der Stadtzeitung? Glauben Sie, daß er viel ändern wird?«

»Na ja, ich habe so meine Zweifel. Aber«, sagte Marnie, »ich will nicht unhöflich sein, doch ich sitze hier gerade mit Nell bei einer Tasse Tee und ich habe sie seit dem Mittagessen nicht gesehen, was mir, nebenbei gesagt, wie eine halbe Ewigkeit vorkommt, und jetzt würde ich gerne ein bißchen Ruhe haben.«

»Entschuldigen Sie bitte, ich verstehe«, sagte der Mann. »Nur eine Sache noch. Haben Sie den Aufsatz dieses Amerikaners in der letzten Ausgabe des *Keats and Shelley Journal* gelesen, der ...« doch als der Mann den Blick hob und erkannte, wie wütend Marnie war, verabschiedete er sich schnell und bezahlte zu Marnies größter Verärgerung, ohne etwas zu sagen, die Rechnung (1,84 £).

»Ich kann diesen Kerl einfach nicht ernst nehmen, wenn er immer wie ein Idiot herumlümmelt«, sagte Marnie zu Nell beim Hinausgehen.

Je öfter Nell mit Marnie zusammen war, desto eher fielen ihr diese Leute im Hintergrund auf, die sich ihm näherten, an ihm klebten und ihn befummelten und die Marnie wie Allgemeingut behandelten. Nells intensives Interesse an ihm, ihre Liebe und Zuneigung (das hatte sie ihm noch nicht gesagt) waren ganz etwas anderes als das Interesse der Leute, die ihn die ganze Zeit störten. Nells Meinung nach war es nicht in Ordnung, daß diese Menschen ihren Vorteil aus Marnies Offenheit zu ziehen versuchten. Sie fragten ihm ein Loch in den Bauch, aber im Grunde wollten sie nur sein Interesse wecken. Oft hörten diese Leute gar nicht zu, was Marnie ihnen antwortete. Manchmal wünschte Nell, Marnie wäre weniger großzügig, denn dann würde er sofort seine wahren Freunde erkennen und nicht von irgendwelchen Leuten vereinnahmt werden, die ihm schamlos Informationen und Entscheidungen und Drinks entlockten.

In London war Marnie ganz anders. Er war vor allem geselliger. Nachts unternahm er häufig abenteuerliche Ausflüge ins West End und nannte das dann »Sauftour«. Dabei unterhielt er sich mit völlig Fremden (hauptsächlich Mädchen), rauchte Unmengen von Zigaretten (einmal siebzig Stück an einem Tag), trank, aß im Restaurant und lief mal hierhin und mal dorthin, weil es so schwindelerregend viele Möglichkeiten der Unterhaltung gab. Falls sich irgendwo ein gutes Gespräch anbahnte, verbrachte er gut und gern die halbe Nacht mit Reden und Trinken.

Das Leben im College bot in dieser Hinsicht weitaus weniger Abwechslung, und so gestalteten sich Marnies Tage eher ruhig und ernsthaft. Hin und wieder gab es außergewöhnliche und unerwartet akademische, interessante, gesellschaftliche Zusammenkünfte innerhalb der Uni, doch das war so selten, daß es nicht von Bedeutung war. Außerdem wurde behauptet, daß hin und wieder in den frühen Morgenstunden ein paar Leute mit einem so unkonventionellen Beruf wie Butler in der Bar einer der führenden Kellnerschulen Englands eine ausgelassene Heiterkeit verbreiten. Marnie kannte einen Mann, der dort unterrichtete, und er war auch einmal zu einer Party eingeladen gewesen, die von Praktikanten und ausgelernten Butlern bestritten worden war. Die Geschwindigkeit, mit der sie eine ganze Kiste abgefüllten Portwein geleert hatten, stand im krassen Gegensatz zu der von ihnen kollektiv zu Schau gestellten, aalglatten *Nonchalance.*

Abenteuer suchte Marnie lieber in London. Mitten in der Nacht fuhr er in seinem klapprigen, hellblauen Ford Fiesta über die Autobahn und dann die Holland Park Avenue entlang. Das war die einzige Zeit, zu der Marnie gerne Auto fuhr. Auf der Höhe eines heruntergekommen wirkenden, französischen Restaurants sagte Marnie zu Nell: »Ich liebe London.« Dann stellte er das Radio an, und beide versuchten, die Popsongs mitzusingen, die gerade kamen, auch wenn sie sie nicht kannten. Marnie klopfte mit der Faust gegen das Steuerrad, trommelte mit den Fingern auf das Armaturenbrett, und den ganzen Weg über die Bayswater Road und die Oxford Street bis zu Marnies Wohnung in Holborn versuchte sich Nell im Begleitgesang.

Man erkannte gleich auf den ersten Blick, daß Marnies Wohnung nur zeitweilig genutzt wurde und einem alleinstehenden Mann gehörte. Sie bestand aus drei Räumen im dritten Stock eines alten Hauses: Ein Schlafzimmer, ein heller Wohnraum, der nach Süden ging und in dem ein Mahagonitisch stand, dessen Seiten man nach unten klappen konnte, ein altes, zweisitziges Sofa, ein Schreibtisch, zwei merkwürdige Sessel mit Armlehne und viele, viele Bücher. Dann gab es eine winzige Küche, die wie eine Kombüse aussah, die mit zwei elektrischen Platten und einem kleinen Backofen ausgestattet war. An einer Wand hingen viele, hell emaillierte Töpfe in verschiedenen Größen. Das Bad, in dem als erstes die riesigen und bedrohlichen Risse in der Decke auffielen, die sich an einer Wand entlangzogen, teilte sich Marnie mit dem Mann in der Wohnung darüber und der Frau darunter.

In den ersten zehn Tagen ihrer Romanze beschwerte sich Marnie häufig über Schwierigkeiten mit seiner Arbeit. Er hatte die drei ersten Zeilen eines neuen Gedichtes geschrieben, doch dann kam er nicht weiter, obwohl er sie immer und immer wieder überarbeitete. Nell überlegte, ob er wohl darauf hoffte, einen Fehler zu machen, um das Ganze dann völlig anders anzugehen, irgendwie besser, oder daß ihm vielleicht ein Wort oder ein Satz einfallen würde, ohne daß er bewußt darüber nachgedacht hatte. Die drei Zeilen, die er bisher geschrieben hatte, so behauptete Marnie Nell gegenüber, ohne sie ihr zu zeigen, würden »zu kostspielig klingen«.

»Meinst du, daß man merkt, wieviel Arbeit drin steckt, aber daß sie dennoch nicht den Kern treffen?« fragte sie.

»Ja, genau das meine ich. Vielen Dank, daß du es so präzise formulierst.« Marnie sah Nell lange an. »Die Arbeit ist schwer, wenn du so entwaffnend bist.«

»Das tut mir leid.«

Marnie kam zu ihr und legte sich neben sie. Nell hatte im Schlafzimmer auf dem Bauch gelegen und gelesen, das Buch ans Kissen gelehnt, die Unterschenkel in die Luft gestreckt und die Füße an den Knöcheln überkreuzt. In dieser Stellung hatte sie mucksmäuschenstill die letzten drei Stunden verharrt, bis Marnie ins Zimmer gekommen war und sie gefragt hatte, ob sie einen Tee wolle.

»Alles ist völlig anders«, sagte er zu ihr.

»Wie das?« wunderte sich Nell.

Marnie lachte über ihren erschrockenen Tonfall. »Alles ist so unglaublich viel besser«, fuhr er fort.

»Ach Gott«, meinte Nell. »Meinst du etwas Spezielles, oder mehr allgemein?«

»Deinetwegen.«

Nell richtete sich auf, weil sie bei solchen Erläuterungen eine förmlichere Haltung einnehmen wollte. Marnie sah Nell direkt ins Gesicht, und sie schloß die Augen. Er legte ihr seine Arme um die Taille, küßte ihre Augenlider und die Nase, und dann küßte sie seinen Mund, so fest sie konnte, und schmiegte ihren Kopf an seine Schulter. »Du beeindruckst mich sehr«, vertraute ihr Marnie leise flüsternd an. »Mit allem, was du sagst und tust. Einfach so, wie du mit den Dingen umgehst.«

»Laß«, wandte Nell ein, aber Marnie ging nicht darauf ein. »Ich meine, wenn ich an die Leute denke, mit denen ich früher zu tun hatte, dann frage ich mich, was ich da überhaupt getan habe.« Er streichelte Nells heiße, tränenüberströmte Wange. »Stört es dich, wenn ich so etwas sage?« wollte er wissen.

»Nein«, antwortete Nell, »ich liebe es über alles.«

Sie gingen in die Küche, um Tee zu kochen, und dabei fiel ihr auf, daß es keine Milch mehr gab. »Ich könnte neue kaufen«, bot sie an. Marnie setzte sich wieder in seinen Sessel. Es war drei Uhr nachmittags, und beide hatten den ganzen Tag noch keinen Fuß vor die Tür gesetzt.

»Ganz wie du willst.«

»Ich könnte auch noch ein paar andere Sachen besorgen.«

»Wunderbar. Darf ich dir davor noch schnell einen Kuß geben?« frage Marnie.

»Aber sicher.« Nell ging schüchtern zu ihm hinüber, blieb einen knappen Meter vor ihm stehen und wartete, daß er etwas tat. Sie blickte ihm ins Gesicht und zögerte.

»Du bist so liebenswert, wenn du zögerst«, sagte Marnie und erhob sich, um Nell zu küssen. Irgendwann lösten sich ihre Arme wieder voneinander, und Nell lächelte, ging zur Wohnungstür, schlüpfte in ihren Mantel und nahm ihren Geldbeutel aus ihrer Tasche. Marnie gab ihr eine Fünfpfundnote für die Einkäufe, aber Nell wies das Geld zurück. Sie öffnete ihren Geldbeutel und sah nach, ob sie noch genügend Geld hatte, fand fast sieben Pfund, ein paar aufgeweichte Stückchen Papier, ein Busfahrschein, ein altes Papier von einer Süßigkeit und ein kleiner Zettel des College-Arztes, auf dem vermerkt war, wann die Verabredung mit dem Therapeuten war. Nell knüllte alle Papierstückchen zu einer Kugel zusammen und warf sie in Marnies Abfalleimer. »Bleib aber nicht so lange weg, nicht wahr?« bat Marnie. »Ohne dich ist alles nur so schwarzweiß.«

Nachts im Bett erzählte er Nell: »Manchmal würde ich am liebsten alles zusammentragen, was ich verstehe, und was ich nicht verstehe und zu einem großen Werk verbinden. Aber das müßte sich dann ganz klar und vollendet lesen, als wäre es mir vollkommen frei und ohne jede Einschränkung aus der Feder geflossen.«

»Und würde dieses Werk ein Gedicht werden?«

»Ich glaube, das ließe sich gar nicht verhindern, oder?«

(Für Nells Gefühl war das hochkultiviertes Bettgeflüster.) »Du meinst also, ein richtig dramatisches Gedicht?«

»In gewisser Weise, ja, aber in anderer auch wieder nicht.«

»Weißt du schon, wo du anfangen willst, oder ist es noch zu früh, um das zu sagen?«

»Nein, ich weiß es noch nicht, außerdem will ich nicht, daß es ein Zufallsprodukt oder irgendein Mischmasch wird.«

»Also eher stabil, oder?«

»Genau so, ja. Ich habe schon eine Weile betont langsam darüber nachgedacht. Aber jetzt muß ich noch schneller darüber nachdenken, denn dabei kommt man auf ganz andere Gedanken. Ich glaube, es wird nicht besonders lang werden. Ein Manuskript, das man gut in einem Koffer unterbringen kann. Zur Zeit sammle ich noch Material dafür.« Marnie hielt inne und sah Nell an.

»Jetzt im Moment?« fragte Nell, während sie seine Hand auf ihrer Brust spürte.

»Abwarten und Tee trinken«, antwortet Marnie und gab ihr einen Kuß auf die Stirn. »Abwarten und Tee trinken.«

Bevor sie Marnie kennengelernt hatte, hatte Nell noch keine großen Erfahrungen mit Liebesaffären sammeln können. Es hatte da diesen Jungen namens Ned gegeben, ein Freund von Lauras Bruder, der sich ein bißchen in sie verknallt hatte. Doch Nell hatte ihn nicht so recht ernst nehmen können, denn er vertrat in puncto Mädchen höchst merkwürdige Ansichten. Wenn er über sie sprach, dann klang es so, als seien es Lebewesen von einem anderen Stern, voller dunkler Geheimnisse, die fremde Riten praktizierten. Beispielsweise behauptete er, sein Instinkt sage ihm, daß man Mädchen ständig schmeicheln mußte, aber er war unsicher, wie das wohl zu geschehen habe. Aus diesem Grund schwankte er rücksichtslos zwischen unangenehmer und unnatürlicher Vornehmheit hin und her.

Ned: Sag mal, was sagen die Leute zu deinen Augen?

Nell: Ach, Ned, laß es guuuut sein.

Nell: (nochmals) Erst kürzlich sagte mir der Optiker, daß ich ausgesprochen schlecht sehe für mein Alter.

Ned: Aber du hast doch noch nicht einmal eine Brille, oder?

Nell: Kontaktlinsen.

Ned: Wirklich wahr? Harte oder weiche?

In einem bizarren, völlig übertriebenen Tonfall:

Nell: Gott, was bin ich müde.

Ned: Was hältst du davon, wenn wir nach Hause fahren, und ich dir beim Abschalten helfe. (Langer Blick)

Nell: (sprachlos)

Nell: (etwas gefaßter) Du bist aber mit dem Fahrrad hier, Ned.

Zwei lange Küsse und eine gemeinsame Nacht unter einem Federbett nebeneinander (und nicht ausgezogen) war alles, was Nell an Vorbereitung für ihre richtige, erwachsene Liebes-affäre mit Bill Marnie mitbrachte (es war eine Affäre, weil er ja ihr Lehrer war).

Marnie war ziemlich in sie verliebt. Das erklärte er ihr beim Aufwachen, flüsterte es ihr in die Augen und streichelte ihr dabei die Haare, während sie darauf warteten, daß das Tee-wasser kochte. Manchmal, wenn Nell schlief (wenn sie beide in London waren), stahl er sich in die Bäckerei um die Ecke, wo es frische Croissants gab, und dann deckte er den Früh-stückstisch mit der *Financial Times* als Tischtuch und den Servietten aus Leinen seiner Mutter, bevor sie aufwachte.

»Ich weiß nicht, ob es schlau ist, wenn ich das zu dir sage, aber ich habe das Gefühl, die Sache ist die, mein Gefühl sagt mir, daß ich immer mit dir zusammensein möchte«, sagte er eines Morgens.

Nell schloß die Augen, und dann breitete sich ein tiefes Lächeln, das mitten aus ihrem Herzen kam, über ihr Gesicht. »Ich liebe dich«, antwortete sie.

KAPITEL NEUN

Eines Abends waren Nell und Marnie in der Stadt unterwegs. Ihre Romanze ging inzwischen in die dritte Woche, und Marnie meinte, es wäre mal wieder Zeit für eine Sauftour. Also fuhren sie mit einem Taxi zu einer kleinen Bar nach Mayfair. Unterwegs fragte Nell, was für Menschen sie dort wohl antreffen würde. »Ich fürchte, es sind ziemlich rauhe Leute«, antwortete Marnie. »Heimatlose, Ausreißer, junge Rauschgiftsüchtige, leichte Mädchen, eine bestimmte Sorte attraktiver, blonder Frauen mit merkwürdigen Schwellungen und Resten von Ölfarbe auf dem Unterarm, gefühlsduselige Schauspieler, geselligen Menschen, die ein bißchen schreiben, verbitterte Betrunkene . . . und so weiter und so fort.«

»Ich glaube, ich kann es mir so in etwa vorstellen«, meinte Nell.

An der Tür wurden sie von einer Empfangsdame mit rosigem Gesicht und senfgelben Haaren begrüßt. »Hallo Marnie, lange nicht gesehen«, meinte sie. »Gibt's was Neues, gibt's was Besonderes?«

Marnie lächelte und nickte, sagte aber nichts.

Die Bar war derartig überfüllt und verraucht, daß man kaum Luft bekam. Marnie blühte in dieser Umgebung regelrecht auf, und Nell wurde nervös. Zum ersten Mal hatte er sie zu Leuten mitgenommen, die er kannte und die sie beide zusammen erlebten, abgesehen von der Bibliothek oder den Cafés in der Nähe. Aber dort war es eher neutral und ging sicherlich weniger gesellig zu. Nell blickte sich um. Marnie hatte vergessen, Nell darüber zu informieren, daß hier alle Gäste ausgesprochen gut aussahen. Er faßte Nell fest bei der Hand und ging voraus, während er die zufällig versammelten Leute nach bekannten Gesichtern absuchte.

Marnie schien sich in seiner Umgebung einen gewissen Respekt zu verschaffen. Nell bemerkte, daß die Leute sie ansahen. Anscheinend war es hier nichts Ungewöhnliches, daß ein Mann um die vierzig wie Marnie mit einer Neunzehnjährigen auftauchte. Nichtsdestotrotz strahlten sie beide etwas aus, von dem Nell spürte, daß die Leute es bemerkten. Nell fühlte, daß sich irgend etwas in ihr auf und ab bewegte, und im selben Augenblick sah sie, daß Marnie den Kopf neigte, sich umschaute, daß seine Augen mit raschen, plötzlichen Bewegungen hin und her wanderten und sein Mund sich zu einem Lächeln des Wiedererkennens verzog. Nach einigen Minuten versuchte Nell, sich von Marnies Hand loszumachen, um an der Bar etwas Trinkbares zu organisieren. Daraufhin drehte er sich mit einem derart erschütterten und ängstlichen Blick zu ihr um, weil sie nicht länger Hand in Hand mit ihm gehen wollte. Nell war tief bewegt. Sie blieb bei ihm, und ließ ihre Finger einige Zeit mit den seinen verschlungen. Er zündete sich eine Zigarette an, griff wieder nach Nells Hand und ließ sie erst danach für einen Augenblick gehen.

Als sie einen Whisky für ihn und auch einen für sich selbst bestellte, sah Nell, wie er einen attraktiven, dunkelhaarigen Mann Anfang Zwanzig begrüßte und mit ihm ins Gespräch kam. Nell betrachtete Marnie genau. Es gab zwei Varianten, Marnie anzuschauen. Dort stand der Mann, den sie als Schulmädchen bei der Lesung erlebt hatte. Nells Magen rebellierte, und der Augenblick war ihr so präsent wie selten davor. Sie mußte sich eingestehen, wie wichtig es ihr war, ihn zu sehen und zu hören. Nell spürte, wie gerne sie mit ihm sprechen wollte, ihr Zusammensein so weit wie möglich in die Länge ziehen wollte, und dieses Gefühl stürmte scharf und heftig auf sie ein. Die Erkenntnis, daß er wirklich ein Prinz war, machte Nell sprachlos oder ließ ihr die Tränen in die Augen steigen. Schließlich: Er sah gut aus, war schlau und hatte alles, was man sich an einem Mann ersehnte.

Der andere Blick auf Marnie ... in diesem Augenblick fiel Nell nicht ein, wie der andere Blick aussah, aber verschwommen war ihr klar, daß er das Gegenteil der ersten Variante war. Er hatte etwas mit dem zu tun, was andere Mädchen in ihm sahen, und das waren eher recht banale Dinge. Als Nell mit den Getränken zurückkehrte, bekam sie den Rest des Gesprächs mit, das Marnie mit dem gutaussehenden, jungen Mann führte. Er gab dem jüngeren Mann freundliche, verständnisvolle, aber ernsthafte Ratschläge zum Thema Schreiben und Mädchen. »Mir kommt es fast so vor, als ob es mit Frauen«, sagte der jüngere Mann gerade, »genauso wie mit dem Schreiben ist, finden Sie nicht? Man hat ein Stück Papier und einen Stift, und dann muß irgendwas passieren ...«

»Das ist doch Quatsch, Angus«, widersprach Marnie.

»Tja, wahrscheinlich haben Sie recht.« Dann stellte dieser Mann, der Nell an einen Zuhälter erinnerte, Marnie eine Freundin von sich vor, ein kleines, dickliches Mädchen mit großen Augen, die aussah, als würde sie jeden Moment zu weinen anfangen.

Nell gesellte sich zu ihnen. »Hallo«, sagte sie mit einem schelmischen Unterton. Das kleine Mädchen hatte bereits Marnies ganze Aufmerksamkeit auf sich gezogen. Er hatte aufgehört, seine Augen mal hierhin und mal dahin wandern zu lassen, und irgendwas in seinem Gesicht schien schwach zu flackern, lichtete sich langsam und leuchtete fast, als das Mädchen wie ein Wasserfall redete. Nell stand unbeholfen daneben.

»Es ist zwar reiner Zufall, daß ich mich hier mit Ihnen unterhalte, aber ich finde, mein Gott, für mich ist das eine derart umwerfende Sache. Ich meine, ich kann kaum glauben, daß ich hier stehe und mit Ihnen spreche. Es ist so unglaublich, weil ich noch heute nachmittag etwas über Sie gelesen habe. Ich kann Ihnen nicht sagen, wieviel mir das bedeutet. Sie sind mein absoluter Held.«

»Ich fürchte, mir wird gleich übel«, sagte Nell zu dem Freund des Mädchens und wünschte sich im selben Augenblick, sie hätte geschwiegen.

»Ich glaube, Ruth ist ein bißchen in Marnie verknallt«, erklärte er lächelnd.

»Offensichtlich«, sagte Nell. »Und ehrlich gesagt, ist mir ihre Art zu heftig.«

Plötzlich schlug Marnie vor, daß sie zu viert zum Abendessen gehen könnten, und daraufhin verließen sie das Lokal und stiegen in ein Taxi nach Soho. Das Mädchen plapperte weiter vor sich hin, und der junge Mann schien Marnie fast an den Lippen zu hängen. Als sie in einem dezenten, italienischen Restaurant saßen, hatte Nell das Gefühl, daß ihr jeder Bissen im Hals stecken bleiben würde. Sie suchte die Speisekarte nach etwas ab, bei dem ihr nicht übel werden würde. »Suchst du mir bitte etwas aus?« bat sie Marnie. Er nickte und lächelte sie an. Nell ging auf die Damentoilette, setzte sich auf den pinkfarbenen Toilettendeckel und brach in Tränen aus. In der Toilette gab es ein Telefon und sie rief bei Laura an, doch die war nicht zu Hause. Dann versuchte Nell es bei ihrer Mutter, aber da ging niemand ran. Nell trocknete sich die Augen, schlich aus dem Restaurant, stieg in einen Bus und steuerte das Haus ihrer Mutter an.

»So kannst du die Leute doch nicht behandeln«, sagte Nell oben im Bus zu sich selbst. Sie spürte, wie ihr Gesicht und ihre Arme sich vor Erniedrigung röteten. Sie klopfte sich dreimal heftig mit den Fingerknöcheln gegen den Kopf und erschrak, als sie sich vorstellte, daß das jemand im Bus gesehen haben könnte. Gerade eben hatte Marnie sie noch festgehalten, als sei sie ihm schrecklich viel wert, und im nächsten Augenblick war sie voll und ganz ersetzbar gewesen. Nell schlug sich wieder an den Kopf, jetzt nur einmal, und betete, daß ihr niemand zugesehen hatte. »Mach das nicht«, sagte sie, während ihr die Tränen das Gesicht herabliefen. »Bitte mach das nicht.« Nell fühlte sich schrecklich gedemütigt; sie zog sich in sich selbst zurück und saß beschämt und angespannt da. Dann erreichte der Bus Nells Haltestelle. Sie versuchte, das Bild von Marnie und dem blonden Mädchen aus ihrem Kopf zu verscheuchen. Doch die beiden hatten die Arme umeinander geschlungen, küßten und küßten sich, und Marnie sagte zu dem Mädchen, daß er sie liebe. Nell hatte das Gefühl, es fehlte nicht mehr viel und sie würde verrückt werden. Zu Hause öffnete sie die Haustür und rief nach ihrer Mutter, und als niemand antwortete, ging sie in die Küche und setzte sich so wie früher als Kind auf den Küchentisch. Nell hatte schreckliche Kopfschmerzen, aber die Wärme im Haus und die vertraute Umgebung trösteten sie. Sie versuchte, ruhig nachzudenken. Was hatte Marnie getan? Er hatte sich mit einem anderen Mädchen unterhalten und sie samt ihrem Bekannten, der vielleicht auch ihr Freund war, eingeladen. Es war eher Gedankenlosigkeit als Böswilligkeit oder Zurückweisung. Ihre Reaktion war völlig unverhältnismäßig gewesen. Sie kritzelte ihrer Mutter einen Gruß: »Bin kurz hier gewesen, habe dich leider verpaßt, hoffe, Dir geht es gut, habe mich über beide Ohren verknallt! Alles Liebe, Nell.« Dann spritzte sie sich kaltes Wasser ins Gesicht, kämmte sich mit der Bürste ihrer Mutter die Haare, verließ das Haus und machte sich auf die Suche nach einem Taxi. Eine Viertelstunde später war sie wieder im Restaurant. Alles in allem war sie fünfundvierzig Minuten weg gewesen. Marnie hatte Risotto mit Safran bestellt. »Ich dachte, das ist leicht und schmeckt dir, wenn du dich ein bißchen komisch fühlst«, sagte er. Er war bester Laune. Er schaute Nell aufmerksam an: »Geht es dir sehr mies?« flüsterte er und griff nach ihrer Hand.

»Ja, aber jetzt bin ich über den Berg.« Nell saßen die Tränen in den Augenwinkeln, und in ihrem Kopf drehte sich alles. Sie blickte auf den Teller mit Essen vor sich und versuchte, ein paar Bissen zu essen. Aber der Reis schien nicht so recht in ihrem Mund bleiben zu wollen.

»Ich bringe dich nach Hause, Liebes. Es tut mir leid, daß es dir nicht gutgeht, aber ich bin so froh, daß du zurückgekommen bist.« Marnie zog ein paar Scheine aus seiner Brieftasche, klemmte sie unter seinen Teller, entschuldigte sich bei dem jungen Paar, und kurz darauf im Taxi war Nell in seinen Armen fest eingeschlafen und lag dann neben ihm im Bett.

»Gute Nacht, mein süßer, lieber Engel«, sagte Marnie. »Du mußt wissen, daß du mir sehr, sehr viel bedeutest, Nell.«

»Nein, nein«, flüsterte sie. »Das bin ich nicht wert, wirklich nicht.«

Und plötzlich, ohne daß sie recht wußte, warum, spürte sie, wie ihr heiße Tränen über die Wangen liefen, und dann schluchzte sie und schluchzte, bis ihr ganzer Körper bebte, bis das Kissen völlig durchnäßt war und sie kaum noch Luft bekam. Marnie hüllte sie in seine Arme.

»Ich kann nicht. Ich kann nicht. Ich kann nicht«, sagte Nell immer und immer wieder und krümmte den Rücken, bis ihr Kinn ihre Brust berührte.

»Sprich mit mir, Nell«, sagte Marnie. »Erzähl es mir. Ich habe alle Zeit der Welt für dich.« Er ließ eine ihrer beiden Hände los und strich ihr über die Stirn.

Langsam beruhigte sich Nell wieder. »Ich glaube, mir sind ein paar Dinge klargeworden«, sagte sie. »Von früher, als ich ein kleines Mädchen war«.

Marnie nickte. Sie hatte ihm bereits ein oder zweimal davon erzählt.

»Vermutlich ist mir das jetzt erst klargeworden. Ich glaube

nicht – irgendwie habe ich das Gefühl, daß noch nie jemand, du weißt schon, ich bin noch nie wirklich … ich dachte immer, ich bin nicht die Sorte Mensch und daß, na ja mein Vater … ich habe noch nie wirklich … ich war nie, er hat mir immer das Gefühl gegeben, ich meine, ich ließ mich …«

»Meinst du, daß meine Liebe zu dir, die sehr tief ist und sehr stark, ich liebe dich jetzt und solange du willst, glaubst du, das erinnert dich daran, was du früher vermißt hast, daß deine Eltern, daß dein Vater …«

Sein Feingefühl verbat ihm, weiterzusprechen. Nell nickte und hielt die Augen geschlossen. Sie begann wieder zu weinen, zuerst ganz sacht und nur mit den Augen, doch dann schien ihr Körper nur noch aus Schluchzen zu bestehen. »Es tut mir leid«, sagte Nell und versuchte, die Fassung wiederzugewinnen. »Ich weiß gar nicht, warum ich weine, wo ich doch so glücklich bin. Sieh mich an, es ist mir wirklich peinlich.«

»Dafür gibt es keinen Grund«, sagte Marnie. »Es ist völlig in Ordnung, deswegen zu weinen, mein Liebling. Ich bin alles andere als glücklich, daß du so traurig bist und solche Verluste hast ertragen müssen. Aber wenn ich dir helfen kann, dich damit auseinanderzusetzen, dann wäre ich sehr froh und es wäre eine Ehre für mich. Ich bewundere deinen Mut. Deine tiefen Schluchzer zeigen, wie groß deine Seele ist. Ich wünschte, ich könnte auch so weinen wie du.«

Nell küßte ihn. »Du bist wirklich ein Prinz.« Marnie lächelte. Sie schwiegen einen Augenblick, und dann begann Nell: »Die Sache ist die, ich glaube, ich bin über alle Maßen wütend.«

»Das kann ich mir gut vorstellen.«

»Ich würde ihm am liebsten ins Gesicht schlagen. Wie kann er nur so gemein zu einem kleinen Mädchen sein?«

»Tja, das werden wir nicht herausfinden«, sagte Marnie. »Vielleicht hat er als kleiner Junge selbst nicht besonders viel Aufmerksamkeit bekommen.«

»Das ist doch keine Entschuldigung.« Nells Tonfall war freundlich, aber sie hatte die Zähne zusammengebissen. Sie schüttelte heftig den Kopf. »Das ist überhaupt keine Entschuldigung.«

Marnie seufzte. »Nein«, sagte er, »eine Entschuldigung ist das nicht, aber eine Erklärung. So etwas macht niemand mit Absicht. Für gewöhnlich weiß man, daß das, was man tut, auch gewisse Auswirkungen hat. Aber oft vergißt man, daß Nichthandeln auch Konsequenzen haben kann.«

Am nächsten Morgen gingen sie beide sehr vorsichtig miteinander um.

Nach nur einer halben Stunde Arbeit verschwand Marnie im Schlafzimmer, um zu telefonieren. Nell war verwirrt und las, ohne recht bei der Sache zu sein, bis er wieder auftauchte.

»Ich kann nicht arbeiten«, sagte er. »Wegen der Sache von gestern abend. Ich bin mir nicht ganz sicher, was da passiert ist –«

»Bitte mach dir keine Gedanken. Es ist schon alles in Ordnung. Mir ist das Ganze wirklich peinlich.«

»Na ja, was hältst du davon, wenn wir übers Wochenende nach Frankreich fahren?«

»Was, dieses Wochenende?«

»Wir brauchen eine Pause, Nell. Ich könnte ein bißchen arbeiten, wir schwimmen und lesen und bekommen wieder Boden unter den Füßen.«

»Ich würde schon gerne, aber ich meine, das kostet doch eine Menge, oder?«

»Ja, aber ich habe gut verdient, und ich weiß ein wunderschönes Fleckchen in der Nähe von Nizza auf einem kleinen Hügel. Das Essen ist wirklich gut dort, und man kann am Swimmingpool liegen und bekommt tolle Getränke serviert. Ich glaube, wir sollten das machen – es sei denn, du bist felsenfest davon überzeugt, daß du das nicht durchstehst. Das

Reisebüro würde alles organisieren. Bestimmt könnte man es auch ganz leicht wieder stornieren, aber –«

»Ich würde gerne mit dir dort hinfahren.«

Am Flughafen sah Nell, wie Marnie sich mit Dingen herumschlug, die ihn im Grunde überforderten. Wie er den richtigen Schalter suchte, ihre Tickets an sich nahm, wie er zu einer Hosteß, die ihn falsch verstanden hatte, besonders höflich war, und wie er Angst hatte, daß sie ihr Flugzeug verpassen würden, obwohl es noch siebzig Minuten bis zum Abflug waren. Nell war über alle Maßen stolz, daß dieser große, wunderschöne Mann in den ungewöhnlichen Ferienklamotten mit dem weißen, zerknitterten Hemd, den blassen Cordhosen und einem alten Mantel mit Fischgrätmuster, bei dem das Futter bereits herunterhing, daß dieser Mann zu ihr gehörte. Als sie die Formalitäten hinter sich gebracht hatten, ging Nell in ein Flughafengeschäft und kaufte sich mit Geld, das Marnie ihr gegeben hatte, einen gestreiften Badeanzug (ihrer lag in ihrem Zimmer im College). Sie trafen sich in der Flughafenbar wieder, wo Marnie bereits Whisky trank, obwohl es noch nicht einmal Mittag war.

»Glaubst du wirklich, daß das eine gute Idee ist?« fragte Nell ihn freundlich. »Womöglich geht es dir jetzt im Flugzeug nicht besonders gut.«

»Du hast recht. Aber ich fliege so ungern und bin dabei immer schrecklich nervös. Das ist das einzige Mittel, wie ich mich überliste.«

»Aber wenn du so ungern fliegst . . .« Nell verstummte.

»Das ist es wert. Komm mal her«, sagte Marnie, obwohl Nell direkt neben ihm stand. Sie schloß die Augen und spürte seinen Whiskykuß auf ihren Lippen.

Während des Flugs war Marnie leichenblaß und klammerte sich an seinen Sitz. Um ihm sein Leiden zu erleichtern, versuchte Nell, ihn mit Küssen und einem Ratespiel in einer Zeitschrift abzulenken, die auf ihrem Sitz gelegen hatte.

Ihr Partner muß am Wochenende anderswo arbeiten. Was machen Sie:

a) *Sie nutzen die Zeit, um liegengebliebene Arbeiten im Haushalt zu erledigen und mal wieder mit alten Freunden ausgiebig zu plaudern*

b) *Sie rufen ihren Exfreund/ihre Exfreundin an und laden ihn/sie zum Essen und ins Kino ein,*

c) *Sie rufen ihren Partner oder ihre Partnerin regelmäßig an, weil Sie vermuten, daß etwas im Busch ist.*

Als Nell Marnie um eine Antwort bat, war er eingeschlafen.

Le Soleil d'Or, St. Paul de Vence, FRANKREICH
Liebe Laura,
ich wußte zwar, daß es in Südfrankreich schön ist, aber ich hätte nicht gedacht, daß es so beeindruckend ist. Es gibt hier ein paar Leute mit reichlich schlechtem Geschmack, Män- ner, die nur aus Bauch und Glatze bestehen, in Begleitung von Frauen (die in der Regel mit anderen Männern verhei- ratet sind) mit sechzig Zentimeter langen, goldenen Locken und schwarzem Haaransatz. Bereits beim Frühstück tragen sie enge, weiße Minikleider mit Edelsteinbesatz, kleinen Nerztroddeln und gräßlichen, babyrosa Applikationen. Dann gibt es Leute mit gutem Geschmack, diskrete, gut angezogene Männer, die allesamt Kunstsammler Anfang Fünfzig sein könnten, in Begleitung ihrer fünfundzwanzig- jährigen, ernsthaften Frauen, die eine Klostererziehung hin- ter sich haben, gepflegt und schön sind und Jennifer oder Helen heißen. Und dann gibt es auch noch Marnie und mich. Er wirkt hier sehr entspannt, er ißt und schwimmt und trinkt nicht allzuviel (ich glaube, weil er weiß, daß ich davor ein bißchen Angst habe), und er hat es sogar geschafft, einmal eine Sekunde nicht an die Arbeit zu denken. Angeb- lich haben Simone Signoret und Yves Montand hier ihre

Flitterwochen verbracht. Um diese Jahreszeit ist es ein bißchen kühl hier, aber es gibt draußen unter den Feigenbäumen
einen wunderschönen Platz, wo wir einfache, aber exquisite
Sachen essen und dazu ein oder zwei Gläser Rosé trinken.

Die größte Neuigkeit ist jedoch, daß er mir einen Heiratsantrag gemacht hat. NACH DREI WOCHEN. Ich muß
Dir gestehen, daß ich es ernsthaft in Erwägung ziehe, obwohl
ich natürlich weiß, bla ... bla viel zu früh und so weiter.
Marnie ist schon einmal verheiratet gewesen, damals war er
dreiundzwanzig, aber die Ehe ist schrecklich in die Binsen
gegangen. (Ihr Fehler – sie hat ihn verlassen.) Ich glaube, es
hat ihn wirklich geprägt, daß er schon so jung geheiratet hat.
Ich habe geantwortet, daß er mich in einem halben Jahr noch
mal fragen soll, und damit hat er sich zufrieden gegeben.

Liebe Laura, ich weiß, daß ich momentan ziemlich abhebe,
und als wir uns das letzte Mal gesehen haben, war ich völlig
am Boden zerstört. Ich wollte Dir schon lange schreiben und
mich für Deine Unterstützung bedanken. Beim letzten Mal
war ich so schrecklich verzweifelt, und jetzt ist es mir peinlich
und ich habe Angst, daß Du oder jemand anderer denken
könnte, daß das alles zu gut ist, um wahr zu sein. Vielleicht
stimmt das ja. Aber im Moment weiß ich nur, daß ich in
meinem ganzen Leben noch nie so glücklich gewesen bin, und
dabei übertreibe ich nicht. Ich fühle mich ziemlich ruhig. Wir
gehen viel spazieren, und Marnie sagt zum Beispiel: »Ich
weiß, daß du das wirklich nicht brauchst, aber ich möchte
dich unterstützen und dir helfen und dein Leben ein bißchen
leichter machen.« Ist das nicht wunderbar? Weißt Du, alles
fühlt sich so stark und richtig an – von einem anderen
Menschen wirklich geliebt zu werden, und noch dazu von
jemandem, der so großartig ist. Mir kommt das wirklich wie
ein Wunder vor. Manches, was er sagt, ist so schlau, daß ich
mich enorm anstrengen muß, um seinen Gedanken zu fol-
gen. Ich bin mir nicht ganz sicher, was er eigentlich in mir

sieht, aber ich weiß, daß es viel ist. Ich bin mir seiner Gefühle sehr sicher. Er ist sehr klug, richtig grandios, aber er ist überhaupt nicht eingebildet. Als ich neulich Nacht Magenschmerzen hatte, hat er meinen Bauch eine Stunde lang gestreichelt. Ich habe wirklich Hochachtung vor dem, was er macht, wie er lebt und so weiter, und außerdem sieht er so gut aus. Manchmal bin ich zu verlegen, um ihn anzuschauen. Bestimmt denken viele, er ist doch nur hinter dem Einen her, aber in Wirklichkeit ist das überhaupt nicht so. Ich bin alles andere als das kleine Mädchen mit den großen, strahlenden Augen, und er ist nicht der große Kerl, denn er liebt mich richtig ernsthaft. Er fragt mich immer nach meiner Meinung und probiert Neues mit mir aus. Er macht mein Leben einfach schön. Ich bin sehr glücklich. Wenn Du das hier in Händen hältst, bin ich wahrscheinlich wieder zu Hause. Ich möchte Dich so schnell wie möglich sehen.

Alles Liebe, Nell.

Als Nell den Stift aus der Hand legte, kam Marnie gerade vom Schwimmen wieder herauf. In seinem weißen Frotteebademantel wirkte er fast beunruhigend zart und dünn – beinahe wie ein alter Mann. Er bewegte sich scheinbar steif. »Geht es dir gut?« fragte sie ihn, während er neben ihrem Liegestuhl stand. Nell griff nach seiner Hand. Marnie setzte sich zu ihr auf den Liegestuhl, der mit dem gelben Baumwollstoff überzogen war. Marnie tropfte noch vom Schwimmen, und aus seinen Haaren rannen ihm kleine Wasserperlen übers Gesicht. Nell streichelte Marnies Hand. »Bist du ein bißchen deprimiert?« flüsterte sie. Marnie ließ seinen Kopf an ihre Schulter sinken, und Nell legte ihre Arme um ihn. Er zitterte leicht, und als Nell sich nach vorn beugte, um ihm ins Gesicht zu schauen, das er vor ihr versteckte, erkannte sie, daß ihm nicht nur Wasser aus den Haaren übers Gesicht rann, sondern daß er wirklich weinte. »Was ist los, Liebling? Kannst du es mir sagen?« Und plötzlich konnte Nell es kaum ertragen, daß er in ihrer Gegenwart so tieftraurig war, und sie fing ebenfalls zu weinen an.

»Ach Liebling«, sagte Marnie. Nell nickte zustimmend. »Ich liebe dich, Nell. Ganz egal, was passiert. Ich liebe dich.«

»Was meinst du mit diesem egal, was passiert?« fragte Nell.

»Nichts wird passieren. Ich hasse solche Gespräche.«

»Du hast recht«, sagte Marnie wie immer. »Es tut mir leid. Ich bin nur schwach und feige.«

»Das bist du nicht. So ein Unsinn.«

Marnie drückte Nell an sich. »Ich finde dich so beeindruckend«, sagte er. »Dein kluger Verstand und deine Schönheit und deine Heiterkeit.«

»Nein«, widersprach Nell. »Nein.« Sie schüttelte den Kopf. »Das ist alles mehr, als ich mir jemals erhofft habe. Ich meine, ich habe es mir zwar erhofft, ich habe wochenlang darauf gehofft, ehe überhaupt etwas begann, aber ... Ach, du weißt schon, was ich meine.«

Marnie nickte. »Es ist wirklich sehr, sehr stark«, sagte er, und erneut rollten ihm Tränen über die Wangen.

»Was könnten wir tun, damit es dir wieder bessergeht?« fragte Nell.

»Es gibt da zum Beispiel eine Sache«, dabei zog Nell bedeutungsvoll eine Augenbraue hoch, doch Marnie gab ihr zu verstehen, daß sie sich wieder zurücklehnen sollte. »Ich würde dich gerne richtig lieben«, sagte er. Bisher hatten sie im Bett auf Nells Wunsch immer kurz vor dem Geschlechtsverkehr aufgehört.

Nell sagte nichts.

»Nell?«

»Ich denke nach.«

»Sag mir, was du denkst.«

Aber Nell sagte nichts, sondern küßte Marnie lange auf den Mund und begann sich auszuziehen.

»Bist du sicher?« fragte er sie.

Sie nickte.

Sie gingen ins Bett hinüber, und Marnie begann, ihre Arme und Beine zu streicheln, er küßte ihren Nacken und die Ohren und ihre Kniekehlen und die Stirn und die Hüftknochen, die er zu einem anderen Zeitpunkt »rasiermesserscharf« bezeichnet hatte.

Es war drei Uhr nachmittags. Helles französisches Sonnenlicht strömte durch die drei hohen Fenster herein, die auf ihren Balkon hinausführten, wo auf einem Holztablett noch die Reste ihres Mittagessens standen. Nell atmete schwer, sie hatte die Augen geschlossen, und sie kam sich mit ihrer enormen Begierde winzig und zwergenhaft vor. Marnie strich ihr mit einer Hand über die Stirn, als wollte er ein fieberndes Kind beruhigen, und mit der anderen erregte er sie zwischen den Beinen. Nell drehte ihre Hüften hin und her, und seine Finger tasteten sich in ihre Scheide vor. (»Bist du wirklich sicher, Liebling?« – »Ich war mir noch nie so sicher.«) Dann folgte sein Penis.

Am Tag, nachdem sie aus Frankreich zurück waren, kündigte Marnie an, daß Noel, ein Freund von ihm, und dessen Frau zum Abendessen vorbeikämen. Marnie brachte fast den ganzen Nachmittag in verschiedenen Geschäften zu und kam mit einem Strauß gelber Rosen für den Tischschmuck und diversen Einkaufstüten nach Hause, von denen einige den Aufdruck namhafter Lebensmittelgeschäfte trugen und andere rot-weiß gestreift waren und vom Straßenmarkt in der Berwick Street stammten.

»Ich glaube, ich sollte mich jetzt langsam verdrücken«, sagte Nell, als es Zeit wurde.

»Oh, bitte nicht!«

»Na ja ... eigentlich ist es ja nicht zwingend notwendig, aber ...«

»Dann mußt du hier bleiben.«

»Natürlich bleibe ich«, gab Nell nach. »Aber du mußt mir gestatten, daß ich dir zur Hand gehe. Gibt es etwas, das ich schneiden kann?«

»Leider überhaupt nichts«, antwortete Marnie, »aber du kannst mir etwas erzählen und dir schon einmal etwas zu trinken holen.« Nell gehorchte. Obwohl es erst fünf Uhr war, schien das die einzig richtige Sache zu sein.

»Ist Noels Frau berufstätig?«

»Ehrlich gesagt, weiß ich das nicht. Ich glaube, sie ist so eine Art Dichtergattin der alten Schule. Sie sorgt dafür, daß sein Leben in geordneten Bahnen verläuft, so daß er ungehindert schreiben kann.«

»Ach so«, meinte Nell.

»Wenn ich die beiden zusammen erlebe, muß ich immer an amerikanische Dichter der vierziger und fünfziger Jahren denken, die auf dem Land riesige Häuser gemietet hatten. Die Frauen kochten, haben sauber gemacht und Romane geschrieben, und nach dem Essen haben die Männer das Geschirr abgewaschen, haben über Shakespeare gesprochen, und tagsüber haben sie versucht, Gedichte zu verfassen. Am Samstag abend haben sich alle schön angezogen und sind zum Tanzen gegangen.«

»Das klingt ja perfekt.«

»Teils ja, teils nein. Sie waren sehr oft ausgesprochen unglücklich. Du weißt doch, daß John Berryman Selbstmord begangen hat, und Delmore Schwartz starb völlig vereinsamt in einer schrecklichen Absteige. Es dauerte Tage, bis er überhaupt vermißt wurde. Auch Randall Jarrell hat sich selbst umgebracht, und Lowell erlitt im Taxi einen Herzinfarkt, während er gerade seine zweite Frau verließ, um wieder zur ersten zurückzukehren. Vielleicht war es auch die dritte für die zweite.«

»Nein, das wußte ich nicht«, sagte Nell ruhig. Marnie träumte still vor sich hin.

Nach einer Weile frage Nell: »Heißt das, daß Noels Frau Romane schreibt?«

»Nein, ich glaube nicht. Jedenfalls habe ich davon noch nie etwas gehört.«

»Haben die beiden Kinder?«

»Nein, sie haben keine. Ich glaube, sie hätte schon gerne welche, aber vermutlich ist Noel der Auffassung, daß Kinder alles kaputtmachen würde.«

»Und glaubst du, daß sie damit zufrieden ist, so wie es ist?«

»Ich weiß es nicht. Sie ist unglaublich freundlich, fast wahnsinnig liebenswert, aber ich weiß nicht so recht, was das bedeutet.«

»Es bedeutet aber offensichtlich nicht, daß sie glücklich ist.«

»Nein.«

»Wie sieht Noels Frau aus? Wie heißt sie?«

»Sie heißt Judith. Sie ist ziemlich groß, wirkt ernsthaft und intelligent«, antwortete Marnie, »und sie hat ein ausgesprochen großes Herz.«

»Hat sie deiner Meinung nach etwas Opferhaftes an sich?«

»Ein Opfer wovon?«

»Ein Opfer ihres Mannes.«

»Den Eindruck habe ich nicht. Sie lieben sich. Sie weiß genau, was sie tut.«

Während Marnie noch mal kurz die Wohnung verließ, um etwas zu trinken zu holen, räumte Nell den Tisch im Wohnzimmer ab und stapelte Marnies Bücher und Papiere vorsichtig aufs Bett, wobei sie darauf achtete, nichts durcheinanderzubringen. Die Teller, die Marnie zum Wärmen auf den Ofen gestellt hatte, waren ein bißchen staubig, und Nell wusch sie unter heißem Wasser ab. Sie durchsuchte eine ganze Reihe von Schubladen, bis sie ein Geschirrtuch fand, um die Teller abzutrocknen. In der Schublade lag auch ein Tischtuch, und daraufhin holte Nell aus dem Schrank neben der Wohnungstür Bügeleisen und Bügelbrett. Weil das Tischtuch trocken und stark zerknittert war, hielt Nell ihre Hände immer wieder unter laufendes Wasser und schüttelte ihre Finger über dem Tuch aus, um es auf diese Weise anzufeuchten, damit es sich leichter bügeln ließ. Gerade als sie fertig war, klingelte es an der Tür.

»Hallo?« sagte eine Frau ein bißchen verwirrt.

»O hallo. Ich bin Nell. Marnie ist nur kurz auf einen Sprung weg, um noch etwas zu besorgen. Er ist sicher gleich wieder zurück. Bitte kommt doch herein. Mögt ihr etwas trinken?«

»Vielen Dank«, sagte der Mann, der hinter seiner Frau eintrat, und hinter ihm kam auch schon Marnie. Die vier standen nebeneinander in Marnies kleinem Wohnzimmer, das auf einmal ziemlich voll wirkte. Nell schlüpfte in die Küche, um Gläser zu holen. Weil Marnie nur drei hatte, nahm sie sich eine Tasse; Nell liebte es, Alkohol aus Porzellan zu trinken. Marnies Freunde hatten eine Flasche Champagner mitgebracht. Noel öffnete sie und schenkte ein. »Was ist dein liebster Trinkspruch?« fragte er Nell.

Nach einem Augenblick meinte sie: »Auf euer Wohl!«

»Auf euer Wohl!« prosteten sie sich gegenseitig zu und stießen mit den Gläsern an. Das alte Glas klang hoch, Nells Tasse dagegen eher flach und kurz.

Noels Frau wandte sich Nell zu: »Kann ich dir irgendwie mit dem Essen behilflich sein?«

»Marnie hat alles selbst gemacht.«

»Wirklich?« Die Frau war verblüfft. »Du willst doch nicht sagen, daß er das Tischtuch gebügelt hat?«

»Stimmt, das habe ich gemacht«, gab Nell zu.

Marnie bot noch etwas Champagner an. »Was ist mit dir, Nell?« fragte er. »Und du, Judith?« Beide Frauen lehnten dankend ab. Judith war um die fünfundvierzig, fast eins achtzig groß, und ihre dunkle, glänzende Ponyfrisur reichte ihr bis auf die Schulter. Sie war sehr fraulich: ruhig, lächelnd, selbständig, humorvoll und lebhaft. Sie trug einen dunkelgrauen Pulli über einer weißen Bluse, einen knielangen, grauen Tweedrock, schwarze Strumpfhosen und flache, schwarze Schuhe. Noel war einen oder zwei Zentimeter kleiner als seine Frau. Er unterhielt sich mit Marnie in der Küche und öffnete währenddessen eine Flasche Rotwein, obwohl beide Männer auf Whisky umgestiegen waren. Dann schnitt Marnie eine Hammelkeule auf. Er teilte sie in vier große Portionen, goß über jede Bratensaft und legte dann auf jeden Teller ein paar Backkartoffeln. Auf die freien Stellen auf dem Teller zwischen Fleisch und Kartoffeln häufte Marnie gekochten Kohl. Nell trug die Teller zum Tisch, immer zwei auf einmal. Marnie folgte ihr mit einem Topf Minzsoße und einem Glas rotem Johannisbeergelee, die er in die Mitte des Tischs stellte. Die beiden Paare setzten sich und begannen zu essen.

Den ganzen Abend lang diskutierten Marnie und Noel über ihre eigenen Gedichte und über die anderer Leute. Nell und Judith saßen dabei und hörten zu. Die Männer wetteiferten, wer sich an mehr erinnerte und wer mehr wußte.

Hin und wieder beendete einer den Satz des anderen, und dabei verwiesen sie auf immer seltenere Beispiele und versuchten, sich möglichst gewandt auszudrücken. Nell war ganz und gar gefesselt von dem, was die Männer sagten, und sie versuchte, sich Wort für Wort zu merken, was vor ein paar Minuten gesprochen worden war, um sich auf diese Weise vielleicht am nächsten Morgen noch an alles zu erinnern. An einem Punkt erklärte Noel, daß er gerne wissen würde, was sie beide machten, und Marnie antwortete: »Ich weiß nicht, was ich von ihr halten soll, denn alles, was sie schreibt, ist so ein Durcheinander. Es ist wie eine Unterhose mit Schuhen und Socken und sogar mit FÜSSEN dran.«

In diesem Moment hätte Nell fast eine Bemerkung gemacht, aber irgendwas hielt sie zurück. Sie räumte den Tisch ab. Die Männer unterhielten sich jetzt über *Hamlet*. »Es gibt leider keinen Nachtisch«, entschuldigte sich Marnie und stellte einen Teller mit Stilton-Käse und ein paar einfachen Keksen auf den Tisch. Noel heulte laut auf. Die Männer zündeten sich Zigaretten an.

»Ich mache Kaffee«, sagte Nell und verschwand in der Küche. Marnie war kein Nachtisch-Typ. Sie schaute in den Schrank über der Spüle. In seiner Speisekammer befanden sich vor allem Anchovis und Brotaufstriche. Aber es stand auch ein großer Topf schwarze Johannisbeermarmelade und Mehl und Zucker da, und im Kühlschrank entdeckte sie ein paar Eier und Butter. Nell holte sich eine große Glasschüssel aus dem Geschirrschrank und begann, Mehl und Fett zusammen zu kneten, bis sie eine brotkrümelähnliche Masse hatte. Dann gab sie ein Eigelb dazu und mischte das Ganze mit zwei Messern, bis sie eine dicke Paste hatte. Die rollte sie mit den Händen zu einer Kugel. Dann drückte sie den Teig, so gut sie konnte, in eine gußeiserne Backform, füllte mit einem Löffel die Hälfte der Marmelade darauf, strich sie glatt und schob das Ganze ins Backrohr des Gasherds, den sie auf Stufe 5 gestellt hatte. Als Nell fünfzehn Minuten später wieder in der Küche verschwand und mit ihrem Werk im Wohnzimmer auftauchte, wurde sie mit Hochrufen begrüßt.

»Engel«, sagte Marnie.

»Direkt aus dem Himmel«, fügte Noel hinzu.

Nell schnitt vier Stücke von der Torte ab und reichte sie herum. Bevor sie überhaupt den ersten Bissen in den Mund geschoben hatte, wollte Noel schon eine zweite Portion haben. Dann unterhielten sich die Männer wieder. Judith wirkte unruhig. »Wir gehen gleich«, beschwichtigte sie Noel und goß sich und Marnie noch einen Whisky ein.

Zwei Stunden später waren sie immer noch da. Judith war ganz offensichtlich verärgert. »Wir müssen jetzt gehen«, sagte Noel immer wieder, aber er konnte sich nicht losreißen. Judith versuchte, den Blick ihres Mannes auf sich zu lenken.

»Ich habe morgen früh um halb zehn ein Vorstellungsgespräch«, gestand sie Nell. »Es geht zwar nur um einen
Halbtagsjob, aber du weißt schon . . .«

»Wahrscheinlich willst du ausgeruht sein, oder?« vermutete
Nell.

»Wieviel Uhr ist es denn jetzt?«

Nell ging ins Schlafzimmer, um auf die Uhr zu sehen. »Ach je,
es ist schon zehn vor drei.«

Nell holte die Mäntel von Noel und Judith. Noel wirkte ein
bißchen überrascht, aber er beschwerte sich nicht. Marnie
sammelte die Kaffeetassen zusammen, und sie verabschiede-
ten sich. Als sie gegangen waren, fragte Marnie ruhig, warum
Nell seine Freunde aus dem Haus geschmissen habe. »Es ist
halb vier. Judith war völlig erschöpft, und sie hat morgen früh
ein Vorstellungsgespräch.«

»Ach, jetzt verstehe ich. Komisch, daß sie das überhaupt nicht
erwähnt hat. Es tut mir leid, Liebling. Das hast du völlig richtig
gemacht.«

Obwohl es schon so spät war, tranken sie noch ein Glas
zusammen.

»Du schuldest mir immer noch eine Antwort, Liebling«, sagte
Marnie, während sein Arm Nells strumpfsockigen Fuß hinauf
und hinunter strich, hinauf und hinunter, wobei sein Kopf
auf der Höhe ihrer Füße auf dem Sofa lag. Er küßte ihren
Spann.

»Ich weiß«, antwortete Nell. »Ich möchte, daß du mich in
sechs Monaten noch einmal fragst. Eigentlich bin ich mir fast
sicher«, meinte Nell, »es gibt nur noch ein paar Dinge, die ich
klären muß. Aber die haben nichts mit dir zu tun, nur mit
mir.«

»Was meinst du damit?«

»Na ja, ich will nichts aus falschen Gründen heraus machen.«

»Was sind falsche Gründe?«

»Na ja, zum Beispiel, wenn ich dich nur deswegen heirate, weil ich schrecklich in dich verliebt bin und denke, daß du ... der beste Mensch bist, der mir je begegnet ist.«

»Und das sind die falschen Gründe?«

»Ja. Ich meine, nein. Aber ich muß noch ein paar Sachen klären, die mit mir zu tun haben. Für dich ist das wahrscheinlich anders.«

»Weil ich viel älter bin?«

»Weil diese Art von Leben so neu für mich ist.«

»Es ist neu für dich, das sehe ich auch. Das ist schon in Ordnung, Liebling. Ich kann warten. Für dich habe ich alle Geduld der Welt. Wir warten, bis du dir ganz sicher bist.«

»Danke«, sagte Nell. Sie gab ihm einen Kuß auf den Mund.

»Ich liebe dich.«

»Ich liebe dich.«

»Nein, nein, nein, nein, nein. Ich bestehe darauf, ich liebe DICH.«

»Nein, nein, nein, nein, nein, da ist etwas schiefgelaufen. Du bringst etwas durcheinander. Weißt du, ich liebe DICH.«

»Das stimmt nicht. Die Wahrheit ist, daß ich DICH liebe.«

»Nein, bitte, ich bestehe darauf ...«

»Ich mag das«, sagte Marnie und streichelte Nell über die Wade. Nell ließ ihren Zeigefinger über seine Zehenspitzen gleiten.

»Ich weiß«, sagte Nell. »Ich bin verblüfft über uns. Würde ich uns beide gerade erst kennenlernen, dann würde ich denken, Himmel noch mal, die lassen sich's aber gutgehen. Bestimmt wäre ich ganz gelb vor lauter Neid.«

»Stimmt«, nickte Marnie. »Es sollten mehr Leute so wie wir sein.«

»Ich glaube, du hast recht. Worüber denken andere Leute nach?«

»Welche Leute?«

»Du weißt schon. Die, die nicht so sind wie wir.«

»So ganz genau weiß ich das nicht. Ich vermute mal, daß sie nicht sehr viel denken.«

182

Marnies Mittelfinger malte kleine, angenehme Kreise in Nells linke Kniekehle.

»Oh, das ist aber angenehm«, sagte sie.

»Du bist wohltuend«, widersprach er.

»Weißt du, was«, sagte sie, erhob sich und versuchte, sich so graziös wie möglich neben ihn zu legen, »ich glaube, wir sind beide wohltuend.«

KAPITEL ZEHN

Nach vier Wochen Glückseligkeit stürzte Marnie ohne die geringste Vorwarnung in eine so tiefe Depression, daß sein Arzt empfahl, er solle sich ins Krankenhaus einweisen lassen. Alles ging ganz rasch und im stillen vor sich. Am Montag hatten sich ihrer beiden Wege getrennt. Marnie war bei seiner Arbeit in London geblieben, und Nell war wieder zum Studium ins College zurückgefahren. Am Bahnhof in Paddington hatte er ihr noch in den gelben Kaschmirsocken, die sie ihm geschenkt hatte, vergnügt hinterhergewinkt. Als Nell ihn später anrief, wirkte er wie immer, vielleicht ein bißchen ruhiger als sonst. Außerdem klagte er über Müdigkeit. Als Nell ihn am darauffolgenden Tag anrief, wirkte er ein bißchen durcheinander und verwirrt. Am Donnerstag fand Nell, er klinge weit weg. Sie erklärte sich das damit, daß sie ihn entweder kurz nach dem Aufwachen am Morgen angerufen hatte oder spät abends, wenn er schon im Bett lag. Als Nell am Freitag in regelmäßigen Abständen immer mal wieder anrief, ging niemand ans Telefon. Und am Samstag morgen erhielt sie eine Postkarte, auf der ihr jemand in fremder Handschrift trocken mitteilte, daß Marnie in die psychiatrische Abteilung eines Krankenhauses in Headford eingewiesen worden war.
Mit dem Umschlag in der Hand lief Nell in die High Street und hielt dort ein Taxi an, um ins Krankenhaus zu fahren. Das Taxi setzte sie am Eingang des Krankenhauses ab, das inmitten hellgrüner Rasenflächen lag, die von Sträuchern und kahlen, spärlichen Linden eingefaßt waren. Das Krankenhaus

war ein enormer Gebäudekomplex, teils modern, teils aber noch aus der Zeit Queen Victorias. Es gab eine Vielzahl unterschiedlicher Abteilungen und Kliniken. Nell rannte zwischen den Ziegelstein- und Betongebäuden hin und her, fragte Passanten nach dem Weg und erreichte auf diese Weise irgendwann einmal den Aufnahmetrakt, wo aber kein Personal zu sehen war. Alles, was Nell in Erfahrung bringen konnte, war eine Mitteilung auf einem riesigen Schwarzen Brett: »Durchschnittliche Wartedauer für nicht lebensbedrohliche Fälle: 3 bis 4 Stunden«. Nell gab nicht auf, lief den Flur entlang, platzte wahllos in unterschiedliche Abteilungen und Pflegestationen, wo sie nur wieder in die entgegengesetzte Richtung geschickt wurde. Nell kam an seltsamen Wegweisern vorbei. »Ohrenklinik« stand auf einem Pfeil, und ein anderer wies zu »Hals und Nasen«, als hätte man einen Körper in Teile zerstückelt und diese anschließend neu verteilt.

Zum Schluß fand Nell ein Hinweisschild zur »Wellesley Psychiatrie«. Sie eilte durch den blaßgelben, hallenden Korridor, bis sie den ältesten Gebäudeteil erreichte. Es gab keine Fenster, aber die Räume waren mit Hilfe einer Reihe fluoreszierender Leuchtstreifen in schreckliches Licht getaucht. Gänge, Scheuerleisten und das wenige Mobiliar waren alles andere als sauber, und das vermittelte, in Kombination mit den ekelerregend gelben Wänden, ein ziemlich trostloses Gefühl. Am Ende des Flurs saß Marnie in einem schwach erleuchteten Aufenthaltsraum allein in einem Halbkreis orangeroter Plastikstühle vor einem riesigen Fernseher mit schlechtem Empfang und rauchte.

»Marnie!« rief Nell. Als er sich langsam zu ihr umdrehte, erkannte sie an seinem Gesichtsausdruck, wie schlecht es ihm ging, und ihr wurde ziemlich bang. Er sah völlig entstellt aus, seine Stimmung hatte seine Gesichtsproportionen verändert. Der Mann, der vor Nell saß, sah schief aus, seine Haut paßte ihm nicht, seine Gliedmaßen und sein Körper wirkten unförmig und so, als habe er keinen Kontakt mehr zu ihnen. Sein normalerweise beeindruckendes Verhalten war dem eines fügsamen Kindes gewichen. Sein Körper machte einen schlaffen und ungewohnt schweren Eindruck, so als hätte man ihm die Knochen eingedrückt, was zur Folge hatte, daß sein Fleisch unelastisch an ihm hing. Er verzog kaum das Gesicht bei Nells Anblick. Er war nicht in der Lage, zu antworten. Er stand auf, blickte eine Weile ins Leere und richtete seine ganze Konzentration aufs Rauchen.

»Hallo, mein Schatz«, begrüßte ihn Nell, so ruhig sie konnte. Aber Marnie wirkte so, als könnte er sich in seiner Stimmung nicht vorstellen, daß es noch andere Menschen gab, geschweige denn zulassen, daß da jemand aus Fleisch und Blut vor ihm stand. Ohne Hinweise darauf, ob er sie erkannt hatte oder nicht, setzte er sich wieder. Nell kämpfte mit sich selbst und brachte ein Lächeln zustande. Sie ging zu ihm hin und griff nach seiner Hand. Im Fernsehen lief ein Kitschfilm, dem Marnie anscheinend seine ganze Aufmerksamkeit schenkte. Doch als Nell genauer hinsah, erkannte sie, daß seine Pupillen in Wirklichkeit auf einen Punkt an der weißen, glänzenden Wand oberhalb des Bildschirms gerichtet waren. In dem Moment begriff Nell, daß er mit Arzneimitteln vollgestopft worden war. Er drückte seine Zigarette aus und löste seine Hand aus der ihren, um sich eine neue anzuzünden. Als die Spitze glühte, legte er seine Hand wieder in die ihre. Nirgends gab es Anzeichen anderer Patienten oder von Krankenhauspersonal. Nell und Marnie saßen in der Mitte der Sitzreihe und sahen sich das Programm wie in ihrem eigenen kleinen Kino an. Auf dem Bildschirm stritt sich ein Paar in den mittleren Jahren. Sie warfen sich die wildesten Anschuldigungen an den Kopf: Treulosigkeit, Eifersucht, Frigidität, Verschwendung. Ihre Stimmen wurden immer ärgerlicher, lauter und gellender, bis der Mann plötzlich die Frau schlug. Daraufhin verstummten beide, weil das, was sich zwischen ihnen ereignet hatte, so schockierend war. Hin und wieder fiel Asche von Marnies Zigarette auf den Teppich oder auf sein Knie in einem himmelblauen Pyjama.

Plötzlich durchbrach ein Schrei die Stille. Ein junger Mann, er schien Nell jünger als sie selbst zu sein, kam den Flur heruntergelaufen. Außer Jeans hatte er nichts weiter an. Er setzte sich neben Nell in den Aufenthaltsraum, begrüßte sie atemlos und lautstark, und Nell erwiderte seinen Gruß mit leiser Stimme. Marnie sagte gar nichts. Er wirkte so, als wäre alles ganz selbstverständlich. Der Mann leckte sich die Finger der rechten Hand ab, schob sie sich in die Hose und begann zu onanieren. Nell schaute Marnie an, weil sie nicht wußte, wie sie reagieren sollte, sie gab ihm einen freundlichen Stoß in die Rippen, um ihn darauf hinzuweisen, was hier passierte. Doch er reagierte überhaupt nicht. Auch dann nicht, als Nell aufstand, ihm die Hand auf die Schulter legte und verzweifelt sagte: »Ich glaube, ich sollte besser gehen.« Der junge Kerl rief hinter ihr her: »Nutte, Fotze.« Marnie sagte noch immer nichts. Auf dem Weg nach draußen traf Nell eine Schwester.

»Wie sind Sie hier hereingekommen?« fragte sie. »Besuche sind doch erst ab zwölf Uhr gestattet.«

»Es war niemand da, entschuldigen Sie bitte, ich bin einfach hereingekommen.«

»Warum haben Sie denn nicht geklingelt?«

»Ich habe nicht gedacht ...«

»Warum nicht?« wollte die Schwester wissen.

»Es tut mir leid, ich ...«

»Sie sollten sich demnächst an die Besuchszeiten des Krankenhauses halten. Bitte gehen Sie jetzt.«

»Im Fernsehzimmer ist ein Mann, der ziemlich aus dem Häuschen ist.«

»Ich kümmere mich darum«, sagte die Schwester und verschwand in der Richtung, aus der Nell gekommen war. Nell drückte sich eine Weile im Flur herum. Sie konnte die Schwester hören. »Das reicht«, sagte sie scharf. »Es ist jetzt Zeit fürs Mittagessen. Wir gehen und waschen uns die Hände, einverstanden? Kommen Sie, Mr. Marnie, Sie mögen doch Kartoffelauflauf.« Es war elf Uhr vormittags.

Marnie hatte Nell erzählt, daß er einmal sehr krank gewesen sei. (Ihrer Meinung nach hatte es sich um eine Krankheit gehandelt, die man heute nicht mehr bekommt, und Marnie hatte diese Annahme nicht korrigiert.) Er wußte nicht mehr, ob im Bus Männer oder Frauen um ihn herumsaßen. Und dann vergaß er Dinge, nicht nur aus der Vergangenheit oder die Namen und Gesichter der Menschen, die er eigentlich kannte, sondern auch aktuelle Geschehnisse. Er konnte sich beispielsweise nicht mehr erinnern, was ein Würstchen war. Die Schwestern empfanden das als Herausforderung und erklärten ihm: »Es ist eine lange, fleischige Angelegenheit.«

»Fleischig?« fragte er.

»Dazu gibt es Erbsen, kleine, grüne Kügelchen. Gemüse. Und dann haben wir noch Steak-and-kidney-pie, fleischige Pastete mit Soße und Füllung. Sehr gut. Herzhaft.«

»Einmal herzhaft bitte«, hatte Marnie gesagt. Auf dem Weg vom Krankenhaus nach Hause fiel Nell diese Anekdote wieder ein. Wahrscheinlich hatte seine Krankheit etwas mit der von früher zu tun.

Nell fuhr mit dem Bus ins College zurück. Sie mußte mit jemandem sprechen. Zuerst wollte sie Robbie suchen, doch dann fiel ihr ein, daß er übers Wochenende einen Besuch zu Hause geplant hatte. Außerdem war sich Nell nicht sicher, wie ihr Verhältnis zu Robbie momentan eigentlich aussah. Dann kam ihr Helen in den Sinn, doch das verwarf sie wieder. Nell steuerte auf die Telefonzelle zu, die neben den Briefkästen beim Pförtnerhäuschen stand, und rief bei Laura an, aber die war nicht da. Nell rief noch einmal an, und hinterließ in Lauras College die Nachricht: *»Dringend Nell anrufen!«* Als Nell den Hörer aufgehängt hatte, fiel ihr wieder ein, daß Laura am kommenden Tag Trimester-Schlußprüfungen haben würde. Sie hatte ihr noch nicht einmal eine Karte geschickt. Nell versuchte es bei ihrer Mutter, aber dann fiel ihr ein, daß ihre Mutter übers Wochenende auch unterwegs war. Nell hinterließ eine Nachricht und bat: »Bitte ruf mich so schnell wie möglich an, wenn du wieder zurück bist«. Doch weil sie den Eindruck hatte, daß ihre Mutter sich womöglich aufregen könnte, fügte Nell noch hinzu: »Es ist nichts Ernstes.« Sie schlug sich mit der Faust gegen den Kopf. Sie könnte sich auf die Suche nach Sarah, Lisa, Debbie oder sonst jemandem aus ihrem Jahrgang machen, aber sie kannte sie nicht gut genug. Es gab niemanden.

Erschüttert und zitternd blickte Nell geistesabwesend in ihren Briefkasten, auf der Suche nach etwas, das ihr in dieser Lage helfen könnte. Sie fand eine Postkarte. Nell schlug sich mit einer Hand an den Kopf. »Das ist ja genau das, was ich brauche«, sagte sie laut. Sie hielt eine Mitteilung von Richard Fisher in Händen, der sie für übermorgen um halb drei zum Essen in ein Restaurant in der Nähe des Trafalgar Square einlud. Außerdem stand da noch eine Nummer, bei der sie anrufen sollte, falls sie verhindert wäre. Die Karte war eine Woche alt, und trug einen Stempel aus dem ersten Bezirk von London. Nell wurde plötzlich klar, daß sie schon fast eine ganze Woche nicht mehr persönlich nach ihrer Post geschaut hatte. Laura und Marnie ließen ihr im College immer telefonisch etwas ausrichten, und um andere Leute kümmerte sie sich im Grunde nicht.

Es war drei Jahre her, seit sie ihn zum letzten Mal gesehen hatte. Er hätte sich keinen schlechteren Zeitpunkt aussuchen können. Nell würde nicht nach London fahren können, weil sie Marnie jetzt nicht allein lassen wollte. Sie beschloß, später diese Nummer anzurufen und auszurichten, daß sie nicht kommen könnte. Eine Woge der Angst überrollte Nell, als ihr bewußt wurde, daß sie sich noch nicht einmal für die tausend

Pfund bedankt hatte, die er ihr geschickt hatte. Erst neulich hatte sie mit Marnie über ihren Vater gesprochen. Als sie eines Tages zusammen frühstückten, hatte Marnie gemeint: »Ich habe über das nachgedacht, was du mir heute nacht erzählt hast. Vielleicht würde es dir ja helfen, wenn du mal ein paar Begebenheiten aus deiner Kindheit zu Papier bringen würdest. Auf diese Weise könntest du in deinem Kopf möglicherweise ein paar Dinge ordnen.« Nell hatte seinen Vorschlag aufgegriffen und eine Liste von Kritikpunkten zusammengestellt. Mit der Liste, die sie in einer Schublade aufbewahrte, fühlte sie sich freier, als wenn sie nicht mehr alles in ihrem Kopf mit sich herumgetragen würde. Jetzt erschien es Nell ganz und gar ungewöhnlich, daß Marnie ihr erst vor etwa einer Woche hilfreiche Tips gegeben hatte, um ihr Leben besser in den Griff zu bekommen.

Als Nell Marnie am nächsten Tag besuchte, hatte er einen Pyjama an und lag im Bett. Neben ihm saß ein Pfleger und hielt ihm die Hand. Marnie weinte laut und tränenreich, bis seine Hände und sein Gesicht und seine Kleidung feucht und glänzend waren. Zwischen tiefen Schluchzern und einem Schluckauf stieß er unablässig Wörter hervor, mußte immer mal wieder schrecklich husten, keuchen und versuchte, erneut Luft zu holen. Nell sah von der Tür des kleinen Zimmers aus zu, bis der Pfleger ihr zu verstehen gab, daß sie hereinkommen solle. Sie sollte sich in seinen Stuhl setzen und ihn ablösen. Nell nahm Marnies Hand in die ihre. Er sprudelte Worte hervor, die ihn anscheinend quälten, und Nell konnte nur hin und wieder eines verstehen. Marnie hatte das Gefühl, ein scheußliches Verbrechen begangen zu haben, und seine Schuld und die Gewissensbisse wegen der Tat brachten ihn dazu, zu würgen. Nell hatte Angst, daß er womöglich keine Luft bekäme. Seine Nase hatte zu bluten begonnen, und Blutstropfen rollten ihm auf sein Kinn und von da aus über seine Pyjamajacke. Nell lief in den Flur hinaus und rief laut:

»Pfleger, Pfleger!«, aber niemand reagierte. Sie kehrte wieder zu Marnie ans Bett zurück und versuchte zu verstehen, was er sagte. Sie putzte ihm mit ihrem Taschentuch die Nase. Marnie erzählte ständig etwas von einem Vater und einem Sohn; Nell kam es so vor, als handelte es sich um einen mythischen Vater und dessen Sohn, der von ihm schlecht behandelt worden war. Was sie aber nicht verstand, war, ob nicht vielleicht der jüngere Mann etwas Verabscheuungswürdiges getan hatte. Aus einem merkwürdigen Grund wollten sich die beiden einander fremd gewordenen Menschen versöhnen. Sie waren verzweifelt auf der Suche. Beide hatten derart abscheuliche Taten vollbracht, daß sie ohne diese Form der Erlösung nicht weiterleben konnten. Für Nells Gefühl ergab die Geschichte keinen Sinn. Sie verstand überhaupt nicht, wer wirklich der Kriminelle war. In Marnie jedoch löste das Ganze extreme Gefühle aus. Der Vorfall, der Betrug und die Enttäuschung ängstigten ihn über die Maßen. Nell überlegte, ob es sich vielleicht um ein Thema handelte, das er aus seinen Büchern hatte, oder ob er in ein ihm vertrautes Modell von Hoffnungs-losigkeit gerutscht sei, in dem Unglück durch undankbare Kinder erklärt wurde. Doch plötzlich hatte Nell das Gefühl, sie würde einen Schock bekommen. Kürzlich hatte sie mit Mar-nie über ihren Vater gesprochen, aber die Geschichte konnte ihm doch unmöglich so nahegegangen sein, daß sie ihm jetzt derart unbarmherzig zusetzte. Schließlich war es ihre Ge-schichte. Und doch, auch wenn sie nie direkt davon gespro-chen hatten, die Tatsachen lagen auf der Hand: daß Nell mit ihrem Vater eine schwierige Beziehung gehabt hatte, und daß sie sich letztendlich in einen viel älteren Mann verliebt hatte, einen Mann, der doppelt so alt wie sie selbst war. Sie beide waren übereingekommen, daß dieser Altersunterschied zwar zu einem Teil zu ihrer romantischen Liaison beitrug, daß es aber noch viele andere, wesentlich wichtigere und tragfähige-re Gründe gab. Ganz egal, wie alt Marnie war, er hatte Qualitäten, die Nell einfach bewundern mußte. Einmal hatte er ihr Verständnis gerühmt. »Ich mag, daß ich dir Dinge nur anzudeuten brauche, und du verstehst sofort, was ich meine. Ich muß gar keine großen Erklärungen abgeben. Du verstehst einfach ohne weiteres, was ich meine. Das ist doch wirklich ungewöhnlich für jemanden ...«

»Für jemanden in meinem Alter«, hatte Nell ruhig ergänzt.

»Nein, das gilt für jedes Alter. Es ist ziemlich ungewöhnlich, daß man sich so gut versteht.«

Nell kam noch eine Idee. Hatte Marnie möglicherweise einen Sohn, den er schlecht behandelt hatte? Oder war vielleicht er von seinem Vater hintergangen worden? In den zurückliegenden Wochen hatte Marnie kaum über seine Eltern gesprochen, bis auf das Erlebnis mit dem Paar im Schlafzimmer, das sich um sein romantisches Wohlergehen gesorgt hatte. Während Nells Gedanken sich drehten, fiel ihr auf, daß Marnie inzwischen nicht mehr von Kindern und Vätern sprach, sondern immer wieder von einem gewissen »Jack« oder »Jake«. Der Name sagte Nell überhaupt nichts. »Wer ist das, Liebling? Kann ich etwas für dich tun? Wen möchtest du gerne sehen, Schatz? Kannst du mir das nicht sagen?« Plötzlich fiel Nell ein, daß er vielleicht gerne Jacqueline, seine frühere Frau, wiedersehen würde. Ausgeschlossen war das schließlich nicht. Nell wappnete sich gegen einen Anflug von Eifersucht und versuchte, Marnie nochmals nach dem Wort zu fragen. Doch er war inzwischen völlig aufgelöst, fuchtelte mit den Armen in der Luft herum und trat plötzlich im Liegen mit den Füßen gewalttätig gegen das Bett. Dabei sprudelten die Worte unablässig und in schnellem Tempo aus seinem Mund und waren völlig unverständlich geworden. Dann hörte Marnie auf zu toben, und aus seinem Mund ertönten nur Würgegeräusche und Schluchzer.

Nell umarmte ihn, doch ihre Berührung tröstete ihn überhaupt nicht. Seine Schluchzer gingen in Heulen über, das ohrenbetäubend laut war und den Pfleger wieder auf den Plan rief. »Ich gebe ihm ein Beruhigungsmittel«, sagte er, hob Marnies Kopf an und gab ihm eine Tablette zum Schlucken und ein Glas Wasser zum Trinken. Nell und der Pfleger zogen die Bettdecke unter Marnie heraus und deckten ihn damit sorgfältig zu. Dann mußte der Pfleger zu einem anderen Patienten, der nach ihm rief. Nell wischte Marnie mit einem feuchten Tempo das Blut und den Schleim aus dem Gesicht und saß dann neben ihm, bis er eingeschlafen war.

Anschließend ging sie auf die Besuchertoilette, spritzte sich Wasser ins Gesicht und wusch sich die Hände, die glühend heiß waren. Sie betrachtete sich im Spiegel und stellte fest, daß ihr Gesicht ganz ruhig und gesammelt aussah. Sie hob einen Arm, ballte die Faust und schlug sich damit dreimal gegen den Kopf. »Alles ist zersplittert«, sagte sie ruhig und spürte, wie mächtig die Einsamkeit auf sie einstürmte. »Was soll ich bloß tun? Was soll ich bloß tun?« fragte Nell das Gesicht im Spiegel immer und immer wieder. Nell hatte überhaupt keine Vorstellung davon, wie es weitergehen sollte, außer daß sie und Marnie einander hatten – und daß trotz seines momentanen Verhaltens, ja vielleicht sogar gerade deswegen, das enorme Verständnis zwischen ihnen beiden immer noch Bestand hatte. Es gab keine Alternative. Nell wischte sich die Augen, putzte sich die Nase und dachte wieder an das kurze Gespräch, das sie mit einer Schwester bei ihrem letzten Besuch geführt hatte.

»Was ist mit ihm los? Warum hat er das gemacht?«

»Er hatte einen Nervenzusammenbruch. Dafür kann es die unterschiedlichsten Gründe geben, meine Liebe,« sie hielt inne und betrachtete Nell gedankenverloren, »aber vielleicht gibt es auch überhaupt keinen.«

Am nächsten Tag besuchte Nell Marnie wieder, diesmal während der offiziellen Besuchszeit. Er teilte das Zimmer mit zwei anderen Männern. Doch jetzt waren Nell und Marnie nur zu zweit im Raum, denn die beiden anderen machten mit ihrem Besuch einen Ausflug in einen Park in der Nähe. Marnie hatte sich geweigert, mitzugehen. Sie saßen beide auf niedrigen Armsesseln neben seinem Bett. An diesem Tag war Marnie viel ruhiger.

»Könntest du versuchen, mir zu beschreiben, wie du dich fühlst, so daß ich es verstehe?« fragte Nell.

»Ich kann es versuchen«, antwortete Marnie. »Aber Worte sind nicht sehr ...« er sprach nicht weiter. Sie schwiegen eine Weile, bis Nell den nächsten Anlauf machte.

»Vielleicht könntest du es ja auch anders erklären.«

»Die Gedichte lesen«, sagte Marnie.

»Aber das ist nicht dasselbe.«

»Nein, du hast recht. Das ist nicht dasselbe.«

»Ich dachte nicht an irgendwas, das du schon veröffentlicht hast und das du für Fremde geschrieben hast. Ich dachte eher an irgendwas, ich weiß nicht, vielleicht einen Schrei, so daß zwischen uns nicht alles dicht ist.«

»Es tut mir so leid, Nell.«

»Es stört mich nicht, ganz und gar nicht. Ich will nur helfen, wenn ich die Möglichkeit habe.«

»Du kannst nicht. Das haben schon ganz andere probiert.«

»Na ja, ich muß mich ja schließlich erst mal bewähren.«

Aber Marnie brachte nicht einmal ein Lächeln zustande. Statt dessen drehte er mit der Fernsteuerung eine Show im Fernseher lauter, der in der Ecke lief. Beide blickten ein paar Minuten auf den Bildschirm.

Dann fragte Marnie: »Nell?«

»Ja?«

»Könntest du dein T-Shirt ausziehen?«

»Glaubst du wirklich, daß das eine gute Idee ist?«

»Ich wußte, daß du das sagen würdest.«

Nell stand auf, schloß die Zimmertür, zog ihren Wollpulli und den BH aus und legte sich aufs Bett. In Marnies Krankenzimmer herrschte eine unerträgliche Hitze, wie im gesamten Krankenhaus auch, aber Nell zitterte. Nachdem er eine Weile in seinem Sessel abgewartet hatte, stand Marnie auf und kam zu ihr herüber. Er stand über ihr und sah sie an. Obwohl sie die Augen geschlossen hatte, mußte er erkannt haben, daß sie weinte. Er kehrte ihr den Rücken zu. »Vergiß es«, sagte er und verließ das Zimmer. Nell zog sich ihren BH und den Pulli wieder an, legte die mitgebrachten Früchte in eine Schale auf seinem Nachttischchen, zog den Mantel und die Handschuhe an und ging.

Wenn Marnie Jacqueline sehen wollte, dann sollte man sie vielleicht informieren, sagte sich Nell tapfer. Das Leben mit ihr war anscheinend ziemlich kompliziert gewesen. Eines Nachts hatte er auf Nells Frage hin ein bißchen von ihr erzählt.

Marnie hatte zu Nell gesagt, daß das Leben mit Jacqueline wie viel zu viele Süßigkeiten gewesen sei. So ähnlich, wie wenn man zuerst denkt, das ist das beste auf der Welt. Dann ist man plötzlich übersättigt und hat den Eindruck, man tut seiner Gesundheit keinen Gefallen.

»Was heißt das?«

»Na ja, für sie war immer alles extrem. Ich glaube, sie war eine der unehrlichsten Menschen, die mir je begegnet sind. Für sie war es nicht normal, die Wahrheit zu sagen. Bei den großen Sachen tat sie es manchmal, aber bei Nebensächlichkeiten war ihr nicht zu helfen. Ich erinnere mich, daß wir einmal im Park spazierengegangen sind. Und weil wir um ein Uhr jemanden treffen wollten, fragte ich eine Frau, die uns gerade entgegenkam, nach der Uhrzeit, und die sagte uns ganz einfach, wie spät es war. Ich glaube, sie hat mir sogar ihr Handgelenk hingehalten, so daß ich selbst auf ihre Uhr sehen konnte, während sie mir die Auskunft gab. Und ich weiß, daß ich mich noch darüber wunderte, wie ungewöhnlich das war. Jemanden etwas zu fragen, und dann bekommt man eine direkte Antwort. Ich weiß, das klingt verrückt, aber diese völlig fremde Frau, die sich uns so zugewandt hat, rührte mich tief an. Zu dem Zeitpunkt wurde mir klar, daß es mit Jacqueline und mir nicht mehr gutging. Kurz darauf hat sie mich verlassen. Inzwischen ist sie zum dritten Mal verheiratet. Mit einem ziemlich berühmten Schauspieler. Sein Name ist mir entfallen. Ein recht flotter Kerl. Bestimmt kennst du ihn. Die beiden haben ein kleines Kind, ich glaube mit Namen Sarah, das sehr hübsch ist. Jacqueline schreibt ein bißchen. Ich glaube sogar, recht erfolgreich. Ihr Buch verkauft sich ganz gut. Einmal im Jahr sehe ich sie bei einer Party. Ich wünsche ihr wirklich alles Gute.«

Nell verließ das Krankenzimmer. Im Flur traf sie den Pfleger. »Ich fürchte, es wird noch eine Weile dauern«, sagte er zu Nell. »Bevor ich ihm letzte Nacht seine Medikamente gegeben habe, hat er sich ein bißchen geöffnet. Anscheinend hat er mich, aus welchem Grund auch immer, ein bißchen in sein Herz geschlossen. Die Schwester hat mir erzählt, er habe heute früh meinen Namen gerufen. Aber letzte Nacht haben wir uns nur ein bißchen unterhalten.«

Nell blickte durch ihre Tränen auf sein Namensschild und sah, daß er Jack Evans hieß. Der Mann, nach dem Marnie gerufen hatte, war also der Pfleger gewesen. Er sagte weiter: »Sie müssen dran denken, daß er nicht weiß, was er tut. Man kann ihn nicht wirklich zur Verantwortung ziehen für sein Verhalten.«

Mit mir spricht er nicht, dachte Nell.

»Wahrscheinlich ist das alles ziemlich schwierig für Sie. Aber ich habe schon viel kompliziertere Fälle gesehen, die auch wieder gesund geworden sind. Sie dürfen die Hoffnung nicht aufgeben.«

Nell verließ das Krankenhaus und ging draußen ein paar Minuten auf und ab. Der Frost in der vergangenen Nacht hatte das Gras hart werden lassen. Es war halb eins. Plötzlich fiel Nell ein, daß sie vergessen hatte, ihren Vater anzurufen und das Mittagessen mit ihm abzusagen. Sie ging auf die Straße hinaus. Sie wußte nicht, was sie von Marnie halten sollte, doch im nächsten Augenblick dachte sie, wenn jetzt ein Bus nach London hier vorbeikäme, dann könnte sie in einer Stunde in London sein, wenn der Verkehr sich einigermaßen in Grenzen hielt. Manchmal macht es Sinn, direkt vom Regen in die Traufe zu kommen. Während Nell noch überlegte, kamen zwei Busse nach London vorbei, und sie nahm den zweiten, weil sie sich sagte, daß ein Besuch in London nicht unbedingt bedeutete, daß sie Fisher auch treffen mußte. (Fisher mochte es nicht, wenn man »treffen« sagte, erinnerte sich Nell. »Zusammentreffen« war seiner Meinung nach korrekter.) Sie könnte auch zu Hause übernachten, oder den nächsten Zug nehmen und Laura besuchen, falls sie Fisher nicht ertrug. Doch in diesem Augenblick spürte Nell sogar eine merkwürdige Lust auf das Zusammensein.

Nell schlief im Bus ein und wachte auf, als sie gerade am Marble Arch eintrafen. Im Bus war die Luft stickig und verraucht gewesen, und als Nell unten an der Park Lane tief Luft holte, wunderte sie sich, wie frisch es hier roch. Sie nahm einen Bus die Oxford Street hinauf und traf eine halbe Stunde vor der Zeit in der Charing Cross Road ein. Nell hatte sich immer noch nicht ganz entschlossen, ob sie ihren Vater sehen wollte oder nicht. Hier in der Charing Cross Road war ihr Vater mit ihr durch die Buchhandlungen geschlendert. Damals war sie elf oder zwölf Jahre alt gewesen. Nell hatte eine vage Vorstellung davon, wonach sie Ausschau halten könnte. In der ersten Buchhandlung saß im hinteren Teil ein älterer Mann, nippte an einer Kaffeetasse aus Styropor und knabberte einen Vollkornkeks. »Kann ich Ihnen irgendwie helfen?« fragte er Nell.

»Ja, aber ich glaube nicht, daß Sie etwas von ...« Nell war erstaunt, wie schwer es ihr fiel, den Namen auszusprechen ...

»von Jacqueline Browne haben, oder? Das ist die Frau, die mit –«

»Ich weiß, wen Sie meinen, ja. Wir haben eigentlich oft Bücher von ihr hier. Eines müßte noch da sein. Letzte Woche haben wir einen ihrer Romane bekommen. Sie hat zwei veröffentlicht, oder?«

»Ja«, Nell nickte, »ich glaube schon.«

»Stimmt. Ja, hier steht *In der Suppe* und *Sei still, kleines Baby*. Das zweite kam erst vergangene Woche raus. Sie hat doch auch noch Memoiren veröffentlicht, oder?«

»Haben Sie die? Was, die sind erst kürzlich herausgekommen?«

»Ich glaube 1988. Das Buch heißt, warten Sie, *Männer aus Eisen*, ja genau. Manchmal wird es hier verlangt.«

»Aber Sie haben es nicht vorrätig, oder?«

»Ich fürchte, nein. Aber vielleicht in der Buchhandlung nebenan. Die führen eher solche Titel.«

»Vielen Dank.« Doch der Verkäufer im Geschäft nebenan hatte viel weniger Ahnung.

»Schauen Sie sich doch um«, sagte er und deutete in die Richtung eines riesigen Buchregals mit zufällig zusammengestellten Büchern. Es trug ein Schild, auf dem stand »Literatur Biographien/Memoiren/Allgemeines«. Und dort entdeckte Nell sofort, wonach sie gesucht hatte: ein hübsches, burgunderrotes Hardcover ohne Schutzumschlag und mit dem Titel *Männer aus Eisen: Memoiren* von Jacqueline Browne.

Nell nahm das Buch aus dem Regal und las aufgeregt den Buchumschlag. Sie hielt einen Moment inne. Es kam ihr schrecklich vor, auf derart hinterlistige Art und Weise etwas über jemanden herauszubekommen, fast so, als ob sie die Briefe eines fremden Menschen lesen würde. Marnie hatte die Memoiren nie erwähnt.

Jacqueline Browne, stand hier, war die Frau des erfolgreichen Filmschauspielers. Sie habe auf witzige Art eine pointierte

Abrechnung mit ihrem Leben verfaßt. Sie habe die Über-spanntheit ihres strahlenden Freundeskreises geschildert, habe großzügig deren beste Theateranekdoten enthüllt und dargelegt, wie die Frau eines Autors lebt. Nell war teils erleichtert und teils enttäuscht, weil nirgendwo stand, daß Jacqueline zwischen achtzehn und zweiundzwanzig mit dem Dichter und Kritiker Bill Marnie verheiratet gewesen war.

Nell suchte das Inhaltsverzeichnis und las:

INHALT

Nell blätterte rasch durch das Buch, bis sie das gefunden hatte, wonach sie suchte. Ganz am Anfang von Kapitel drei stand sein Name.

Als ich Bill Marnie zum ersten Mal traf, blieb mir fast die Luft weg. Ich wußte, was tiefe Liebe und wahre Leidenschaft ist, aber noch nie hatte mich ein völlig Fremder so fix und fertig gemacht. In dieser Nacht weinte ich, weil ich wußte, daß mein Leben nie wieder wie davor sein würde. Mir war übel. Ich konnte nicht schlafen, ich konnte nichts essen, aber ich war siebzehn, und ich hatte den Eindruck, daß das die wunderbarste Sache auf der Welt ist. Als er mir einen Heiratsantrag machte, zögerte ich nicht und sagte mit fester Stimme JA.

Natürlich versuchte jeder, es mir auszureden. Als ich meinem Vater erzählte, daß Marnie Dichter ist, wäre er fast explodiert. Seiner Meinung nach konnte so ein Mensch nur ein unguter, armer Ehebrecher sein. Meine Mutter riet mir, ich sollte mich erst mal lange verloben. Sogar Marnies Familie versuchte uns zu überzeugen, daß es besser wäre zu warten. Einmal wurde Marnie so wütend über etwas, das seine Schwester diesbezüglich zu uns gesagt hatte, daß er richtig zu zittern begann, kreidebleich wurde und aus dem Zimmer lief. Seine Schwester eilte ihm hinterher, streichelte ihm über die Stirn und wollte wissen: »Was für eine Ehe wollt ihr denn führen, wenn er bei jedem Streit gleich die Segel streicht?«

»Wir streiten nie«, entgegnete ich stolz.

Daraufhin erzählte sie mir von Marnies psychischen Problemen. Als es anfing, war er achtzehn. Eines Tages war sie nach Hause gekommen und hatte ihn schluchzend auf dem Fußboden liegend vorgefunden. Er trat mit den Füßen um sich und kratzte an den Dielen. Ein andermal hatte er sich zwei Wochen lang in seinem Zimmer eingeschlossen, und sie mußten die Feuerwehr rufen, um ihn wieder herauszubekommen. In seinem Zimmer stank es schrecklich, und Marnie lag hilflos in der Ecke und weinte sich die Augen aus dem Kopf. Mit zwanzig kam er in eine Klinik für Depressive. Seine Familie war der Auffassung, daß ich nicht genügend Kraft hätte, um mit ihrem Liebling umgehen zu können, wenn es ihm noch mal so schlecht ginge. (Als ich ihn kennenlernte, war er fast zwei Jahre ohne Beschwerden gewesen.) »Was willst du tun, wenn es ihm wieder schlechtgeht?« fragte mich seine Schwester.

Vermutlich war ich ziemlich verrückt, aber damals dachte ich, daß Liebe ihn heilen könnte. »Ich werde schon damit fertig«, sagte ich. »Ich schaffe das.«

Ich hatte ja keinen Schimmer. Als Marnie das erste Mal krank wurde, hat er mich wie eine Fremde behandelt. Er war überhaupt nicht mehr der Mann, in den ich mich verliebt hatte. Es gab keine Wärme, keine Zuwendung, keine Verständigung, nichts, und ich? Na ja, ich befand mich in einem scheußlichen Durcheinander aus Mitleid, Wut und Schuldgefühl. Das Schuldgefühl war das Schlimmste, denn obwohl ich alles mögliche versuchte, Gott ist mein Zeuge, ich konnte ihn einfach nicht lieben, wenn er so war und mich tage- und wochenlang ignorierte und so tat, als wäre ich ekelhaft, und wenn er meine Nähe mied. Ich war voller Schuld, aber ich wollte mich nicht geschlagen geben. Ich hatte noch nie in meinem Leben versagt, und ich wollte damit auch nicht anfangen. Ich redete mir ein, daß meine Ehe ein großer Erfolg werden würde. Wir brauchten nur noch mehr Zeit. Ich setzte alle Hebel in Bewegung, um ihn verstehen zu können, hatte Nachsicht, kam ihm entgegen, wenn es ihm so schlecht ging, und hätte sein Vertrauen verdient, weil ich ihm bewies, daß er sich auf mich verlassen konnte und daß ich zu ihm hielt.

Nach drei Jahren merkte ich, daß meine eigene Gesundheit angegriffen war. Ich hatte eine Fehlgeburt und ich trank zuviel; der Arzt riet mir, ihn zu verlassen. Zuerst sagte ich: »Das ist völlig unmöglich.« Ich hatte ihn geheiratet und wollte in guten wie in schlechten Tagen bei ihm sein, egal, ob er gesund oder krank war. Marnie war immer ein sehr tapferer Mann. Auch wenn er sehr krank war, unterrichtete er weiter, manövrierte sich aus der düstersten Stimmung heraus, biß die Zähne zusammen und fuhr mit dem Taxi ins College, um dort über ein Buch zu sprechen, von dem er völlig begeistert war, auch wenn er noch eine Stunde davor unter zwei Bettdecken und unseren beiden Wintermänteln gelegen hatte (er fror immer schrecklich) oder im Arbeitszimmer seines Psychologen in seinen Kaffee hineingeweint hatte. Ich treffe noch heute Menschen, die nicht vergessen haben, was für ein begnadeter Lehrer er gewesen ist, also war es das offensichtlich wert. Ich fuhr statt dessen mit meiner Mutter und meinem Vater zwei Wochen in die Ferien und brachte seine Schwester dazu, daß sie solange bei uns in der Wohnung blieb. Während ich weg war, trieb es Marnie mit einer seiner Studentinnen, und das war's dann. Seine Schwester blieb in der Wohnung, und während er eines Nachmittags in der Uni war, räumte ich all meine Sachen aus.

Als ich mich ein Jahr später wieder gefangen hatte, versuchte Marnie mich zurückzugewinnen. Er schrieb mir aus dem Krankenhaus einen Brief. Er hatte einen neuen Ehevertrag für uns entworfen, der seine Schwierigkeiten und meine Gefühle berücksichtigte. Darin wurde festgelegt, daß eine Krankenschwester ein halbes Jahr bei uns leben sollte. Außerdem wollte er die Atelierwohnung über uns mieten, in die er sich mit der Schwester zurückziehen wollte, falls er krank würde, um mich nicht zu stören. Wenn der Anfall dann wieder vorbei war, würde er wieder in die Wohnung zurückkommen. Das Geld dafür würden wir dadurch bekommen, daß er mit Rauchen und Trinken aufhörte und zusätzliche, journalistische Aufträge annähme, die er sich erhoffte. Auf diese Weise würde mich seine Krankheit nicht so sehr beeinträchtigen, schrieb er. Für mich stand das natürlich völlig außer Frage. Das schrieb ich ihm, und das sagte ich ihm auch. Er meinte, er respektiere meine Einstellung zu diesem Thema. Er hoffte, ich würde wieder glücklich werden. Er machte sich natürlich Sorgen, daß er mir in gewisser Weise weh getan und mir ziemlichen Schaden zugefügt habe, weil er mir trotz meiner Jugend soviel zugemutet hatte. Als ich fünf Jahre später wieder heiratete, und als meine erste Tochter zur Welt kam, schickte er mir ein Telegramm, sandte mir herzliche Glückwünsche, und ich war mir sicher, daß ein Teil dieser Freundlichkeit bestimmt auch aus der starken Erleichterung resultierte, weil er merkte, daß er mein Leben nicht zerstört hatte.

Nell schlug das Buch zu, bezahlte es an der Kasse und ging zu der Verabredung mit ihrem Vater.

KAPITEL ELF

Vor dem Restaurant war Nell so durcheinander, daß sie sich nicht mehr erinnerte, warum sie überhaupt hergekommen war – Marnies völlige Verzweiflung, seine Zurückweisung ihres Körpers, Jacqueline Brownes geschwätzige Memoiren. Sie konnte sich überhaupt nicht vorstellen, was das für ihre eigene Zukunft bedeutete. Am Eingang zum Restaurant hielt sie einen Augenblick inne, versuchte ruhig zu atmen und lehnte sich gegen das kalte Glas. Und jetzt ihr Vater.

Zwei Wochenenden davor hatte sie auf Marnies Geheiß hin auf seiner alten Schreibmaschine mit Durchschlagpapier eine Liste von Kritikpunkten an Fisher getippt. Sie hatte schon fast vergessen, daß einer der Durchschläge in ihrem Notizbuch zusammengefaltet lag, das sie immer mit sich herumschleppte.

1. Als Baby hast du mich verlassen, und dann hast du dich fast zehn Jahre nicht um mich gekümmert.
2. Du bist nach London zurückgekommen und hast dich regelmäßig mit mir verabredet, so daß ich den Eindruck bekam, du seiest im guten Sinne wieder in mein Leben getreten.
3. Als ich mich an diese regelmäßigen Treffen gewöhnt hatte, hast du dich erneut aus dem Staub gemacht. Du sagtest, du würdest nach Amerika gehen, und bist acht Tage darauf verschwunden.
4. Du hast deine Rolle als Vater nicht nur mangelhaft, sondern auch rücksichtslos und in höchstem Maße einfallslos

(Nell wußte, daß ihn diese Begriffe mehr ärgerten als das sonst übliche »hoffnungslos« und »unfreundlich«) ausgefüllt. In der Zeit, die du mit mir hättest verbringen sollen, hast du ANDEREN MENSCHEN GEHOLFEN, die Defizite ihrer Kindheit zu bewältigen. Diese Entscheidung war ganz und gar unlogisch und ohne einen Funken Mitgefühl.

Nell betrat einen großen, kühlen Raum mit weißen Wänden, in dem ein paar helle Holztische standen. Sie erinnerte sich, daß Marnie das Lokal gelobt hatte. Einmal hatte er sich am Telefon mit einem Journalisten hier verabredet, während sie in seiner Londoner Küche gesessen und zufrieden eine Sonntagsbeilage von vorn bis hinten durchgelesen hatte. Erst als sie das Heft aus der Hand legte, fand sie es irgendwie merkwürdig und kam auf die Idee, einen Blick auf das Deckblatt zu werfen. Da hatte sie festgestellt, daß es sieben Jahre alt war.
Nell wurde sofort auf ihren Vater aufmerksam, denn sein Tisch in einer sonnigen Ecke ganz hinten im Lokal war völlig in Licht getaucht. Fisher las und nippte an einem Glas Wasser. Nell durchquerte den Raum, strich sich im Gehen die Haare hinter die Ohren und stellte sich dann Fisher gegenüber hin. Er erhob sich zur Begrüßung und sagte: »Wie schön, dich wiederzusehen.« Er küßte seine Tochter und zog sie eng an sich. (Er weiß nicht, wie man persönlich oder vertraut ist, ohne gleich sinnlich zu werden, hatte Nells Mutter einmal gesagt.) Als sie spürte, wie er sie an sich zog, grinste Nell für den Bruchteil einer Sekunde. »Ich bin froh, daß du gekommen bist«, sagte Nell. Aber als er sie über den Tisch hinweg zu sich heranzog, verlor sie das Gleichgewicht, und als sie versuchte, die Balance zu halten, machte sie einen merkwürdig altmodischen Knicks. Sie schwankte einen Moment, bis sie wieder Boden unter den Füßen hatte. »Entschuldige«, sagte Fisher. Beide lachten schüchtern. Nell setzte sich. »Möchtest du Wein trinken?« fragte ihr Vater sie.

»Hm, trinkst du welchen?«

»Nein, ich nicht. Aber das sollte dich nicht abhalten.«

»Ich glaube, ich möchte jetzt keinen, vielen Dank.«

»Du siehst sehr gut aus«, meinte Fisher.

Nell grinste, wurde rot und nickte.

»Wie geht's denn so? Wirst du deine Prüfung bravourös hinter dich bringen?«

»Dazu ist es noch ein bißchen zu früh. Ich muß noch zweieinhalb Jahre hinter mich bringen.«

»Oh, ich dachte, das wäre früher. Ich wäre damals fast umgekommen.«

»Ach ja?«

»Aber du kannst ja einiges mehr vertragen als ich«, sagte er.

Nell hatte sich verschluckt und mußte husten. Nach einer Weile konnte sie wieder normal atmen, doch weil sie mit dem Fuß gegen ihre Tasche gestoßen war, war ein Band mit Audens Gedichten herausgefallen. Fisher hob das Buch auf. »Ich liebe Auden«, sagte er.

Glaubte er wirklich, daß sie das verblüffte? Er blätterte das Buch durch. »Wo steht die Hymne auf meinen Beruf?« wollte er wissen, und als er es gefunden hatte, begann er mit der Einleitung des Gedichtes »Zum Gedenken an Sigmund Freud«.

> *Er vereinigte von neuem*
> *jene ungleichen Teile, die unser wohlmeinender*
> *Gerechtigkeitssinn auseinandergebrochen hatte,*
> *gab dem größeren den Verstand und Willen wieder,*
> *die der kleinere besitzt,*
> *aber mit zu fruchtlosem Disput*
> *verwenden kann,*
> *gab dem Sohn den*
> *Gefühlsreichtum der Mutter zurück.**

* A. a. O.

Nell wich seinem Blick aus. Wie konnte er nur ohne den geringsten Funken Ironie so vertraut sprechen. Nell fiel wieder die Liste in ihrer Tasche ein, doch Fisher sagte gerade etwas. Nell schaltete ab. Ihr Vater sah gut aus, fast zu gut, nicht nur vornehm, sondern irgendwie glatt und so, als ob er sich wohl in seiner Haut fühlte. Er hatte nichts mehr von einem verzerrten oder ängstlichen, englischen Fachmann an sich; statt dessen strahlte er etwas Internationales aus. Er sah ein bißchen aus wie ein Politiker oder wie jemand, der eine eigene Fernsehshow macht. Obwohl Nell wußte, daß es höchst unwahrscheinlich war, hätte es sie nicht gewundert, wenn Fisher Make-up getragen hätte.

»Es gibt wichtige Neuigkeiten«, hörte Nell und wandte sich ihm wieder zu.

»Ich werde nach England zurückkommen«.

Ein paar Minuten schwiegen beide.

»Ferien?«

»Nein, für immer.«

»Wirklich?«

»Ich habe einen Job angeboten bekommen, den ich nicht ablehnen kann.« Der Kellner brachte ihnen die Speisekarte.

»In London?«

»Ja. Ich muß nächsten Monat anfangen. Ich bin hergekommen, um mir eine Bleibe zu suchen. Ich habe da ein sehr gutes Haus in Aussicht. Es stammt ungefähr von 1740, hat vier Stockwerke und steht in einer kleinen Straße mit Reihenhäusern hinter dem Manchester Square. Es ist eines der wenigen Häuser dort, die einen Garten haben. Eigentlich hatte ich jemanden beauftragt, ein Haus für mich zu suchen, weil ich Geld anlegen wollte. Als ich jetzt aber von dem Job erfuhr, bat ich ihn, nach etwas Brauchbarem Ausschau zu halten. Der Kerl hat einen guten Blick, und dann wurde plötzlich dieses Haus frei. Morgen nachmittag schaue ich es mir an. Hast du nicht Lust, mitzugehen und mir deine Meinung zu sagen?«

Nell nickte interessiert. »Mache ich gerne.«

Der Kellner kam wieder, und sie gaben ihre Bestellungen auf Muscheln und Seebarsch für ihren Vater und Muscheln und Tintenfisch-Risotto für Nell.

Nell verschwand auf die Toilette, stellte sich vor den Spiegel schlug sich dreimal heftig auf die Stelle, wo ihr Vater sie hingeküßt hatte. Sie äffte sich selbst nach: »Mache ich gerne. Mache ich gerne.«

Als sie früher mit ihm zum Essen gegangen war, zwischen vierzehn und sechzehn Jahren, hatte sie einen knallharten Vorsatz gehabt, ein deutliches Gespür dafür, wie angemessenes Verhalten zwischen ihnen beiden auszusehen hatte und wie nicht. Sie hatte herausgefunden, daß sie ihn ernst behandeln und zurückhaltend sein mußte und daß sie sich am besten zusammennahm und ihm gegenüber verschlossen war. Nach der Begrüßung hatte sie immer Distanz gewahrt, zurückhaltend, freundlich, aber ihr Panzer hatte große Risse gehabt. Etwas in ihr, etwas, das sich ihrer Kontrolle entzog, war einfach zu froh gewesen, ihren Vater wiederzusehen, froh darüber, daß er überhaupt ein Treffen organisiert hatte, und sie hatte sich nicht zurückhalten können. Mit einem Mal hatte sie jeden Vorsatz, sich ihm gegenüber reserviert zu verhalten, aufgegeben und war so liebevoll und aufmerksam, wie es sich ein Vater nur wünschen konnte.

Nell ließ sich eiskaltes Wasser über die Hände laufen und dachte an diese Treffen zurück. Sie wußte, daß Fisher sehr viel Einfluß auf sie hatte und daß sich alles, was er sagte und dachte, direkt auf ihr Selbstvertrauen auswirkte. Diese Schwäche nahm sich Nell selbst übel. Aber sie war einfach da, ganz egal, wie sehr sie sich bemühte. Nell spürte, daß sie die Gefühle für diesen Menschen nicht unterdrücken konnte, auch wenn er sie schlecht behandelt hatte und viel zu wenig auf ihr Alter, ihre Wünsche, oder ihre Veranlagungen eingegangen war. Nell brachte einfach nicht genügend Willensstärke auf und spürte, daß sie bei ihm klein beigeben mußte. Sie mußte sich mehr anstrengen.

Nach dem Essen stieg Nell in Paddington in den Zug, weil sie einen Vortrag eines berühmten, preisgekrönten, amerikanischen Schriftstellers hören wollte, den Marnie und sie leidenschaftlich, wenn auch aus ganz unterschiedlichen Gründen bewunderten. Der Vortrag fand im Hauptgebäude der Universität statt, und es kamen zweitausend Zuhörer. Der große Mann war älter und beleibter, als Nell erwartet hatte. Am meisten interessierte ihn die Überproduktion von Information und deren maßlose Verbreitung, und schuld daran waren seiner Meinung nach vor allem die Zeitungen.

Auch wenn er seine Nörgelei noch so intelligent und gewählt vorbrachte hatte, so fand Nell dennoch, daß sich seine Meinung nicht von der irgendwelcher langweiligen Leute im Bus unterschied, und das machte sie traurig. Marnie würde nie so etwas Banales sagen, dachte Nell, obwohl ihn alltägliche Dinge sehr wohl interessierten. Ganz im Gegenteil, Marnie schätzte alltägliches Durchschnittswissen. Er bewunderte die Stelle in einem Gedicht von Keats, wo der Liebhaber der Heldin rät, »sich etwas Warmes anzuziehen«, bevor sie sich in einer bezaubernden Nacht zusammen auf die Flucht machten. Im Unterricht hatte Marnie einmal über Kurzgeschichten gesprochen und sie auf eine Stelle in einer Saul-Bellow-Novelle aufmerksam gemacht, wo ein Mann auffällt, weil er die Kinder der verrückten Heldin deswegen in einen Burger King mitnimmt, weil sie dort die Kartoffeln grillen als und nicht fritieren (gesünder). »Nun«, sagte Marnie, »welcher vergleichbare englische Schriftsteller unserer Tage (nicht daß es überhaupt einen gegeben hätte) hätte wohl diese Information auch parat?«

Nach dem Vortrag strömten die Zuhörer auf die Straße, und Nell entdeckte Helen und Robbie, die auf dem Weg zur Bar im

Northgate Hotel waren. Nell ging ihnen hinterher; Helen hatte wie immer einen großen Beutel mit Büchern aus der Bibliothek über die Schulter gehängt. Nell wartete an der Eingangstür, beobachtete, wie Helen in einem zugeknöpften braunen Kleid den Beutel auf einen Sessel legte und sich an einen kleinen, viereckigen Tisch setzte. Robbie setzte sich mit übereinandergeschlagenen Beinen ihr schräg gegenüber hin und kritzelte etwas in ein Heft.

»Hallo, ihr beiden«, grüßte Nell.

»Nell«, Robbie sprang auf. »Dich hab ich ja schon ewig lang nicht mehr gesehen. Was hast du gemacht?«

»Ich war in London«, antwortete sie. »Habe meinen Vater getroffen.«

»Und wie war's?« fragte Robbie.

»Ganz okay. Wir sind zusammen beim Italiener gewesen.«

»Ist er nur übers Wochenende hier?«

»Nein, er will, glaube ich, wieder ganz zurückkommen. Er sucht ein Haus für sich.«

»Und wie findest du das?«

»Ehrlich gesagt, weiß ich es nicht so recht. Mir geht zur Zeit soviel im Kopf herum.«

»Was denn?«

»Ach, ich weiß nicht, alles eben. Rob?«

»Ja?«

»Könntest du mir eventuell eine Bloody Mary spendieren?«

»Natürlich. Willst du auch eine, Helen?«

»Ja, gerne.«

Robbie ging zum Tresen hinüber. Inzwischen hatte sich das Lokal gefüllt.

»Und wie läuft's so?« fragte Helen.

»Nicht schlecht.«

»Kommst du morgen zum Keats-Kurs?«

»Wann?«

»Um zwei.«

»Da muß ich jemanden im Krankenhaus besuchen.«

»Doch hoffentlich nichts Ernstes?«

»Nein, ich glaube nicht.«

»Du kannst gerne meine Notizen haben, wenn du willst.«

»Vielen Dank.«

Robbie winkte ihnen von der Bar aus zu. Helen lächelte. Dann kam er an die Reihe.

»Und was hat sich hier so getan? Irgendwas Neues? Hast du dich mit Robbie ...?«

»Ach nein«, antwortete Helen. »Laß mich überlegen. Nein, es gibt nichts Neues. Das mit Olivia Bayley weißt du ja sicher, oder?«

»Nein, was? Ist sie Miss World geworden?«

»Nein, sie ist schwanger.«

»Nein!«

»Doch, ohne Witz. Ehrlich gesagt überrascht mich das gar nicht so sehr. Du kennst sie ja.«

»Vermutlich«, Nell zuckte die Schultern.

»Klar«, fuhr Helen fort, »du errätst nie, wer der Vater ist.«

»Dazu fällt mir überhaupt niemand ein. Irgendein Filmstar? Ein reicher Kerl aus der Stadt? Oder gar Prinz Edward?«

»Nein. Überleg doch mal. Du kommst sicher drauf.«

»Ich kann nicht. Sag doch schon.«

»Jemand, den wir beide kennen.«

»Robbie Spittle. Mach's nicht so spannend, sag schon!«

»Bill Marnie.«

Im Bruchteil einer Sekunde wurde Nells Gesicht leichenblaß. »Wer hat das gesagt?«

»Es geht das Gerücht um.«

»Hast du es von Marnie?«

»Livy hat es erzählt und auch Lisa nach dem Unterricht am Freitag.«

»Was hat Olivia genau gesagt?«

»Sie ist schwanger, und Bill Marnie ist der Vater. Aber ich

glaube nicht, daß sie das Baby behalten wird. Sie ist sich jedenfalls nicht sicher.«

»Weiß es Marnie?«

»Sie hat es ihm offenbar letzte Woche mitgeteilt, aber anschließend hat sie nichts mehr von ihm gehört. Er ist wie vom Erdboden verschwunden. Typisch. Ich habe ihn schon seit Tagen nicht mehr gesehen. Du vielleicht?«

Als Robbie mit den drei blutroten Getränken zurückkam, sie auf den Tisch stellte, erhob sich Helen plötzlich und rief Nells Namen. »Was ist mit dir? Bist du okay?« Nell hatte die Augen geschlossen und war in einem Stuhl zusammengesackt.

»Nell? Nell?« Robbie schüttelte ihren Arm und versuchte, ihre Augenlider zu heben. Er lief zum Tresen. »Wir brauchen einen Krankenwagen.«

Doch lange bevor der Krankenwagen eintraf, kam Nell wieder zu sich. Langsam und vorsichtig geleitete Robbie sie ins College zurück, brachte sie zu Bett und schlief in dem Sessel in der Zimmerecke. Helen hatte sich – gekränkt von Robbies Worten – in die Bibliothek zurückgezogen. »Du hast gesagt, du läßt es mich erzählen, du boshaftes Weib, du«, hatte er gerufen, und um ein Haar hätte er ihr eine Ohrfeige gegeben.

Wer sich in den nächsten Tagen mit Nell unterhalten wollte, bekam den Eindruck, er spräche mit jemandem, der von einem Hai gefressen worden sei. Ganz egal, was man ihr anbot – ob nun gewählte Worte, nette Anekdoten, Geplauder, irgendeinen anderen verbalen Trostpreis –, alles war *derart* unwichtig, daß man sich sofort lächerlich vorkam und auch irgendwie grausam. Wenn man mit Nell sprach, zog sich manchmal ihr Gesicht so zusammen, daß sich alles in der Mitte zu konzentrieren schien, wo es dann heftig zuckte, bis endlich der Zwang zum Luftholen die Muskeln entspannte. Dadurch entstand der Eindruck, man mute ihr zusätzliche Anspannung zu, indem man überhaupt mit ihr sprach. Doch zu behaupten, daß alles, was man sagte, sinnlos sei, war anmaßend. Während sie sprach, hielt Nell die Augen oft eine halbe Minute lang geschlossen. Weil sie aber ihren Tonfall nicht veränderte oder sonst irgendwie auf ihre Gesten Bezug nahm, konnte man nur davon ausgehen, daß ihr das selbst gar nicht bewußt war. Sie konnte nicht ruhig stehen, wechselte ständig von einem Bein auf das andere, und beim Sitzen kratzte sie sich an den Unterarmen, bis sie rot wurden und über und über mit dünnen Striemen bedeckt waren, oder sie entfernte mit jedem scharfen Gegenstand, den sie in die Finger bekam, nicht existierenden Schmutz unter ihren Fingernägeln. Hin und wieder kämmte sie sich die Haare nach hinten und befestigte sie mit einem elastischen Band, das sie normalerweise um das Handgelenk gewickelt hatte. Ein paar Sekunden später löste sie die Haare wieder, aber dabei war sie so ruppig, daß sie jedesmal kleine Haarbüschel mit dem Gummi mitzog.

In der Stadt ging sie immer ganz nah an den Häusern entlang, so daß sie mit der Schulter hin und wieder gegen eine Ziegelmauer, eine Schaufensterfront oder gegen die Fenstersimse stieß, und wenn man eine Weile neben ihr ging, klammerte sie sich an einen, verschränkte oft beide Arme – und behauptete, daß sie sich auf diese Weise davor schützen könnte, mit anderen Leuten zusammenzustoßen.

Niemand wußte, was man für sie tun konnte. Es war unmöglich, mit ihr über die Ereignisse zu sprechen, denn irgend etwas in ihrem Verhalten machte das unmöglich. Wenn man nach einem Besuch wieder gehen mußte, dann tat ihr das so weh, daß man am liebsten gar nicht gekommen wäre. Sie stellte die merkwürdigsten Dinge an, um einen zum Bleiben zu veranlassen. Sie sprach so schnell, daß man ihre Worte gar nicht verstehen konnte. Sie gab einem das Geld für ein Taxi, damit man länger blieb. Sie stand an der Türschwelle, flüsterte atemlos, während sie auf dem Rücken Mittel- und Zeigefinger überkreuzt hatte. Wenn man ihrem leisen Zischen genau zuhörte, konnte man nur immer wieder dieselben Worte hören: »Bitte ... bitte ...«

Oftmals übernachteten ihre Freunde dann in dem Sessel oder auf dem Fußboden, und ganz selten überredete sie neue Leute dazu, mit ihr zusammen nach Hause zu gehen. In dieser Zeit spürte sie den Zauber, der von Männern ausgeht, denen das Schicksal mitgespielt hatte, und sie saß bis spät in die Nacht in Pubs und Cafés und lauschte den tragischen Lebensgeschichten gebeutelter Seelen, die nur noch ein Schatten ihrer selbst waren. Eines Abends bot ihr ein Mann, den sie in einem abgelegenen Pub bei einem ihrer endlosen Ausflüge getroffen hatte, an, sie nach Hause zu begleiten. Die drei Kilometer bis zum College hatte er sich auf sie gestützt, und sobald er auf ihrem Bett saß, war er eingeschlafen. Nachts war er dann aber plötzlich aufgewacht, hatte ein bißchen Zuwendung erwartet, und war mitten in der Nacht wieder verschwunden, als sie bei seinen zögerlichen Annäherungsversuchen zu zittern und unkontrollierbar zu schreien begonnen hatte. Sie hatte gehofft, sie beide würden nur einfach in ihren Kleidern nebeneinander einschlafen, mit ihrem Kopf an seinen Füßen oder umgekehrt. Sie wollte die ganze Zeit, daß man sie besuchte, doch wenn man zehn Minuten später als angekündigt kam, war sie fast verrückt vor Angst und sorgte sich, daß man womöglich einen Unfall gehabt hätte. Hin und wieder wurde sie auch wütend und interpretierte eine Verspätung nicht nur als bloßen Unfall oder als Gedankenlosigkeit, sondern als Wunsch, sie so heftig und gezielt zu demütigen, als hätte man ihr ins Gesicht gespuckt. Gleichzeitig machte sie den Leuten, die sie besuchten, ständig Geschenke und nötigte ihren Gästen Bücher und Kleidungsstücke und andere kleine Gaben auf. Sie kümmerte sich darum, daß im Kühlschrank die köstlichsten Dinge und ganz besondere Nahrungsmittel vorrätig waren: Sahnetorten, Scheiben rosa Roastbeef aus dem Delikatessenladen in der

High Street und Passionsfrüchte, ales, was den Besuch bei ihr abwechslungsreicher gestalten sollte.

Wenn sie hin und wieder in ihre Kurse kam, ermahnten sie alle, sie sollte ihre Ausbildung nicht vernachlässigen. Also stand sie hinten in der großen Aula im Gebäude der englischen Fakultät, während ihr Tränen über das Gesicht liefen. Sie versuchte vergeblich, jedes Wort des Referenten mitzuschreiben, doch die Tinte mischte sich mit den Tränen. Sogar die Aufzeichnungen verschwammen zwischen den linierten Zeilen und sahen unendlich traurig aus. Normalerweise entdeckte eine ihrer Freundinnen Nell dort, kam zu ihr und stellte sich daneben, nahm ihr den Füller aus der Hand, die so wütend schrieb, streichelte sie tröstend und umarmte sie.

Nell tauchte auch wieder bei den Tutorenkursen auf (Marnie hatte sich beurlauben lassen, und der Leiter der englischen Fakultät hatte seine Vertretung übernommen) und schrieb dort viele Seiten unergründlich verschlungener Sätze. Die Lehrer, die merkten, daß etwas nicht in Ordnung war, boten ihr an, ihre Aufsätze zu lesen, und versuchten, sie in allgemein gehaltene Gespräche über die Bücher zu verwickeln, die sie las. Als sie damit nicht weiterkamen, lasen sie ihr aus den wenigen Literaturkritiken vor, von denen sie etwas hielten, oder aus den einschlägigen Romanen und Gedichten selbst. Sie fanden ihr Verhalten nicht besonders merkwürdig. Zweifellos handelte es sich um eine romantische Affäre, und Nell war ein sensibler, feuriger Typ. Es passierte immer mal wieder, daß junge Frauen zeitweise verzweifelt waren und deswegen mit ihrer akademischen Arbeit nicht weiterkamen. Nell war ganz offensichtlich in einer schwierigen Lage, doch wenn es etwas anderes gewesen wäre, etwas Ernsthafteres als Liebeskummer, denn hätte sie vermutlich darüber gesprochen. Ernsthafte Studentinnen sprachen offen darüber, wenn ihre Eltern sich scheiden ließen, wenn es einen Trauerfall gegeben hatte oder wenn andere familiäre Probleme ihnen zu schaffen machten. Trauer wegen einer Liebesgeschichte war in den Augen der Mädchen verwerflich und keine Träne wert.

Während dieser endlos langen Zeit begann Nell zu vergessen, was genau passiert war. Sie wußte zwar, daß sich etwas Schreckliches ereignet hatte, aber sie war sich nicht sicher, ob diese tieftraurige Sache ausschließlich etwas mit ihr zu tun gehabt hatte. Vielleicht war dieses furchtbare Ereignis ja etwas ganz Generelles gewesen – eine Tragödie in ihrer Umgebung, mißbrauchte Kinder, der Mord an einer jungen Mutter oder daß jemand aus ihrer Familie gestorben war. Worte spendeten ihr keinen Trost, eher schon Gesten, die sie spürbar wahrnehmen konnte, wie eine Umarmung oder wenn man ihr den Handrücken oder über die Haare streichelte. Das schien ihr ein bißchen zu helfen. Wenn sie zitterte, ließ sie sich sogar nachmittags ins Bett packen. Sie konnte weder richtig schlafen, noch essen. Nach ein paar Tagen ging sie nachts nicht mehr in ihr Bett, sondern probierte verschiedene andere Plätze zum Schlafen aus, zum Beispiel unter dem Tisch oder in der kleinen Höhle zwischen dem Stuhl und dem Panoramafenster in ihrem Zimmer, oder auf dem Boden im Badezimmer neben der großen, weißen Wanne. Sie wurde dünner. Ihr Körper wurde zu klein für ihren Kopf, das großknochige Gesicht sah merkwürdig aus und wurde nur von dem zarten Genick gehalten, als ob alle Perspektiven verschoben worden wären.

Der Schock dauerte achtzehn Tage, und dann kippte die Woge der Traurigkeit. Marnie war verschwunden. Das war ihre Tragödie, denn sie liebte ihn mehr, als sie sagen konnte. Doch dem Menschen, der für sie alles bedeutete, bedeutete sie nichts mehr.

KAPITEL ZWÖLF

Robbie war derjenige, der ihr in dieser Zeit am meisten Beistand leistete. Meistens kam er morgens und arbeitete in ihrem Zimmer. Er brachte ihr Obst und Milch und andere nahrhafte Köstlichkeiten, um ihren Appetit anzuregen, damit sie wieder gesund würde.

Bald trudelten Briefe von Marnie ein, ein oder zwei blaßblaue Umschläge pro Woche, und obwohl Nell sich vorgenommen hatte, sich damit auseinanderzusetzen, konnte sie es nicht über sich bringen, die Briefe zu lesen, so daß sie sich auf ihrem Tisch zu einem hübschen, kleinen Stapel ansammelten. Robbie hatte anscheinend Nells Mutter angerufen, denn sie kam dreimal, um ihre Tochter zu besuchen. Sie saß den ganzen Tag neben ihr, hielt ihre Hand, sagte kaum etwas, und dabei tropften ihre Tränen auf Nells Bettdecke. Irgend jemand mußte auch Lauras Mutter Bescheid gesagt haben, denn sie wirkte so, als wüßte sie, was passiert war, und kam in ihrem leuchtend roten Auto, um mit Nell zum Essen zu gehen. Nell wußte aber nicht, was sie zu ihr sagen sollte, und deswegen sprachen sie über Möbelfabriken und Warenhäuser.

Einzig und allein Lauras häufige Besuche bei Nell zeigten einen Erfolg. Die beiden Mädchen lagen Kopf an Fuß in Nells Bett und erzählten sich stundenlang Geschichten aus ihrer Kindheit. Laura wollte im Sommer heiraten, aber das behielt sie für sich und wartete auf den richtigen Augenblick, um es ihrer alten Freundin mitzuteilen. Nach einer Weile traf ein Brief von Olivia Bayley ein.

Liebe Nell,

wahrscheinlich bin ich die letzte, von der Du momentan etwas hören willst, aber ich mußte Dir schreiben, um Dir mitzuteilen, daß ich genau eine Nacht mit Marnie verbracht habe, als es mir sehr schlecht ging und er betrunken war. Es hat uns beiden nichts bedeutet, und ich habe mich entschlossen, das Baby nicht zu behalten. Bitte glaube mir, ich wußte wirklich nicht, daß ihr beide zusammen gewesen seid, und wenn ich es gewußt hätte, dann hätte ich nicht um nichts in der Welt mit ihm geschlafen. Ich möchte, daß Du weißt, wie leid es mir tut, und daß mir das Ganze sehr nah geht.

Alles Liebe, Olivia

Nell las die Zeilen, zuckte die Schulter und reichte Robbie den Brief. »Sie hatte keine Ahnung, Nell. Du mußt ihr glauben. Ich war der einzige im ganzen College, der es wußte. Ihr seid beide sehr vorsichtig gewesen.«

»Es spielt keine Rolle, ob sie es wußte oder nicht.«

Die Prüfungen kamen und gingen. Robbie setzte beim Direktor durch, daß Nell ihre Prüfungen in einem extra Raum in Anwesenheit der College-Schwester machen durfte, zusammen mit einem Mädchen, das Diabetes gehabt hatte. Nach der Hälfte der Zeit bekamen sie Tee und Kekse. Nell erreichte ein ziemlich beachtliches Ergebnis, und auch wenn sie traurig war, weil sie nicht all ihre Fähigkeiten hatte zeigen können, so akzeptierte sie es doch als Teil ihres Lebens. Ihr zwanzigster Geburtstag fiel auf den letzten Tag des Trimesters. Außer einem Scheck über fünftausend Pfund von ihrem Vater, der mit der Post kam, ging der Tag völlig ereignislos vorüber. Nell verbrachte den Abend mit Robbie in einem Schwulenlokal in der Nähe des Colleges, wo sie Cider tranken und Kartoffelchips mit Hühnchengeschmack aßen, obwohl er versucht hatte, sie in ein festlicheres Lokal zu führen.

Nell fuhr über die Ferien nach London zu ihrer Mutter, die

sich schreckliche Sorgen ihretwegen machte. Sie ängstigte sich vor allem deswegen, weil ihre Tochter so schnell soviel abgenommen hatte. So verwandte sie viel Zeit damit, üppiges Essen mit viel Fett und Proteinen zu kochen, damit ihre Tochter wieder ein bißchen zunahm. Sie war erleichtert, daß Nell sich ihren Bemühungen nicht widersetzte, sondern demütig die sahnigen Suppen löffelte, den fetten Eintopf und die reichhaltigen Puddings, die sie ihr vorsetzte. Daß Nell nach diesen Mahlzeiten oft krank war, erfuhr ihre Mutter nicht. Da sie drei Wochen fast nichts gegessen hatte, war diese Kost für sie viel zu schwer verdaulich. Ihre Mutter half ihr jedoch auf andere Weise und achtete darauf, sie nicht mit irgend etwas zu überfallen, sie vermied abrupte Bewegungen und verhielt sich so, daß man immer wußte, woran man bei ihr war. Sie versuchte, ihrer Tochter alles vom Leib zu halten, was ihr weiteres Leid verursachen könnte. Sie ging kaum aus dem Haus, doch wenn es sich nicht vermeiden ließ, dann brachte sie ihrer Tochter kleine Geschenke mit, fluoreszierende Stifte, mit Blumenmuster verzierte Briefkarten oder etwas Anzuziehen. Im Gegenzug stürzte sich Nell in ihre Arbeit. Sie hatte sich zum Ziel gesetzt, zehn Stunden pro Tag zu lesen und auf diese Weise das Übermaß quälender Gedanken zu verdrängen. Die öde, dröhnende Sehnsucht in ihrem Inneren wurde zwar nicht geringer, aber Nell gewöhnte sich daran, trieb sich selbst an, vermied das Drängen danach, die Schlupfwinkel und Verstecke ihres gebrochenen Herzens gründlich zu untersuchen. Wenn sie nicht las oder aß, schlief Nell. Zu der Zeit fiel es ihr leicht, zu schlafen. Sie fand es eher schwierig, wach zu bleiben, doch sie zwang sich zu ihrer Routine, stand jeden Tag um halb acht auf und sorgte dafür, schon um neun bei der Arbeit zu sein.
In der vierten Nacht zu Hause, als sie gegen zehn gerade ins Bett gehen wollte, klopfte ihre Mutter an die Tür. »Komm rein«, antwortete Nell schläfrig.

»Wie geht es dir, Liebling?«

»Müde.«

»Ich mache schnell. Ich möchte dir nur kurz ein paar Gedanken mitteilen.«

»Okay. Aber ich kann dir nicht versprechen, daß ich dabei nicht einschlafe.«

»Ich habe mir gedacht, ich weiß nicht ... Ich habe gerade über dich und Marnie nachgedacht. Ich meine, was wäre, wenn, hast du mal überlegt, ihn zu treffen, nur einfach so, einfach, um ein paar Dinge zu klären. Ich habe den Eindruck, daß ihr beide euch eine Menge zu sagen habt, und wenn du seine Briefe nicht beantwortest oder mit ihm sprichst, ich weiß nicht. Ich möchte nicht, daß du etwas machst, bei dem es dir hinterher schlechter geht. Vielleicht tut es weh, aber interessiert es dich nicht, wie seine Sicht der Dinge ist? Ich meine, wenn es ihm wirklich leid tut ... ich meine, ich möchte nichts entschuldigen, aber wer so krank ist, ich meine so krank wie er, der macht Dinge, die er sich im Traum nicht vorstellen kann, wenn er, du weißt schon, wenn er gesund ist.«

»Ich kann nicht ...« antwortete Nell abwesend, fast so, als sei sie der einzige Mensch im Zimmer. »Ich habe das Gefühl, er hat mich zerschlagen. In meinen Augen ist er kein Freund mehr. So etwas tun Freunde nicht. Ich war völlig verrückt, daß ich mich derart auf ihn eingelassen habe. Ich weiß, daß es mein Fehler ist. Es ist falsch, jemandem so das Herz zu schenken, weil ... das muß doch schiefgehen. Immer. Ich meine, ich könnte nie ... ich könnte mir nicht im Traum vorstellen, mich so zu verhalten und dann mein Gegenüber auszulöschen, als wäre er noch nicht einmal ein Insekt. Und ich habe für ihn gesorgt. Ich hätte versucht, herauszufinden, was es mit seiner Krankheit auf sich hat. Ich weiß nicht, ich hätte Bücher gelesen, einen Kurs gemacht oder so etwas, um nichts falsch zu machen. Ich war kurz davor. Du hast ihn nicht gesehen, als er im Krankenhaus lag, Mum, aber es war wirklich furchtbar. Er hat mich nicht erkannt. Er hat mich angeschaut, als würde er mich hassen. Aber ich glaube, auch damit wäre ich fertig geworden und hätte irgendwie weitergemacht, aber dann hätte ich das College verlassen müssen. Es wäre ein Acht-Stunden-Job gewesen, ich hätte kaum Zeit für etwas anderes gehabt ... Aber wenn er mich noch nicht einmal will? Wenn er mir so etwas antut? Ich meine, ich denke nicht, daß wir wirklich ... ach, ich weiß nicht. Vielleicht ändert sich das ja in ein paar Wochen. Aber ... im Grunde habe ich meine Zweifel. Ich kann nicht ... Es ist nur so viel. Weißt du ... ich meine, ich bin doch auch nur ein Mensch.«

»Ich weiß, Liebes. Ich weiß. Es ist schon logisch, was du sagst. Ich hätte gar nicht damit anfangen sollen.«

»Ich habe mich zur Idiotin gemacht, oder?«

»Das hast du bestimmt nicht. Du hast in gutem Glauben gehandelt.«

Nells Mutter liefen die Tränen über das Gesicht. Sie erinnerte sich an ihre eigene Trauer. »Du hast jemanden aus tiefstem Herzen geliebt. Daran ist wirklich überhaupt nichts falsch. Dazu sind Herzen da.«

Eine Woche später traf ein Brief von Nells Vater ein. Er hatte Amerika wieder verlassen und richtete sich erneut in London ein. In dem Umschlag lag eine Karte mit der neuen Adresse und eine Aufforderung, sie solle ihn doch am kommenden Mittwoch in dem neuen Haus besuchen.

An dem Tag nahm Nell den Bus zu ihrem Vater. Sie hatte zwar ein bißchen Angst vor dem Treffen, andererseits freute sie sich fast. Schließlich würde es sie von den schmerzlicheren Gedanken und von ihrem Lesemarathon ablenken, der kein Trost mehr darstellte und der sich zu einer Art Verfolgung ausgewachsen hatte. Denn über Menschen zu lesen, egal, ob sie nun glücklich oder unglücklich verliebt waren, ließ die Hoffnungslosigkeit in Nell wieder ansteigen. In solchen Augenblicken öffnete sich ihr Mund, der bereits ganz feucht von all den aufgefangenen Tränen war, so weit wie nur möglich, als wollte er einen lauten Schrei ausstoßen, doch es kam kein Ton heraus. Statt dessen bekam Nell Schwierigkeiten mit dem Atmen, und beim Versuch auszuatmen, spannte sich etwas in ihr an, so daß sie nur gedämpfte, würgende Geräusche hervorbrachte. Nells größte Befürchtung war, daß sie sich beim Würgen verschluckte und daran starb. Sie träumte oft von einer lang anhaltenden, quälenden Strangulierung, bei der das letzte bißchen Farbe aus dem Gesicht wich.

Nells Mutter hatte ihre Tochter ermutigt, sich für den Besuch bei ihrem Vater etwas Nettes anzuziehen. Doch als Nell darauf nicht reagiert hatte, hatte sie ein paar von Nells Kleidungsstücken aus ihrem Schrank geholt und ihr aufs Bett gelegt: ein dünnes, langärmliges T-Shirt aus Baumwolle, einen weichen, grauen Pulli, einen kurzen, schwarzen Wollrock, der vorn geknöpft war, und den besten Mantel ihrer Mutter. Nell zog alles sorgfältig an, doch als sie das Haus verließ, sah ihre Mutter, daß alles merkwürdig schief saß und daß ihre Tochter sich nicht die Mühe gemacht hatte, die Knöpfe zu schließen. Also nahm die Mutter ihrer Tochter diese kleine Mühe ab, weil Nell so geistesabwesend war, daß sie gut und gern auch völlig ohne Kleider auf die Straße hätte gehen können.

»Weißt du, Nell, ich glaube, ich bringe dich am besten hin, wenn du nichts dagegen hast. Ich stöbere ein bißchen in den Geschäften dort herum, und anschließend können wir ja irgendwo eine Tasse Kaffee trinken. Ich glaube, es ist keine allzu gute Idee, daß du dich allein auf die Socken machst.«

»Mir geht es gut, ehrlich«, erwiderte Nell.

»Bist du dir sicher?«

»Ich bin doch nicht krank, Mum.«

»Fühlst du dich wirklich in der Lage, allein hinzufahren?«

»Ich kriege das schon hin.«

»Na ja, wenn du meinst.« Nells Mutter umarmte ihre Tochter und versuchte, ihr ein bißchen etwas von ihrer eigenen

Kraft abzugeben. Nells Körper fühlte sich schlaff und knochig an.

»Bis später dann.«

»Ja, bis später, Liebes.«

Fishers neues Haus war hoch und schmal. Als Nell kam, stand Fisher draußen auf der Treppe.

»Wie schön, dich zu sehen«, sagte er und legte seiner Tochter einen Arm um die Schultern. Er zog sie an sich und gab ihr auf beide Wangen einen Kuß. »Deine Mutter hat mir erzählt, daß es dir gar nicht gutgegangen ist.«

Nell nickte und biß sich auf die Lippen. »Sie hat es mir am Telefon erzählt.« Nell nickte wieder. Sie wich dem Blick ihres Vaters aus. Er lud sie mit einer Geste ein, das Haus zu betreten, und folgte ihr dann. Sie spürte, wie seine Hand auf ihrem Rücken sie leicht dirigierte. Im Flur hörte sie, daß es draußen zu regnen begonnen hatte. Der Regen klatschte gegen die Fenster. Fisher führte sie in die weitläufige, L-förmige, weiße Küche, die etwa zweimal so hoch war wie er groß. Der Boden war weiß; Glastüren gaben den Blick auf einen geheimnisvollen Garten frei, mit Bambus und wilden Rosen und einem kleinen Apfelbaum.

Sie setzten sich an einen großen, runden Tisch in der Nähe einer der Türen zum Garten. Fisher stand auf, goß Mineralwasser in einen glänzenden Wasserkessel und stellte ihn auf den Herd. Dann setzte er sich wieder.

»Jetzt bist du also für immer zurückgekommen«, sagte Nell.

»Stimmt. Ich hatte gewisse Vorstellungen von Amerika, weil man dort Sachen erreicht, die hier nicht möglich sind. Aber es ist einfach nicht mein Zuhause. Du bist noch nie drüben gewesen, oder?«

»Nein.«

»Ich hatte gehofft, du würdest mal kommen«, er hielt inne, »und jetzt hoffe ich, du kommst oft hierher zu Besuch. Ich habe vier Zimmer.«

Nell sagte nichts. Sie hatte in ihrer Rocktasche ein altes Stück Tempo gefunden und rollte es eng zusammen.

Dann ertönte ein durchdringender Pfeifton, und Fisher erhob sich, um den Wasserkessel vom Herd zu nehmen. Er stellte eine Teekanne und wunderschöne blau-weiße Tassen mit Untertassen auf ein schwarzes Tablett und brachte es dann zu Nell an den Tisch. Sie goß zwei Tassen ein.

»Schönes Porzellan«, sagte sie.

»Gut, nicht wahr? Ich habe den Mann im Geschäft gefragt, wieviel es kostet, obwohl ich bereits ahnte, daß es viel ist. Ich weiß in etwa, was so etwas wert ist. Aber letztendlich kostete es dreimal so viel, wie ich gedacht hatte.«

»Und du hast es trotzdem gekauft.«

Fisher lächelte und nippte an seinem Tee, den er ohne Milch und Zucker trank. Nell machte es genauso.

»Hast du mal überlegt, ob du dich für den Rest des Jahres beurlauben läßt?«

»Ich weiß nicht. Darüber habe ich noch nicht nachgedacht.«

»Vielleicht wäre das gar nicht schlecht.«

»Ich weiß nicht.«

Fisher räusperte sich. »Es ist sehr unglücklich ...« er hielt inne und begann noch einmal: »Es tut mir sehr leid, daß du so etwas durchmachen mußtest. Deine Mutter erzählte, daß dein Freund einen Nervenzusammenbruch gehabt hat ... und ich dachte, vielleicht willst du ja ein paar Informationen von mir, ich meine, weil ich mich beruflich damit auskenne. Vielleicht möchtest du eine Erklärung, wie so etwas abläuft, oder ... wie es das Verhalten beeinflussen kann und so weiter ... Deine Mutter macht sich Sorgen ...«

»Geht schon in Ordnung«, sagte Nell.

Doch Fisher ließ sich nicht abschrecken. »Deine Mutter hat Angst, daß du an dem, was passiert ist, gewissermaßen zerbrochen bist. Daß du bestimmte Dinge gegen dich gerichtet empfindest, während sie in Wirklichkeit überhaupt nichts mit dir zu tun haben – jedenfalls so weit, wie ich es nach den wenigen Informationen, die ich erhalten habe, beurteilen kann. Ich glaube, du hast einen schrecklichen Schock erlitten, und du wirst dich vermutlich eine ganze Weile ziemlich elend fühlen. Aber irgendwann ...« Fisher hielt inne. Nach einer Weile sagte er: »Auf jeden Fall habe ich etwas für dich.« Er reichte Nell eine Einkaufstasche von Harrods mit einer Schachtel, in der sich eine Kamera mit Tele- und Weitwinkelobjektiv und drei Filmen befand. »Vielen herzlichen Dank«, flüsterte sie. »Das ist wirklich freundlich. Ich besitze keine gute Kamera. Das ist wirklich eine gute Idee.«

»Halb so wild, halb so wild.«

Eine Weile schwiegen sie. Nell trank ihren Tee und wich dem Blick ihres Vaters immer noch aus. »Ich glaube zwar nicht, daß es in Ordnung ist –«, aber das Ende des Satzes wollte einfach nicht herauskommen, ging in nassem Husten unter, dann folgte ein Schluchzer und dann heiße Tränen. Nell riß den Mund auf, legte den Kopf in den Nacken, schloß die Augen und versuchte, ihren Kummer im Zaum zu halten. Nach ein paar Sekunden spürte sie, wie sich eine große Hand auf ihre Schulter legte. »*Nur Mut.*« Sie hörte die beiden Silben, öffnete die Augen und sah, wie sich die dunkle Gestalt ihre Vaters über sie beugte. Seine Augen lächelten über ihr Unglück auf sie herab, die Stille zerbarst, und sie schrie ihn mit all ihrer Kraft aus der Tiefe ihrer Seele an.